U0946791

魅丽文化
飞言情工作室

盛世之下

SHENG SHI ZHI XIA

乔方 · 著

江苏凤凰文艺出版社
JIANGSU PHOENIX LITERATURE AND ART PUBLISHING, LTD

图书在版编目（CIP）数据

盛世之下 / 乔方著 . — 南京 : 江苏凤凰文艺出版社，2020.6
ISBN 978-7-5594-4763-0

Ⅰ . ①盛… Ⅱ . ①乔… Ⅲ . ①长篇小说 - 中国 - 当代
Ⅳ . ① I247.5

中国版本图书馆 CIP 数据核字 (2020) 第 057176 号

盛世之下

乔方 著

责任编辑　李龙姣　张　倩
选题策划　飞言情工作室
特约编辑　何　进
封面绘制　槿　木
封面设计　周　丽
出版发行　江苏凤凰文艺出版社
　　　　　南京市中央路 165 号，邮编：210009
网　　址　http://www.jswenyi.com
印　　刷　湖南凌宇纸品有限公司
开　　本　880mm × 1230mm　1/32
印　　张　9.5 印张
字　　数　265 千字
版　　次　2020 年 6 月第 1 版，2020 年 6 月第 1 次印刷
书　　号　ISBN 978-7-5594-4763-0
定　　价　39.80 元

C O N T E N T S

目录

CONTENTS

目录

<<<

长安城噩耗

京都最近发生了一件大事：六王爷萧煜突然成亲了，六王妃还是个傻瓜！

这个消息一传出，京都一片沸腾，当天晚上太湖旁边的大家闺秀们排着队等跳湖，没排到位子的只能躲在家里哭，街头巷尾哭声不断。

别说大家一脸蒙，就连六王妃本尊——刚代嫁过来的雪倾城接到消息的时候，都像接到了一道天雷，被雷得外焦里嫩，心想：这六王爷怕不是脑子有病吧！

后来，她发现，这六王爷不仅是个神经病，还是个有钱的神经病。

雪倾城本是混迹江湖的小混混，吃百家饭长大，不知来历。

因为和雪太傅失踪的傻女儿有几分相似，被雪太傅捡回家后，当养女养着。当然，这个便宜女儿也不是那么好当的，雪倾城从街头混混小六变成雪家大小姐的代价就是——她要代嫁。

雪倾城托着腮，看着一箱箱抬进她房里的彩礼，看得眼花缭乱。

“王爷说了，这些东西都交给王妃处理。”丫鬟鄙视地看着雪倾城，一个傻子，懂持家之道吗？

雪倾城没忘记自己是个“傻子”的事实，装作很兴奋的样子上前开箱子，一箱的金银珠宝差点没把她的眼睛闪瞎。

“哇，这么多！”

“这还只是一个箱子，外面一整个院子都是呢！”丫鬟的语气里有掩藏不住的自豪，“我们家王爷，财力雄厚！”

“那给我塞床底下，这么多，可不能被人偷了。”

丫鬟翻了个白眼，道：“王妃，王府里有库房，还有重兵把守。”

“那万一他们自己偷了呢？”

“府中的将士跟随王爷出生入死，都是王爷多年的亲信，他们绝对不可能背叛王爷。”

“哇，听上去很厉害的样子。”雪倾城一脸崇拜。

“那是当然，我们王爷英勇善战，对人极好，想拜入王爷麾下的将士可多了去了。”

雪倾城眼珠子滴溜溜转着，小脑袋瓜里已经开始盘算了。

丫鬟的话里信息量可不小，六王爷财力雄厚，还拥有重兵。这样的人会娶她一个傻子做王妃，真是越来越令人费解了。

“那我要去库房玩。”她必须亲眼看看这位六王爷，到底有多强的实力。

雪倾城蹦起来，拎着还没来得及换下来的大红嫁衣就往外跑。刚跑到门口就撞入了一堵肉墙中。

那人胸膛很硬，撞得雪倾城的脑袋都有点蒙了。她摇了摇脑袋，才让自己止住那种晕眩感，定睛看向那堵“肉墙”。

和她身上穿的一样，也是大红色的袍子，这人不会是……

雪倾城瑟瑟地抬头，不期然撞入了一双深邃的眼眸里。

她从没见过这么好看的人。

那人面如冠玉，五官端正且有英气，眉头轻蹙，若有所思的样子十分迷人。被这么帅气的人含情脉脉地盯着，她不由自主地脸红心跳，手足无措。

雪倾城意识到自己还在对方的怀里，红着一张脸想退出来，却被一双大手箍住，不给她半分后退的余地。

“娘子这般着急，可是想为夫了？”

“娘子”“为夫”这样的称呼让雪倾城忍不住一个哆嗦，鸡皮疙瘩掉了一地。可是她被那人搂在怀里，逃不掉，躲不了，只能像一只快被煮熟的虾子，腾腾往上冒热气。

雪倾城没看到的是，拥着她的这个男人，脸色冷若冰霜：“你们就是这么照顾王妃的？”

被王爷的眼神扫到，两个丫鬟吓得一个哆嗦，忙跪在原地，身体抖动得跟筛糠似的。

“王爷恕罪。”

“自己下去领罚。”说着，他将管家叫来，吩咐道，“换两个懂事的丫鬟来照顾王妃。”

两个丫鬟面面相觑，都知道王爷其实已经网开一面了，磕头谢恩后就被人拖下去了。

萧煜这才将怀里的小人儿放出来，改搂为牵，拉着她的手走到软榻边道：“娘子，为夫送你的东西还喜欢吗？”

雪倾城不敢直视他的眼睛，将目光望向房间里的大大小小的箱子。

“不喜欢。”她小嘴一嘟，满脸的不高兴。

萧煜的笑容僵住了，管家的脸色挂不住了。

管家擦了擦冷汗，忙上前来拱手道：“王妃若是有什么不满意的地方，尽管告诉属下，属下一定改。”

雪倾城指着房间里的大大小小的箱子，不满地道：“太多了，而且太重了。”

她见管家立在原地，一脸蒙，无奈地解释道：“刚才那两个姐姐告诉我，这些都要放进库房。我看不见，摸不着，自然不喜欢了！”

扑哧，身边的人突然发出笑声。

雪倾城回头狠狠地瞪了那人一眼，不知道她装傻很累的吗！

萧煜伸手，刮了刮她的小俏鼻，从衣袖里掏出一把金钥匙来。这钥匙做工非常精致，与其说是钥匙，倒不如说是一件装饰品，萧煜动手替她将绳子戴在脖子上。

“这是什么？”雪倾城伸手摸了摸，心里想的却是：这是真的金子吗？拿出去当了能换不少馒头吧？

“库房钥匙。”那人说得十分轻巧，就像给她的只是一个小玩意儿一样。

“库……库房钥匙？”

“是的。”萧煜用大手掌包住她的小手，“以后你什么时候想看了就去看，什么时候想摸了就去摸，你既然已经成为我的王妃，那府里的一切都是你的。”

“王爷也包括在内吗？”

雪倾城只是随口一说，没想到萧煜却十分认真地说：“包括我。”

此时，管家已经很识趣地招呼着房里一堆人退下去了，走的时候还很贴心地为这对新婚小夫妻关上房门。

房门“哐啷”合上的那一刻，雪倾城才意识到事情的严重性。

今天是她和眼前这个陌生男人的洞房花烛夜。

什么情况？她这是刚代嫁过来就要失身的节奏吗？

雪倾城正胡思乱想着，萧煜已经从桌上倒了两杯酒过来，将其中的一杯递到雪倾城的手里，然后执起她的手穿过他的手臂，和她喝交杯酒。

雪倾城心里却在打鼓，这人不会是想把她灌晕了然后对她行不轨吧。

这种套路，雪倾城再熟悉不过了，畅春楼的姐姐和她说过，陌生男人的酒，千万不能喝！

雪倾城偷偷把酒倒进袖子里。

万幸只喝了一杯，萧煜就把杯子放下了，没有再喝的意思。

雪倾城长舒了一口气，正想着要怎么应付过去呢，一抬头就发现萧煜已经在脱衣服了。

她吓得花容失色，连声音都变了：“你……你干什么？”

“娘子，天色已晚，是时候休息了。”

休息？是睡觉吗？是她想的那样吗？

观音娘娘、玉帝王母……谁来救救她啊！

“那个……我现在还不想睡觉。”雪倾城的眼珠滴溜溜地转着，努力想办法熬过这一夜，“要不我们来玩游戏吧！”

此时，萧煜已经脱掉了外衣，只穿着一身雪白的亵衣，整个人看上去英挺俊朗。

即便是在街头巷尾混迹多年，见过形形色色帅哥的雪倾城，也忍不住看直了眼。

这个男人太好看了！

萧煜看着雪倾城，她的一双大眼睛里是没有丝毫掩饰的喜欢，或许因为她是个傻子的缘故，这份喜欢单纯没有杂质，让人十分舒服，也让人有一种想吃掉她的冲动。

萧煜的嘴角挂上一抹邪笑，将亵衣拉开一个口子，露出精壮的身材。

“既然娘子不想睡觉，那为夫只能陪娘子玩游戏了。”

傻子都看得出来你不怀好意吧！

雪倾城内心在咆哮，身体在不断地往后退。

“你……你别过来。”

“娘子，别害羞嘛。”萧煜长腿长脚，跨上床榻，像大猩猩一样，手脚并行地朝雪倾城爬过来。

而雪倾城已经被逼到床角，退无可退了。

“你……你想干什么？”

“不是说了嘛，陪你玩游戏。”萧煜笑得十分邪恶，“娘子，我们来玩‘亲亲抱抱’的游戏吧。”

“啊，臭流氓！”

偌大的王府只听到新王妃的一声喊叫，惊起树上前来蹭喜气的喜鹊无数。

第二天一大早，前来围观新王妃的将士们冲到王府来的时候发现王爷的俊脸上多了一块瘀青。而新王妃待在王爷身边寸步不离，每次只要王爷稍微表现出一点不舒服的样子，她就紧张兮兮地看着王爷，满脸歉意，直到王爷再三说了自己没事，让她跟着丫鬟去换衣服准备进宫见皇上，新王妃才依依不舍地离开。

王妃一走，那些平日里和王爷在军营里厮混、开玩笑开习惯了的小将们就凑上前来。

“王爷，看来昨晚战况激烈呀！”

“是啊，王爷这般英明神武的人都挂彩了，可见……啧啧。”

“王爷，新王妃看上去十分娇弱，您还是要怜香惜玉呀。”

萧煜不可能听不出这些小子们话里话外的调戏味道，不耐烦地挥了挥手：“早操做了吗？跟我这儿瞎闹，赶紧走！”

一群人又笑着跑开了，原本热热闹闹的走廊里，只剩下一个年约三十、捧着暖手炉的书生。他面色苍白，穿着厚厚的棉布袄子，也不惧怕萧煜故意做出来的恼羞成怒的样子，上前和他并肩而立。

“王爷，您辛苦了。”

“安先生，真正辛苦的不是我，而是我的这些将士们。”萧煜叹了口气，语气变得意味深长起来，“他们本来都是一腔赤诚、征战沙场的好男儿。如今却因为我，只能被困在这里。”

“没有王爷，也没有他们的今天。王爷您无须自责，兄弟们都是自愿的。”安先生身体不好，说话也有点中气不足，不过他的话确实有安抚人心的效果。

萧煜叹了口气，道：“是啊，兄弟们都是自愿的，可有个人不是。”

“王爷您指的是六王妃？”安先生做萧煜军师这么多年，萧煜皱皱眉头，他就知道他说的是谁了。

萧煜没有直接回答他，反而问道：“你觉得雪太傅这个人怎么样？”

雪太傅就是雪倾城的父亲，这是要让外人来评价自己的岳父呀。

王爷突然这么问，倒让安先生不知道怎么接话了，顿了顿回道：“雪太傅为人圆滑，是出了名的和事佬。这个人我之前和王爷您分析过，他算是朝堂上为数不多眼光长远的聪明人。”

“那老狐狸当然聪明了，也亏得他聪明，当年才能……”

“当年？”安先生颇为疑惑。

“无事，说说雪太傅。”想起雪太傅有些憨态可掬的模样，萧煜心情倒还不错，“老狐狸那么聪明，你觉得他可能会冒欺君之罪的危险吗？”

“欺君之罪？王爷您何出此言。”

“如果那老家伙对外说他女儿是傻子只是谎称呢？”

“难不成王爷你在王妃身上发现了什么不对劲的地方？”

萧煜摇摇头：“我只是觉得有时候她不太像一个傻子，昨天晚上不过寥寥几语，她就从丫鬟口中套话知道了我府里有重兵的事，还说要去库房。”

“这是在打探王爷您的实力呀！”安先生惊得嘴里都能塞下一颗鸡蛋了，“那现在怎么办？六王妃是雪太傅安排过来的细作吗？我是不是要派人……”

“你知道我不信‘宁可错杀一千，不能放过一个’那一套，更何况，这一切都还只是我的猜测而已。”

而且，雪倾城现在已经是他的王妃了，他是早就做好了一辈子护她周全的准备的。

顿了顿，萧煜挥挥手道：“罢了，先这样吧，若是发现有异样再议。不过雪太傅那边你还是要派人盯紧点，特别是他那三个儿子。切记，不可惊动雪家人，让雪家察觉我们的行动。”

“是。”

另一边，被人猜成细作的人，正在为昨晚上的事发愁。

昨天晚上，她没控制住自己，一脚踢到了王爷的脸上。

她本以为自己死定了，可没想到萧煜不仅没有怪罪她，昨天晚上压根儿就没碰她，还向她道歉，说“是我不好，吓到你了”。最后只是搂着她和衣而睡了。

所以一大早起来，雪倾城看到萧煜脸上的瘀青的时候，说不内疚那是骗人的。

新换来的两个丫鬟比昨天的那两个安静多了，见雪倾城不说话，她们也就默默地替她梳妆打扮。

雪倾城心里都纠结成一团乱麻了，又没人可以商量，正纠结着，听到门口有动静，似乎是丫鬟给萧煜请安的声音。

她看着铜镜里自己那张只画了一半的脸——此刻丫鬟刚为她把左边的眉毛画上，粉饼也才铺上一层——整个人就像一个掉了漆的陶瓷娃娃，要多恐怖有多恐怖。

而此时，萧煜的身影已经出现在门外了。

“不，不行，快去关门！”

雪倾城都要哭了。

她这个样子怎么见人嘛！

丫鬟举着眉笔不知所措，就在刚刚，王妃动作太大，她的手不小心一歪，眉毛画偏了，现在王妃的脸上就像多了一条弯弯曲曲的毛毛虫。

“王妃恕罪。”

“恕什么罪啊，赶紧去关门呀！”雪倾城见丫鬟们都跪在地上不敢起来，只能提着厚重的宫服跑上去关门，还没走到门口就不小心踩到了裙摆。

就在她以为自己一定会脸先着地，摔个狗吃屎的时候，一双大手将她拦腰抱起。

“娘子，见到为夫不用行此大礼。”

雪倾城回过神来，想到了什么，忙捂着脸。

“不，你不要看我！”

“娘子怎么了？可是哪里不舒服？”萧煜伸手就要去拉她的小手，却发现那双手就像长在了雪倾城的脸上，压根儿就拉不动。

他只能看向地上跪着的两个丫鬟。

丫鬟忙磕了两个响头请罪：“王爷恕罪，王妃恕罪，是奴婢在给王妃画眉毛的时候不小心画歪了。”

听到丫鬟这么说，萧煜才算是懂了，他捏拳捂嘴笑起来：“我说怎么突然不敢露面了，原来是怕吓到我呀！”

雪倾城被刺激到了，原本担心被萧煜看到自己丑丑的样子的她，反倒来脾气了。

她拿下双手，扬起小脸，道："吓死你。"

不过雪倾城低估了此刻的自己有多丑，这番动作下来，她脸上的粉都混在了一起，整个人看上去就像一只大花猴。

萧煜强忍住笑的冲动，吩咐丫鬟道："把王妃的妆都卸了吧，清爽点就行，母后也不喜欢浓妆艳抹。"

丫鬟们领命，起身就要来伺候雪倾城卸妆，偏偏雪倾城不配合，看着萧煜脸上的笑意，就更往他跟前凑。

她就是要吓死他！

萧煜被她逗得没忍住，扑哧笑出声来。

他伸手，替雪倾城将发间的碎发都拢上去，眼神、动作都十分温柔。

"好，你吓到我了，现在可以乖乖听话去洗脸了吗？"

他突然正经起来，倒让雪倾城也不好再胡闹了，任由丫鬟领着自己去洗脸。

她进去没多久就传来一声惨叫。萧煜正想冲进去呢，就听惨叫声后，传来雪倾城撕心裂肺的吼声："啊！怎么这么丑，我不要活了！"

门外的守卫都忍不住了，想起王妃刚才那张"惊世骇俗"的脸，捂着嘴偷偷地笑。

"咳咳。"萧煜轻咳一声。

守卫们不敢再放肆，乖乖地立正站好，面无表情，就像门神一样。

倒是萧煜，刚制止了守卫们，自己却没忍住笑起来。

就为这事，雪倾城直到上了马车都一直在纠结，扯着萧煜的袖子说个不停："六王爷，早上的事你不许对别人说。"

"让我不说也可以。"萧煜眨眨眼睛，眼神里尽是盘算，"你必须答应我一个条件。以后不许叫我六王爷，叫我的名字或者夫君。"

"什么？"

"怎么，做不到吗？"萧煜直勾勾地看着她，这倒让雪倾城更加不好意思了。

"那个……六王爷……您除了叫六王爷，还叫什么？"

此语一出，让周围伺候的仆人都笑弯了腰，甚至还有些不怕事的前来捣乱："是是，王妃您说得对，六王爷不叫六王爷，叫什么？"

对于这点，雪倾城很委屈，她是代嫁过来的，只知道自己嫁给了一个王爷，是真不知道他的大名呀。

"记住了，我叫萧煜，是你的夫君。"萧煜执起她的手，一字一顿地说着，末了还在她的手心里写下两个字：萧煜。

雪倾城的耳根红了，攥紧手心，别过头去不看萧煜。

萧煜为什么会娶她这样的一个傻子做王妃，一直是雪倾城心里的一道谜。而萧煜为什么会对一个傻子如此细心照顾，她就更想不通了。

难不成萧煜真的爱上她了？

雪倾城摇摇头。

她知道自己几斤几两，不算丑，但绝对不是倾国倾城的美人。更何况以萧煜的条件，什么样的女人找不到。

想来想去，雪倾城也只得出了一个结论：这王爷，怕是真的傻掉了。

萧煜见雪倾城一直盯着自己看，忍不住伸手刮了刮她的俏鼻。

"我知道你夫君我很好看，但是等会儿在父王面前，你可一定要克制住自己的小眼睛，不能乱瞟。"

他跟她说话，跟哄小孩子一样。

"好的，我听王爷……呃……夫君的。"软软糯糯的小孩子语气。

说完，雪倾城别过脸去，装傻还真挺累的。

到了皇宫门前就不能坐马车了，萧煜牵着雪倾城的手往皇宫里走，一路上碰到许多宫女，她们目不斜视，见到了也只是规规矩矩地让开走到一边，这倒让雪倾城有些压力。

见皇帝呀，好可怕！

萧煜察觉到她的紧张，轻轻拍了拍她的手背，安抚道："有我在，不要怕。"

雪倾城的紧张情绪并没有因为他的话消除多少，注意力倒是完全被他那双五指修长的大手给吸引过去了。

这个男人是怎么做到连手都长得这么漂亮的。

简直太没有天理了！

萧煜一路牵着雪倾城的手，也不管路过的文武百官眼神有多惊讶，就连到了御书房外也没松开。待太监通报了之后，直接牵着自己的小王妃往里走去。

“儿臣参见父王、母后。”萧煜给坐在上位的、穿着明黄色龙袍的皇上和穿红色凤袍的皇后请安。

雪倾城偷偷瞥了他一眼，来之前没学过宫规，她只能有样学样地跟萧煜一样，先是拱拱手弯腰，然后撩了下裙摆，单膝下跪，道：“儿臣参见父王、母后。”

他们知道雪倾城是个傻子，但没想到会这么傻，连个请安的方式都分不清，居然跟萧煜学男人的请安方式。

皇后皱了皱眉头，问道：“煜儿，你府里没有教养嬷嬷吗？”

萧煜拱拱手，代为请罪：“是煜儿考虑不周，忘记教倾城宫规，回去之后煜儿一定会好好教她。”

“你们男人就该在外建功立业，这些琐事找个嬷嬷教就行了。你若是觉得嬷嬷教得不好，我就把我身边的宫女给你派过去做通房，一方面能照顾你的王妃，一方面也能照顾你。”

哟，这是刚成亲婆婆就要给丈夫房里塞小妾的戏码吗？

如果真是这样，那简直太完美了！

雪倾城生怕皇后反悔，一口替萧煜应了下来：“谢皇后娘娘。”

这下萧煜就郁闷了，他偏头看向雪倾城，问道：“你很高兴？”

雪倾城感受到身边人的低气压，缩了缩脖子。

皇帝见状，咳嗽两声提醒皇后。

皇后意识到自己在人家小两口刚成亲的当口儿，就提给儿子纳妾的事的确有些不妥，她只能干笑两声将这个话题岔开。

“罢了，这些事以后再说吧。”

别……别以后啊！

雪倾城欲哭无泪，皇后你这样任性反悔真的好吗？

皇后自然听不到雪倾城内心的咆哮，还笑着对她招呼道：“话说回来，这还是我第一次看到六王妃呢。来，到母后身边来，让母后瞧瞧。”

雪倾城下意识地就想应下，转头想想：不对呀，她是一个傻子，傻子怎么可能那么听话。于是她装作很害怕的样子，拉着萧煜的衣袖往他身后躲。

萧煜倒是很受用，很是自然地将小娘子揽进怀里。

“倾城她怕生，我替她向父皇母后赔不是了。”

“行了行了，人我们也见到了……”皇帝扫了一眼被萧煜搂在怀里的雪倾城，很是头疼。“让宫女带你的王妃去御花园玩吧，父皇有话和你交代。”

雪倾城纵使一千个一万个不情愿，但皇命难违，她还是只能跟着宫女出去了。

雪倾城走后不久，皇帝就收起了一副慈祥的面孔，抄起桌上的砚台就往萧煜身上砸。

“你这是胡闹！”皇帝气得一句话都说得气喘吁吁，“普通人家尚且知道‘父母之命，媒妁之言’，你倒好，也不通知父皇母后，直接就把一个傻子娶进门了！”

而且皇帝最气的是，这萧煜娶谁不好，偏偏娶了雪太傅的宝贝女儿。这个雪太傅算是皇帝在朝堂上为数不多的心腹，很多疑难之事都要借雪太傅的手才能解决。所以，就算他儿子娶妻是自作主张，他也不能贸然让儿子休妻。

“傻子又如何，倾城心思单纯，善良淳朴，在儿子眼中她就是最佳的王妃人选。”

“你还当真爱上了那个傻子不成！”这下轮到皇帝吃惊了，和雪倾城一样，他盯着萧煜看了好久，得出了一个结论：他怕是傻了吧。

萧煜没有正面回答皇帝的问题，淡淡地道：“儿子会一辈子对她好的，还请父皇给她一个名分。”

这才是萧煜带雪倾城进宫的主要原因：他虽然是八抬大轿大摇大摆地娶了雪倾城进门，在外人眼中雪倾城就是她明媒正娶的王妃了。可是只要雪倾城一日没有被皇帝认可，她的名字没有写进皇谱，她就算不得皇家媳妇。

“如果我不答应呢。”

“那儿臣就只能求助泰山大人了。”

“你……”皇帝的脑海里，马上出现了一个圆溜溜的身影跪在他的御书房门前，像个泼妇骂街一样，痛哭流涕的情形。

皇帝沉默了，无奈地屈服。

“罢了罢了，你也长大了，父皇也管不了你了，随你去吧。”

说着，皇帝只能认命地让太监端来纸笔，朱砂御批允许雪倾城进皇谱的奏折。

写到一半，皇帝还是觉得不甘心，搁下御笔。

“要让我批准也不是不可以。”

萧煜知道父皇的脾气，叹了口气，直接道：“父皇有什么要求，儿臣一定办到。”

“眼下国家无战事，你手下的那些将士们你准备如何处置？”

萧煜眼神一冷，该来的，还是来了。

皇帝见萧煜沉默着不说话，叹着气走下台阶，想将儿子从地上扶起来，奈何他动都不动。

“我知道，你的兄弟们都是为我朝抛头颅、洒热血的战士。这样，父皇答应你不解散他们，但是他们必须自给自足。战后国库吃紧，父皇实在拿不出那么多军饷了。”

萧煜黑着脸，沉默地点点头。

“好了，等你把你的将士们安顿好了，这道折子，你再呈给父皇吧。”

皇帝将那道批了一半的折子还给萧煜，上面的“准”字，还只写了两笔。

萧煜没有多说，收起折子，拱拱手就退下了。

皇帝看着儿子挺着脊背走出去的样子，心里多少有点心酸。

“皇后，你说我对老六是不是太过苛刻了？”

“皇上您也是为了他好，老六是我们几个儿子里面能力最出众的，只可惜他不是长子。现在让他收敛一点儿，总好过日后兄弟阋墙，骨肉相残。”

提起太子，皇帝就头疼。

“太子最近又去哪里了？”

“听宫女说一直在东宫用功呢，太子最近收敛了不少。”皇后说这话的时候，头冒虚汗，底气不足，生怕被皇帝看出端倪来。

好在皇帝如今正发着愁，没心思管太子的事，皇后这么说，他便也就信了。

“太子你多盯着点，老六这里也别放松，怎么着也是我们的儿子，不能让他胡来。就算不能让煜儿休妻，也得想法子让他们和离。”

“可是皇上您……”刚才明明答应萧煜了呀。

后面的话皇后没敢说，倒是皇帝自己回过神来，面子有些挂不住了。

“咳咳，缓兵之计，缓兵之计。”说着，皇帝拍拍皇后的肩膀，一脸的意味深长，“煜儿的幸福，就靠你了。”

从执掌凤印起就顺风顺水，帝后同心，后宫和睦，从没经历过什么宫斗，也没耍过什么心机的皇后表示：臣妾做不到呀！

皇后身边的宫女，显然也是不怎么待见雪倾城这个傻子王妃的，她们将她丢到御花园，就自顾自地聊天去了，偶尔探探头来看看雪倾城，只要她没惹乱子，便也不管她——她们这哪里是在带雪倾城逛御花园，分明就是在放羊呢。

雪倾城演戏演得累，本就浑身不痛快。宫女们没心思应付她，她也乐得自在。

她从小在街头巷尾听到了不少关于皇宫的传说，听说皇宫里所用的东西都是极品，金砖玉瓦，处处都是银子堆砌起来的。

要不，偷一片瓦出去，总不算白来了皇宫一趟。

看那墙头瓦片金光闪闪的，想必值不少钱。

雪倾城是个行动派，回头偷瞄了一眼，发现宫女们没有看她这个方向，她便也放心了，撸起袖子就往墙头上爬。这御花园的墙不算高，再加上雪倾城以前可没少干这种勾当，三两下就爬上去了。她终于摸到了金瓦，动手敲了敲。声音非常清脆，听着却不似金子。

雪倾城正狐疑间，听到墙那边传来动静，她伸了个脑袋出去望。

墙的那边是一片竹林，竹林下，种着一大片雪倾城叫不上名字来的蓝色小花，有一个身着月白色长衫的男人，此刻正侧卧在花丛中，黑发如墨，白衣胜雪，衣服上沾染上了蓝色花汁，就像一朵朵的蓝色小花在他身上绽放了一样。

男人似乎睡得很熟，半张脸埋在花丛中，露出来的那半张侧脸那叫一个倾国倾城，若不是男人胸前的衣裳大敞，露出光滑如玉、骨骼分明的胸脯，单凭那张妖孽似的脸，雪倾城当真要误认为此人是个绝世大美女了。

雪倾城一时看得有些呆了，眼前的景象如画一般，当真能把人的眼给迷住了。

她不自觉地往前爬了爬，想看得更清楚一些，却忽略了这瓦头乃是松动的，一个不察，踩碎了一片金瓦，声音惊醒了熟睡中的“睡美人”。

只听一声低呵，雪倾城只觉得耳边一阵疾风闪过，似有利剑朝自己射来，她跨坐在墙头，本就摇摇欲坠，这一躲避，就更加没法稳住自己的身子了，从墙头翻下去，直接脸朝下，跌了一个狗吃屎。

再抬眼时，才发现那“睡美人”已经醒了，此刻正揽着衣衫，单手捻着一片竹叶，以一种防备又带着困惑的眼神看着雪倾城。

毕竟是她偷窥别人在先，雪倾城只得爬起来，拍拍身上的竹叶，干笑着道：“不好意思，纯属路过，惊扰公子休息了。”

之前只得见这“睡美人”半张侧脸，如今见到了全部容颜，更是惊为天人，说他貌比潘安，估计潘安都要脸红，道一句“比不上”。

那人许是看穿雪倾城毫无武功底子，倒也放下心来，丢下竹叶，嘴角荡漾出一抹笑容来。

“我只当是梁上君子，不想竟是‘梁上女子’？我从未见过你，倒是不知你是哪个宫里的。”

他上下打量了她一眼，看这穿着打扮，不似宫女。

“睡美人”的眼睛眯了眯，似乎在揣摩着什么。

雪倾城这人快言快语，还未经过大脑，便将自己的名讳说了出来：“本姑娘行不更名坐不改姓，江湖人称小六。”

“小六？还有姓小的？这倒是个奇怪的名字。”

雪倾城悄悄吐吐舌，她从小吃百家饭长大，就得了这么一个诨名，还是她那不靠谱的师父随便给她取的。她第一次有大名，就是顶替雪家大小姐的时候，当然，她还不傻，自然知道雪倾城这个名字在这里可不能随便说。

于是，雪倾城只能脸不红心不跳地开启忽悠模式：“那是自然，世间之大，无奇不有。”她怕“睡美人”再就这个问题追问下去，忙生硬地岔开话题，“这竹间风凉，美人……公子幕天席地，小心着凉。”

“睡美人”四下看了看，淡淡地笑了。

“多谢小……六姑娘提醒。”

雪倾城挥挥手，顺口就接道：“小事小事，美人公子不必言谢。”

“美人公子？”那人四下回头看看，语气中带着疑惑，“此处除了你我，还有其他人不成？”

“你既生得这般貌美，自然是美人，但你却又是男儿身，又该叫你公子，我若不叫你美人公子，该叫你什么呢？美男人？”

那人怔了怔，旋即笑开，低低的笑声，清润如玉石相撞，如竹节相击，好听极了。似有些无奈，他回道：“那小六姑娘，你还是叫我美人公子吧。”

雪倾城点点头，一副“你看，就该这样”的表情。

正聊着呢，却听到墙那边传来动静，似乎是那几个宫女终于发现她不见了，正在四处寻她呢，她分明听到有人在喊“王妃”了。

雪倾城被美色迷昏了的头脑，听到声音才清醒过来，忙拱手告辞。

“有人在寻我了，我先走了。”

她跑了两步，又匆匆折了回来，脸上带着几分不好意思的笑。

“那个……请问这儿怎么出去啊。”

那人也不知道怎么回事，竟又笑开了。

雪倾城疑惑地问："你笑什么？"

"小六姑娘当真是个趣人儿。"

雪倾城虽然不知道自己到底哪里让美人公子觉得有趣了，不过美人公子到底是在夸自己，她也毫不犹豫地照单全收了。

笑完了，美人公子才给她指了一条林荫小道："小六姑娘从这条小道往前走，不出半里，便有一个月门，可通往御花园。"

雪倾城拱手谢过，提起裙子就往前跑，跑了两步，觉得脚下这双为了面见皇帝才穿的绊金丝绣鞋颇不合脚，索性脱下鞋子，拿在手中，踩着竹叶铺就的小径，一路往前跑去。

很快，小小的身影，就隐没在竹林中。

美人公子盯着她离去的方向，喃喃自语："宫人在寻王妃，她便如此慌张，想必寻的便是她。如此眼生，又这般惊世骇俗，想必……"

他眼皮一挑，眼里竟带了几分冷意，又似有些遗憾。

"你便是那傻子王妃了！"

他正自言自语间，有人踩着竹叶走近，那人顺着他看的方向看过去，只看得到一片空荡荡的竹林。

"王爷，您在看什么呢？"

思绪突然被人打乱，美人公子这才赶紧敛好衣裙，问道："你怎么来了？"

"太子爷酒醒了，正寻您呢，说要和您继续斗蛐蛐。"

美人公子抚额："皇兄这坛青竹酿着实厉害，竟连我都醉倒了，你替我去回太子，就说我酒劲儿未消，身体不适，改日再进宫来陪他。"

那人拱拱手，领命："是。"

这话很快就被带给了太子殿下，此刻，太子殿下脸带酡红，显然刚从深醉中清醒过来，一听那人的话，语气中颇有些遗憾。

"四弟这酒量也忒差了，罢了，他不陪我，你们陪我玩！"说着，他挥手，招呼着伺候他的太监来，一起陪他斗蛐蛐。

太监们都是陪他玩惯了的，也不觉得有何不妥，围坐一团，看着那陶盅里的小家伙，每个人都跃跃欲试。

看此情况，来传话的那人只能拱手请辞。太子挥挥手，准了。

就在那人走后不久，太子突然想到了什么，惊呼："今天是不是六皇弟带弟妹进宫面圣的日子？"

"是……是的。"小太监怯怯地回道。

"那我是不是应该去见一见？"

"是……是的。"

太子苦恼了一秒，问道："我若是没出席，六皇弟会怪我吗？"

"应……应该不会吧。"

"嗯，那就没事了。"

太子想通了，专心抱着自己的蛐蛐研究去了。

小太监：主子你这么任性真的好吗？

另一边，雪倾城好不容易循着路找到了月亮门，穿过月亮门，她正在穿鞋，手却突然被人抓住，吓得雪倾城"啊啊"大叫，甩手就想跑。

一个用力太猛，"啪"的一声，她一掌挥到了那个抓她的人的脸上。

新婚夜被踢，第二天被打，天天被"家暴"的萧煜很委屈。

"娘子……"

听到熟悉的声音，雪倾城回头，看到萧煜捂着脸，惨兮兮的样子，本来就对他十分愧疚的她更慌乱了。

"啊——对不起，对不起，我不是故意的。"

雪倾城双手捧住萧煜的脸，对着那被她拍红的半边脸轻轻呼气。

以前她受了伤，奶奶都会这样帮她吹一下，风是凉的，痛的地方也很快就不会再痛了。

她太着急了，没有意识到男女之别，也没意识到两人的距离已经太过接近。

但是萧煜盯着那张近在咫尺的小脸，眼前的背景都已经自动虚化，只剩下一张捧着他的脸小心翼翼地吹着的小嘴，习习凉风吹过他的脸颊，他被拍过的地方早就不痛了，坏心情也一扫而光，甚至忍不住红了脸。

不带任何思索，萧煜顺势伸手，从雪倾城的腰间穿过去，搂着她的腰靠近自己，在不明情况的雪倾城瞪大眼睛看着自己的时候，含着笑低头，准确无误地找到那张令他意乱神迷的俏唇，吻了下去。

雪倾城脑海中瞬间有一万朵烟花炸开，炸得她一片空白，怔在原地。

她孤身一人，用野小子的身份在街头巷尾混了十多年，这是她第一次以女人的身份和男人靠得这么近，也是第一次被人亲吻，她甚至笨拙到不知道该怎么呼吸。萧煜察觉到她体温不正常放开她，这才发现她涨红了一张小脸，明显是呼吸不畅导致的。

这要是再晚一点，雪倾城估计就要把自己憋死了。

“傻丫头，你不知道换气吗？”

雪倾城也很委屈：“谁让你突然……我是第一次，不行啊！”

“第一次？”萧煜的笑容里，掺着让人欠揍的得意，他再次紧紧手臂，将雪倾城拉入怀中。

双唇再次被人含住之前，雪倾城分明听到男人在她耳边说：“不会不要紧，一辈子这么长，我慢慢教你。”

从小到大，雪倾城就没被异性这么撩过。

她从小就和男孩子一起厮混，束起头发，爬树、掏鸟窝。同龄女孩子在研究怎样相夫教子的时候，她和一群男孩子拉帮结派，占地为王。

长大后，她比那群大老爷们儿还爷们儿，到最后甚至连性别都被人忽略了，见到她的人，没有不喊一句“六哥”的。

如果不是遇到了萧煜，她都不知道自己还有“少女心”这个东西，也不会知道面对异性害羞低头不是矫情，而是人之常情。至少她现在的脸红得像虾子，她是不敢和萧煜对视的。

萧煜放开她，改搂为牵，准备带着她往回走时，才发现她还有一只脚没有穿上鞋，白色的袜子上，已经沾满了泥土。

他无奈地摇摇头，认命地单膝跪地，捡起那只被雪倾城丢在一边的绣花鞋。

雪倾城长这么大，一直毛手毛脚的，哪里被人这么服侍过，更何况，服侍她的这个人还是当朝王爷，她当时就想去拦，不好意思地缩回脚。

"王……王爷，还是我自己来吧。"

萧煜没答话，手上的动作却十分干脆，大手握住她的脚踝，温热的体温，透过薄薄的袜子传遍全身。

雪倾城觉得自己就像一只烤熟的虾子，又像是坐在火炉上、已经沸腾的水壶——她不用看也知道，自己的头顶，肯定也像那水壶，腾腾冒热气呢。

她只见萧煜握住她的脚，动作十分温柔地替她拍掉袜子上的泥土，然后才替她将绣花鞋穿上。因是新鞋，多少有些不合脚，他穿的过程不算顺利，因此也皱了皱眉。

穿完后，他站起来，扶着雪倾城。

"府里的丫鬟们办事越来越不尽心了。"

雪倾城倒不觉得有啥，想着这人在大婚当日才发落过一批丫鬟，她可不想他回去又对丫鬟们大发雷霆，毕竟上次过后，敢和她说话的丫鬟都没几个了。

"我觉得这鞋子挺好看的呀。"

萧煜闻言，也不多说，两人一路往回走，一路闲聊。

"你怎么一个人跑这里来了？"

"这……这边好看就过来了。"

"那娘子觉得是皇宫好看，还是为夫好看？"

雪倾城怯生生地抬头看他一眼，发现他正直勾勾地望着自己，又跟受惊的兔子一样缩回头，本来想说"都好看"来着，结果话到了嘴边，变成了——"你好看。"

萧煜心里很高兴，牵着小王妃的手往回走，一路上问一些"花好看，还是我好看""云好看，还是我好看"的傻问题。

两个人一个忙着提问，一个忙着回答，两个人都没注意到，就在他们离开后不久，他们忘情拥吻的桃花树下，多了一个孤单身影。

那人着一身月白色长衫，风度翩翩，神情里却多了几分落寞。

本以为偷得香吻，至少能更进一步的萧煜当天晚上还是被王妃踢下了床。原因是他这新王妃的睡相实在是太差了，半夜翻来覆去都算小事，拳打脚踢上演全武行才是常情。

不知道第几次被踢下床之后，人高马大的王爷抱着被子站在床边，可怜兮兮地看着手舞足蹈，“指点江山”的小娘子。

“东边去人，西边的赶紧上啊！还愣着干什么，堵死他们，今天一定要让这群鸡仔喊我做爷爷！”

“鸡仔”是街头黑话，听得萧煜一头雾水。

“鸡？这是饿了想吃鸡肉吗？”他想起饭桌上雪倾城干掉三碗大米饭的样子，不由得产生了深深的怀疑。

“吃了那么多还没吃饱吗？”

六王爷突然意识到，要养活自家小娘子，可能不是件容易的事。

萧煜替雪倾城盖好被子，他衣衫不整，顶着一头乱糟糟的头发敲响了军师的房门。

安先生正在挑灯夜读，一开门见到这个样子的萧煜，吓得捂住胸口。

“王爷你要干什么？”

萧煜没好气地把怀里的被子往他身上一推，道：“我就算喜欢男人也不会喜欢你！”说着，很是自觉地爬上安先生的床。

“我睡床，你打地铺，敢打扰我睡觉，军法处置！”

看他这副心气不顺的样子，安先生回过神来，讪讪一笑：“王爷您不会是被王妃赶出来了吧。”

一听这话，萧煜就奓毛了：“我那是让着她！”

萧煜霍地从床上坐起来，就差脑门上刻上我很生气几个大字了。

“是是是，六王爷是‘宰相肚里能撑船’，不会与王妃一般计较。”安先生已经开始打哈欠了，默默地在软榻上铺好被子，正准备吹灭蜡烛躺下，就听到身后传来一道郁闷的声音——“安先生，要不我们回绢城算了！”

绢城靠南，以盛产彩绢而得名，本该是富庶之地，却因南蛮子经常骚扰导致民不聊生。这些年来，萧煜带着人镇守绢城，带着他一手操练出的南征兵打了许多奇胜大战。

年前，南蛮国王主动求和，萧煜也被召回长安，这一搁置就是大半年。

安先生没有吹蜡烛，拥被而坐，看着萧煜。

“可是皇上和王爷说了什么？”

“下个月，朝廷会断掉南征军的军饷。三万条人命，都是为国家抛头颅、洒热血的好男儿，他们说不管就不管了！”

说到动情处，饶是萧煜这样铁骨铮铮的汉子也红了眼眶。

“我们出城时五万人，回来只剩三万，谁身上不是带着一身伤。与其留在长安看着他们酒肉逍遥，倒不如回绢城自在！”

“王爷您切莫冲动。”安先生见他这样，也有些着急，一口气没接上来咳嗽了两声，“咳咳……您该知道，私自带兵出城是死罪。”

萧煜冷着脸，淡淡地回道：“我知道。我带兄弟们回来是为求生，不是来找死的。”

说话间，萧煜将求助的目光投向安先生。

“安先生，你做了我五年的军师，出了很多奇谋，这次我实在是没辙了，只能靠你了。”

安先生叹了口气，他就知道王爷大半夜敲响自己的房门绝对不是被王妃赶出来了这么简单。

三万人，每个月的军饷可是上百万的雪花银！他就算去变，也变不出这么多银子来呀！更何况自从南征军回城以来，除了几个主将允许进城，其他大部分的将士还驻扎在城外等候回城的命令。

这一等就是大半年，纵然王爷在军中颇有声望，勉强还能稳住军心，但也经不起朝廷这么耗。

安先生心中一忧愁，喉中的痰意更浓了。

他怕惊扰王爷，只能抽出帕子压低声儿咳，口中突然一阵腥甜，摊开帕子一看，竟是一口殷红的血！

安先生忙将帕子合上，抬头发现萧煜已经背朝里躺下了，这才放下心来，捏着帕角擦干唇上的血迹。

萧煜浑然不知身后发生的事，他侧躺着，颇带情绪地说道：“安先生，我已经娶了一个傻子做王妃了，为什么父皇还要防着我？就因为我不是太子，所以就注定只能做一个闲散王爷吗？”

“王爷，皇上也是为了大局着想。”

“是啊，为了顾全他所谓的大局，我都娶了雪倾城了！雪太傅是他的心腹，雪倾城又是个傻子，我不会有显赫的岳家去威胁太子的地位，我这忠心表得还不够明显吗？他还要我怎么样！”

同样是皇子，别人享尽荣华富贵，他的生母因触犯龙威，如今是谁都不敢提起的禁忌，他从小就被丢到定北王府，父皇多年不闻不问。他不求别的，只求平等对待，可是……

萧煜有些心灰意冷，只能想点别的来转移注意力，突然，他想起一事来。

“今日我和倾城在皇宫，似乎有人在跟踪我们。”

“跟踪？难不成是皇上授意的？”安询分析着，“您突然求娶雪小姐，以皇上的脾气，会怀疑您也在意料之中。这段时间，王爷您务必要表现出很喜欢王妃的样子，让皇上放心。至于跟踪您的人，属下会尽快查出来。”

安询的话没说完，突然觉得身后没声音了，回头一看，发现萧煜冷着脸，侧躺着，也不知道在想什么。

“王爷，您可是觉得委屈？”毕竟当初让他娶雪倾城做王妃的计谋是他出的，如今王爷还要装作很喜欢那个傻子的样子。对于这点，安询一直觉得愧疚。

突然，他猛然想起了那日，王爷似乎和他说过：发现雪倾城不似一个傻子。如今这种情况，如果雪倾城的身份还有待考察的话，那……

“如若实在让您为难，不如……”

他的身体大不如前，也不知还能辅佐王爷多久，王爷在战场上所向披靡，屡建奇功，哪怕没有他这个军师，也能应付自如。倒是在皇宫这个兵不血刃的战场里，王爷到底顾念兄弟情，父子义，不敢也不愿以恶意去揣度和自己有血缘关系的人，是以常常陷入被动之中。

正是因为他知道王爷本性纯良，才会劝萧煜娶了雪倾城为妃，但如果娶进来的是一个细作的话，那他真的万死难辞其咎了。

“你想让我休妻？”

安询当了他这么多年的军师，他的建议，萧煜一直都很看重，就算不赞同，也会认真考虑。可是这次王爷的语气明显不对劲！

“属下不敢。”安询忙惶恐地低头认错。

“这事不怪你，也不怪她。”萧煜叹气，怪只怪当年他不该在五万军民被困绢城，主将被一箭穿心，六军无主的时候扛起那面军旗，在明知道长兄是太子，自己不该太冒进的时候，还成了三军的主心骨！

更何况，他一想到雪倾城扬起小脸眼巴巴地望着自己的样子，他就感觉心里的某个地方蓦然颤动了一下。

他不忍心。

不知为何，雪倾城总能让他想起小时候养的那只小兔子，傻傻的，很爱吃，可爱得很。

安询还在劝他：“王爷您之前不是说发现王妃不寻常嘛，毕竟是枕边人，实在危险倒不如及早拔除。还是说王爷您已经……”

“那就更要放在身边就近监视了。”萧煜暗暗发誓，“安先生你放心，我还不至于对一个傻子动心，我知道什么该做什么不该做。”

闻言，安询苦笑一声，也不多劝，和衣而卧。

一夜平静。

雪倾城醒得很早，她做梦回到了熟悉的小街，正在指挥一场街头霸权的争夺战，她是指挥，负责调度各个部队去打对方，一整晚打得酣畅淋漓，就在对方跪地求饶的时候，梦醒了。

雪倾城一摸身边的被子，和昨天一样，早就没人了，也不知道萧煜什么时候走的。

雪倾城穿着亵衣爬起来，从梳妆台下抽出一沓宣纸，在其中一张纸上接着昨天的“第四天”，写下“第五天”。

她的字只能用惨不忍睹来形容，她看了一眼就丢进梳妆台了。

王府的生活还算安逸，毕竟有萧煜这么大一个后台给她撑腰，没人敢对她不敬。

梳洗完毕之后，百无聊赖的雪倾城决定去园子里逛一逛，经过一处曲径通幽的院落时，小院子的门突然被人从里面拉开了，衣衫不整的萧煜顶着一头凌乱如鸡窝的头发从里面走出来，背后跟着一个身形消瘦的男子。他虽然穿戴整齐，可是眼底有掩盖不住的乌青，一看昨晚就没怎么睡好。

没少出入“相公馆”的雪倾城脑海里立马蹦出了一些少儿不宜的画面，再看眼前两人，一个器宇轩昂，一个温润如玉，怎么看都……

“难怪萧煜会娶一个傻子做王妃。”雪倾城喃喃念着，已经脑补出：一个痴情王爷为了保护心爱的人，不惜娶一个傻子掩人耳目的凄惨爱情故事。

慢着，她怎么突然变成了戏文里那种苦情悲惨女配角。

被雪倾城一脸诧异地盯着，萧煜也一脸诧异，他上前来，不客气地赏了雪倾城一个栗暴，将她的思绪拉回现实。

“你怎么到这里来了？”

雪倾城恍惚间抬头，看了萧煜和他身后的安先生一眼。

“啊，我打扰你们的好事了？”说完她才意识到自己是一个配角，忙解释，“我就是随便逛逛，我什么也没看见，什么也没听见，我保证不会说出去，我嘴很紧的！”

她瞥见萧煜未扣上的领口下那令人血脉偾张的肌肉，胸前甚至还有好几处抓痕！

天啊，这也太刺激了！王爷这么猛吗！脑补出的画面已经超出了雪倾城能承受的心理范围，她忙别过脸去。

“我什么也没看见，什么也没听见。”

萧煜低头，看到了自己的胸口，那几条红痕很是明显，他上前两步抓住雪倾城的小手。

“王爷饶命啊！”

饶命？

萧煜愣住了，他有这么可怕吗。

雪倾城趁着他不注意，抓住机会，一溜烟跑掉了，萧煜想去追，哪里还看得到人影。

安询也是一脸诧异，问道："王妃这是怎么了？"

"谁知道呢！"萧煜指着胸前的抓痕说道，"昨晚她做梦抓的，兴许她是看到了这个觉得心里过意不去才跑的吧。"

安询瞥了眼那几条抓痕，跟小猫挠过一样，的确挺深的。他轻咳两声，提醒道："王爷还是快把衣服穿好吧，天凉了。"

"不用，我昨天答应了几个副将，要和他们比武，迟早要脱的。我看你还是先管管你自己吧，怎么又咳起来了？"

"老毛病了，王爷放心，我已经约了师兄，稍晚些我就去拿药。"

"就是你之前提过的，有小药王之名的师兄？"

"正是。"

"如此便好。"萧煜放下心来，随手把披风一披，抬步往外走，安询忙追上去。

"王爷，您今天最好还是别去军营了。"

"为什么？"

安询本想提醒他那几道抓痕会很容易让人想入非非，但是一想到王爷是个常年在大男人堆里混，荤段子虽然说过不少，却从没尝过男女情事的男人，估计不会懂，只能挥挥手任他去了。

安询放纵的后果就是王爷一到军营，刚脱衣就引起了围观。

"哟，王爷您身材不错呀。"

萧煜对自己的身材很有信心，秀了秀胸肌，道："那是自然，爷可是一直锻炼的。"

"看来晚上和王妃肯定……这都留下爱的痕迹了。"有人这般说。

萧煜才意识到他们看的不是自己胸肌，而是胸口那几道抓痕。

"爱的痕迹？这还不是她睡觉不老实……哎，算了，和你们说这些干什么。"

然而几个人早就抓到了话里的重点。

"睡觉？"

"不老实？"

萧煜看着众人，不明白他们今天怎么都喜欢围着他抠字眼：“怎么了？有什么不对吗？”

副将打着哈哈道：“哪有哪有，王爷您和王妃颠鸾倒凤，我等为王爷高兴。”说着副将还对他挤眉弄眼，“王爷您这么厉害，下次不忘了也教教小的们。”

“是啊，是啊，没想到王爷您还是个中高手啊！”毕竟以前他们说荤段子，王爷都要想半天才会懂的。

“王爷不愧是王爷。”

第二章

红颜祸水

萧煜莫名其妙地受了一顿夸赞，直到最后他都没想明白胸口有几道抓痕和男人雄风有什么关系。

萧煜和副将练了几把之后，照例在军营里处理军务，无非就是看看将士们的日常操练记录，待在军营能让他暂时忘记朝堂上的那些尔虞我诈，所以比起王府，他更喜欢这里。

突然有人闯进营帐来，说是要见他。

萧煜抬眼，看到的是一张有些陌生又有些熟悉的脸，他想了半天才认出他来。

“你是伙夫长？”

伙夫长就是军营里负责三军伙食的人，因他一直负责后勤，不常上前线，萧煜一时才没认出他来。

“王爷，我们什么时候能回家？”伙夫长搓着手，脸上含着焦急，又有些期待。

什么时候能回家？

这个问题别说伙夫长着急了，王爷也着急。

“朝廷说了，会妥善处置我们的，耐心等着就是。”

“可是这都大半年过去了。”伙夫长扑通一声跪在萧煜面前，“王爷，奴才已经五年没有回家了，求您就让奴才回去看一看吧。”

“军中将士，又有哪一个是回了家的？我若批了你的假，又如何向其他将士交代？难道他们就不想回家吗？”

“可是王爷……”

“好了，不要多说了，退下吧。”

伙夫长努力想再争取，被伺候在王爷身边的副将拉出去了。

拉出军营很远了，副将才放开他。

“没看到王爷已经很不高兴了嘛，你说你好好的，没事为什么要去招惹他。”

伙夫长一脸的生无可恋：“眼下无战事，朝廷不让我们进城，又不让我们回家，我……”

“好了，别说了。”眼见着他越说越激动，副将忙打断他的话，“王爷也有王爷的苦衷，你也放宽心，最迟年末，王爷会给我们答复。”

“年初说年中会有答复，现在又说年末！”伙夫长实在是太生气了，说的话也不过脑子，“王爷肯定不急了，他有新王妃相伴，哪里管我们的死活。”

“放肆！”副将厉声喝住他，“王爷是什么样的人，我们跟随他这么多年，难道还不知道吗？”

副将当然不能将王爷是为了三军才娶了一个傻子为妃这种话告诉伙夫长，见他态度缓和下来，才放缓声音问道：“是不是家中出事了？”

伙夫长含泪点头：“母亲前日给我来信，说我妻子怀孕了，让我赶紧回去。”

“恭喜恭喜啊。”副将想了一会儿，觉得不对劲，“你都五年没回家了，你妻子怎么怀孕的？”

伙夫长一脸怨恨地看向副将，他这不是在他的绿帽子上浇油嘛！

气氛一时很是尴尬，副将想安慰伙夫长也不知道从何说起，只能拍了拍他的肩，安慰道："理解你。"

伙夫长一掌拍掉他的手："你理解什么！"

副将尴尬地摸摸鼻头，的确，他一个连媳妇都还没娶的人，哪里能体会这样的感受。不对，他为什么要去体会戴绿帽子是什么感受。

副将完美地将自己绕晕了，等他再抬头的时候，伙夫长已经走远了。

要不要将这件事告诉王爷，毕竟被戴绿帽子是大事，看伙夫长那样子的确蛮可怜的。

副将抬步，刚想往营帐里走，想了想还是转身走了，伸手敲了敲自己的脑袋。

"王爷刚结婚，给他说这事多不吉利呀，还是去找军师商量吧。"

副将下定决心，抬步往军营外走去。

萧煜这边在兵营为安顿士兵的事发愁，王府里的雪倾城却十分悠闲，准确来说，是有点无聊了。

雪倾城将丫鬟们都打发走了，一个人在院子里闲逛，逛到大门口，见门口立着几辆大马车，里里外外有人在忙碌着。

雪倾城好奇，嗑着瓜子靠近，摊开手心，将瓜子递给正站在门口的管家，问："你们这是在干什么呢？"

那管家没有回头，顺手抓了几粒瓜子，回道："安先生要出门，自然要好好准备。"

说话间，管家还不忘指挥护卫："你们检查仔细了，若是有半点差池，你我都没办法向王爷交代！"

雪倾城的脑海里顿时蹦出了早上看到的那个画面，深有同感地点点头。看来安先生和王爷这事，不算什么秘密呀，连管家都知道了。

雪倾城抚抚胸口，感叹：幸亏我发现得早。

畅春楼传唱的那些话本，后宅里妻妾争宠是最血腥可怕的事了，若是她发现得迟，一个不小心得罪了安先生，她肯定要被安先生虐成渣。

管家回头，发现站在他身后一直和他聊天的人居然是王妃，吓得就要下跪："王妃恕罪，属下不知是您，冒犯了。"

雪倾城最烦皇家这种跪来跪去的礼仪了，伸手虚扶了他一把，岂料管家这个人，一点都不领情就算了，还派人去把她房里负责伺候的丫鬟喊过来了，对着丫鬟一顿狠批，大意就是她们没有照顾好王妃，吓得丫鬟们一个个抖得都跟筛糠一样。

他这边训人训得正起劲，身后突然传来一道男声："这两个丫鬟犯了何事？"

是安询，他捧着一个暖炉，由人扶着，正往这边来。

管家见到安询，脸色和善了许多，迎上去解释道："这两个丫鬟是伺候王妃的，却没有照顾好王妃。王妃千金之躯，若是有半点闪失，那还得了。是以我这边正在训她们呢，惊扰了安先生，真是不好意思。"

安询扫了一眼站在一旁的雪倾城，眼睛眯了眯，心下已经开始盘算起来——

王妃房里的丫鬟都是王爷千挑万选出来的，半照顾半监视，这傻子王妃居然支开了丫鬟，还跑到正门来了，莫不是想出府去见接头人，传递府中情报。

安询这边心思活络，雪倾城也没闲着——都说安先生是这世上第一聪明人，要骗过他很难。之前有萧煜在，她对萧煜撒撒娇，也就蒙混过去了，眼下可怎么办。

雪倾城耸耸肩，吸吸鼻子，做出可怜状："不怪姐姐们，是我自己要跑出来玩的，安叔叔求求您，快帮我劝劝管家哥哥吧，让他不要再骂姐姐们了。"

年纪和萧煜相差无几，却被雪倾城硬生生喊成叔叔的安询表示很无语。他血气上涌，这次是被雪倾城气的。

"王妃您言语间还是注意一些为好，可不是随便哪个人都能做您的哥哥、姐姐，甚至叔叔的。"

因为心中不满，安询看着雪倾城那傻乎乎的样子，更觉得不爽，越看雪倾城，越觉得她的傻是装的。

雪倾城嘟起嘴，"哦"了一声。

管家见状，站出来对地上那两个丫鬟道："还不扶王妃进房！"

丫鬟们忙惶恐地从地上爬起来，扶着雪倾城往房间里走。

雪倾城还听到身后，管家和安询在说话——

“安先生，马车还需要半个时辰才能备好，您要不要先回去歇息一下呢。”

“我不过是去城东取药，无须这么麻烦。”

“安先生您是府中贵客，王爷再三交代过，让我们务必保护好您的安全，还请您不要让在下为难。”

“既然如此，那就麻烦你们了。”

“这是在下分内之事。”

雪倾城嗤鼻，哼，这管家，对她就是一副冷冰冰的态度，对安询那叫一个尊重。

不就是王爷更在意安询嘛，瞧那个在乎劲儿，去城东而已，紧张得跟什么似的。

有什么了不起的！

突然，她想到了什么。

城东？就是那个传说中有很多小吃的城东吗？她也想去玩！

城东小药馆

“我早跟你说过，不要忧虑太重，你偏不听。”留着一撇小胡子的大夫收起药包，对前来问诊的安询挥挥手，“你走吧，你已经病入膏肓了，神仙都救不了！”

安询也不恼，气定神闲地喝了一口茶：“开药吧。”

“我说了救不了，你是不是听不懂人话！”大夫怒吼着回头，却猛然愣住了，他分明看到有个人从马车底下钻了出来。

“嘿，丫头！”

大夫一声怒吼，吓得刚找到机会从马车底下钻出来的雪倾城“虎躯一震”。她正想跑，衣领已经被人一把抓住了。

“你躲在我家马车底下干什么？”身手敏捷的大夫三两下就捉住了准备开溜的雪倾城。

“谁说是你的马车，这马车明明是……”雪倾城话说到一半，连忙住嘴。

雪倾城一抬头，就见安先生正一脸疑惑地打量着自己。

第一次偷溜出来玩就被抓了个现行，雪倾城只能一脸尴尬地朝他挥挥手：“嗨。”

安询在她眼中已经是萧煜“正房”一样的存在了，透着不能侵犯的威严，虽然安询现在只是在发愁怎么搞定雪倾城这个跟上来的麻烦。

“你们认识？”大夫一看这状况就明白了，他问雪倾城，“既然认识，你没事钻什么马车底。”

雪倾城尴尬地笑了笑，眼下想跑是不可能了，只能乖乖地走到安询身边。

“王妃您稍等，我这就派人送您回去。”

“不……不用。”雪倾城连连摆手，“你忙你忙，等你忙完了我跟你一起回去。”

安询出来的时候带了侍卫，倒不怕雪倾城出什么事，于是点点头答应了，对大夫道：“快开药吧。”

安询一回头，就发现大夫正像发现新大陆一样盯着雪倾城看。

“咳咳。”安询轻咳，提醒他。

大夫不耐烦地挥挥手：“都说了你无药可医了，我没药，滚吧。”

他像个看到小妹妹的猥琐大叔，扬着一脸邪笑走向雪倾城：“你就是那个六王妃呀，有没有哪里不舒服，需不需要叔叔给你把把脉呀？”

大夫不安分的小手已经伸出去了，结果没摸到雪倾城，倒是摸到了一只男人的手——安询半路拦下了。他站在两人之间，挡住小胡子大夫那明显另有所图的猥琐目光。

“胡闹，这位是六王妃！”

“我知道呀，就是那个有名的傻子王妃嘛。”大夫撩了撩额前的头发，“如果不是她，一般人我还不感兴趣呢！”

隔着安询瘦弱的身躯，那小胡子大夫踮起脚问雪倾城：“六王妃，听说你小时候生了一场重病，烧坏了脑子之后就傻了，你是心智停留在六岁了吗？这么多年过去了，难道你就没有一点点长进吗？按理来说你这种情况……”

“住口！”安诩打断他，回头去向已经傻掉了的雪倾城赔罪，“王妃恕罪，我这位朋友是个医痴，见到病人就走不动道。”

雪倾城这才算弄明白，敢情这小胡子大夫是把自己当成实验对象了。

她默默地点头不说话。

“这么看挺正常的呀。”小胡子大夫捏着胡子，仔细打量着雪倾城。如果不是安诩说她是六王妃，他没办法把眼前这个安静的姑娘和傻子联系起来。

雪倾城心里“咯噔”一声，自己可千万不能露馅。

她忙做出小孩子的姿态，扯住安先生的袖子。

“大哥哥，你什么时候走啊，我不想看到那个怪叔叔。”

雪倾城可不傻，适才在王府门口她叫安诩“叔叔”惹得他发了好一顿火，事后回去想了想。她是萧煜的王妃，安先生是萧煜的“宠妃”，算下来都是平辈，所以她很机智地改了口。

只是这一次没惹怒安诩，倒是彻底激怒了小胡子大夫——“你叫我怪叔叔？”他指着安先生，“还叫他大哥哥？”

小胡子大夫郁闷得差点没吐出一口老血来，道：“小姑娘，我看你不是脑子不好，是眼神不好，我和你口中的大哥哥是同门，这老家伙，还和我同年！”

这下轮到雪倾城吃惊了，她瞥了一眼风度翩翩、玉树临风的安先生，再看一眼邋里邋遢，还留着一小撮胡子的大夫，这两人怎么看都不在一个年龄层啊。

面对雪倾城吃惊的目光，安诩淡定地拿起挂在椅子上的披风，搁在手上，对雪倾城做了一个请的手势。

“王妃，回去吧。”

“哎，你不拿药了吗？”小胡子大夫拦住他。

安诩瞥了他一眼，如果不是他修养好，这会儿怕是白眼都要翻出来了。

“你不是说神仙都救不了嘛。”

“那要看神仙心情好不好。”小胡子大夫厚脸皮地给自己脸上贴金，“要是神仙心情好，续上个把月的命也是没问题。”

小胡子大夫说着，踱步走进内室，不多时提了一串用绳子绑好的药包出来。

“这药劲很大，回去熬着备用，发病了再吃。”

见雪倾城睁着大眼睛眼巴巴地望着自己，小胡子大夫有些话倒不好说，他将安询拉到一边，低声耳语了几句，然后摊开安询的手心，在他的手心里写下一个字。

安询顿时脸色凝重，手指尖都在颤抖，半晌才捏成团，像是用尽了毕生力气一样。

雪倾城将这一幕看在眼里，蓦然觉得眼前的画风也挺养眼的。

惨了惨了，安先生可是六王爷的人，眼下又和小胡子大夫勾肩搭背，这不是……

可怜的萧煜。

怀着这样的心思，上马车的时候雪倾城一直冷着脸，安询自然不敢和她同坐一辆马车，只能坐在马车外，不过赶马车这活还轮不到他，自有人在他身边扬鞭驱马。

还是雪倾城先坐不住了，她敲敲马车车壁，问道：“安先生，您生重病了吗？”

雪倾城知道安先生是“大房”之后，可是做足了工作。

她通过对丫鬟们的旁敲侧击早就知道了安先生是萧煜最为倚重的军师，跟着萧煜南征北战，是过命的交情。

也就是知道这些事，雪倾城才觉得自己还是安安心心当个混吃等死的米虫就算了，争宠这种费脑力和体力活的事，还是别往上凑了。

更何况有安先生在，她也不用担心萧煜会对自己做什么事，毕竟安先生还在王府呢，萧煜就算想做什么不也得看安先生的脸色嘛。但眼下，安先生就要“病亡”了，这可糟糕了。

而一直靠着马车壁，闭目养神的安询，陡然睁开眼，眼神里的情绪复杂难明。

“王妃，您怎么知道的？”在发现有雪倾城在场之后，他可是刻意避开了和大夫讨论病情。

“你都去看大夫了呀，难道不是生了病才需要看大夫吗？”雪倾城努力学着小孩子的口气，“而且那个奇怪的大夫说出你‘无药可医’这样的话来，难道不是生了重病的意思吗？”

安询这才想起，那个嘴上没个把门的小胡子，的确说过这样的话。他这才敛住眼神里的杀意。

“他说话从来不着边际，王妃您不用放在心上。”

“这样啊。”雪倾城嘴上虽然这么说，可心里却一点都不认同。

一个身为医痴看到值得研究的病人就两眼放光的大夫，会胡乱说一个人‘无药可医’吗。当她是傻子，这么好忽悠呢。

哦，不对，她现在的确就是个“傻子”。

雪倾城想到自己现在是个“傻子”，一个不值得说实话的傻子，也就原谅了安先生敷衍自己的事了。

雪倾城不知道，她不过是出于好心随便一问，却在安询的心里埋下了怀疑的种子——一个心细如发、非敌非友的王妃，如果不是傻子，对六王爷来说绝不是什么好事。

安先生心中装着事，也没有注意路，等回过神来，才发现马车已经被人开到了荒山之中，而身后的护卫早就不见了。

安询顿时察觉到不对劲了，他偏头一看，才发现车夫不知道什么时候已经换人了。他一下就认出了那人。

“伙夫长？你怎么在这里？”

“王爷有急事要找先生商量，特命我来接先生。”

萧煜有急事怎么会派一个伙夫长来接自己，更何况这条路明显就不是去军营的。

“停车。”

伙夫长自然没听他的，抡鞭挥向马屁股，马儿吃痛，扬蹄跑得更远了。

原本平稳前行的马车顿时变得颠簸起来，若不是安询勉力抓着车椽，这会子已经被甩出去了。

安询身体弱，连番折腾下来，脸色煞白，根本不用伙夫长做什么，身体就已经受不住了。

伙夫长省了对付他的麻烦，直接用马鞭将探出头来的雪倾城一把绑了，将两人推搡着塞进一间破庙里。

雪倾城的双手被反扣着，完全在状况外的她伸长了脖子看着那个身材略微有些发福的绑匪，问："这位大哥，你为什么要绑我们呀？"

"绑匪"回头，努力想做出凶神恶煞的样子，结果只是把脸挤成了一团，吓是能吓到人——毕竟丑得不忍直视。

"我要回家，我不要待在这个鬼地方了，要是王爷不放我走，我就把你们都杀了！"

雪倾城听到这个答案，下意识反问道："那你为什么不直接逃跑？"

比起费尽心思把他们绑起来，直接逃跑要简单得多吧。

"王妃，你有所不知。"安询此刻已经恢复了一点力气，他挣扎着坐起来，回答雪倾城，"军中将士名册都有记录，原籍何处，家中尚余几人，这头才出事，那头乡长就会找到家里去了，若是做了逃兵就一辈子回不了家。更何况，如果是正常地回家省亲，将士们能领到一大笔慰问金。看他这穷酸样，就是还没拿到钱的。"

安询一番话说得伙夫长一个壮汉红了脸，他气急败坏地吼道："烦死了，闭嘴！"

不过安先生这悠闲自在的神态倒是给雪倾城打了一剂强心针，安先生应该是对这个绑匪十分熟悉，且知道对方不会伤害自己才会如此淡定。

意识到这一点，雪倾城也不慌了，她打量着那个伙夫长，发现他的腰间别着一大堆的瓶瓶罐罐，罐子外面还有一些油盐酱醋的痕迹。

刚才安先生称这个人什么来着，伙夫长？雪倾城记得以前在街头认识的那个退伍的老军官，好像也是这个职务。

"喂，你是厨子吗？我饿了。"

头一次干劫匪的伙夫长，感觉自己受到了深深的侮辱。

伙夫长难以置信地看着雪倾城："你不知道你被我绑架了吗？"

"知道啊。"

"那你不应该害怕吗？"

"怕，但我也饿啊。"雪倾城拍拍空荡荡的肚皮。

她这人就是这点不好，受不了饿，一饿就发慌不说，为了吃的什么事都做得出来。毕竟她可是曾经能够一边指挥街头大战，一边腾出手来点小笼包的人。

更何况现在一个现成的厨子就摆在自己面前，她不使唤岂不是太浪费人才了。

伙夫长这才意识到王妃是个傻子的事实来，他认命地从鼓囊囊的衣服里掏出一小袋面粉来，道："条件有限，只有烧饼。"

雪倾城已经被他身上随便一掏就能掏出食材的特异功能震惊了，只见他像是变杂耍一样，一会儿掏出面粉来，一会儿又弄出一根趁手的擀面杖来。

出去接个水的工夫，还能顺手带回来一只五彩斑斓的壮硕野鸡。

雪倾城很没骨气地咽了咽口水。

伙夫长干起厨子来比干劫匪熟练多了，"唰唰"几下那只野鸡就被褪净鸡毛，被放在火上来回转着烤，火堆里还放着刚捏好的烧饼，香味很快就出来了。

这对本来就肚子饿的雪倾城而言，就是种折磨，看着鸡肉已经变了色泽，焦黄喷香。她"噌噌噌"跑到伙夫长的身边。

"可以吃了吗？可以吃了吗？"

伙夫长从腰间取下一个水壶。

"去净手。"

伙夫长在烹饪这件事上展示出了异于常人的专注和固执，雪倾城身为等吃的那一个，乖乖地照做了。

她洗完手回来，才得以被恩赐一只鸡腿，用刚采摘回来的新鲜的芭蕉叶包裹着，一口下去，唇齿留香。

雪倾城学着伙夫长的样子，席地而坐，一边狂啃，一边还不忘给伙夫长点赞。

“哇，你这个鸡肉不老不嫩，火候刚刚好。”

“那可是，入伍我就在烧火了，两军对峙的时候我都能在战场上做饭，这算什么。”

“你还在战场上做过饭？”

“那是当然，那次王爷和南蛮王子对战，南蛮王子窝在山坳里不出来，也不鸣鼓迎战，只会耍嘴皮子骂我们王爷，僵持了足足有两个时辰。王爷说他饿了，命我在阵前生火做饭。那些南蛮子被我们困住，该有两日没进米了，闻到肉香味一个个都忍不住了，哪里还肯打仗，最后我们不费一兵一卒就将南蛮降服了。”

这才叫“不战而屈人之兵”。

不知道为什么，虽然她知道安先生是萧煜的军师，萧煜好几场大战都是安先生出谋划策拿下的，但是对阵前炊火这种奇谋，她却没有任何怀疑地相信这是萧煜想出来的。

大抵是因为萧煜对她动不动就亲亲抱抱，从来都不正经的缘故吧。

她刚想到安先生，还被绑着扔在草垛上的安先生就猛烈地咳嗽起来。

雪倾城回过神来——自己吃得太起劲，把他给忘了。

她撕了一块鸡胸肉，捧着伙夫长刚才递给她的那个水壶，来到安先生身边。而此时，啃鸡骨头啃得起劲的伙夫长终于意识到了不对劲，他诧异地望着雪倾城，问：“你什么时候跑出来的？”

安询可是亲眼看着雪倾城三下五除二就挣脱了捆着她的马鞭，本以为她一定会找机会跑出去搬救兵，结果这个吃货，挣脱了马鞭之后的第一件事居然是跑去讨吃的。任他快把肺都咳碎了来提醒她，她都没一点反应。

好不容易有点反应，还被伙夫长发现了。

安询手脚都被捆着，纵身一扑，拦住伙夫长的路。

“王妃，你快跑！”

雪倾城抓起鸡肉啃了一口，一脸无辜，道：“这里有好吃的，我为什么要跑？”

安询被气到内伤，一口血差点没吐出来。

他果然不该对一个傻子王妃抱太大的希望。

伙夫长没想到他又是伪装，又是绑架，结果还没一只野鸡管用，劫匪生涯备受打击的同时，厨子的身份却是得到了极大的肯定。

他心想：这傻子王妃也太好糊弄了。

他又从火堆里拨出一个烧饼来，浇上蜂蜜，对雪倾城招手："王妃，烧饼也好了，您快尝尝。"

雪倾城高兴地跑过去，热乎乎的烧饼入肚，整个人都暖和了。

其实她不是蠢，且不说她最近被人喂猪一样地养着，早就跑不动了。就算她真的侥幸能够跑脱，这荒郊野岭的，也不识路。她要是自己跑出去了，救兵没找到，遇到个野狼、老虎什么的，那小命就要不保了。

与其这样，倒不如在这里待着，反正有安先生这个军师在，萧煜再怎么说也不会见死不救。

安询和伙夫长自然想不到雪倾城的小心思，特别是安询，已经对雪倾城彻底绝望了。看着她啃烧饼啃得正香，他也饿了。

"给我松绑，我答应你，不跑。"安询对伙夫长命令道。

岂料这次伙夫长却是很不给面子地摇摇头："我不能答应你。"

伙夫长从火堆里拨出一个烧饼来，拍掉灰搁在一旁的芭蕉叶上。

"安先生你别急，等我们吃完了来喂你。"

安询这回算是体会到当年三军阵前，我方炊火时，对方战士的感受了，看得到，吃不着真是难熬。

"喂，你都放王妃自由了，为什么我不可以？"毕竟从体能上来说，雪倾城比他这个病人要好太多了！

"你太聪明了，能跟王妃比吗？"

伙夫长一句话堵得安询说不出话来，最可气的是，雪倾城还在一边猛啃烧饼，一边点头附和。

"是的，太聪明了，不能放！"

好不容易等伙夫长吃饱喝足了，他才端着早就凉了的鸡肉和烧饼，准备喂给安询。

安询抗议："凭什么王妃的加了蜂蜜，我的没有？"

伙夫长摇了摇已经空了的蜂蜜罐，道："安先生，真不好意思，我也没想到王妃这么能吃。"顿了顿，伙夫长补充道，"再说了，你也知道人家是王妃，吃得肯定要比我们好些。"

安询再一次被堵得无言以对，身为天下第一聪明人，他有一种被人玩弄的屈辱感。而眼下，他肚子饿得咕咕叫，又不得不咬着伙夫长那只油腻腻的手递过来的烧饼，一口一口地把这满肚子的屈辱咽下去。

一顿饭饱，天色也渐渐暗下来了。

山中寒气入庙，三人围着篝火而坐，促膝而谈。

其中说得最多的是伙夫长和安先生，雪倾城满嘴塞着伙夫长烤的小零嘴，除了点头应两声，压根儿腾不出口来说话。

"伙夫长，你说有没有什么办法能够让三军将士吃饱？"

安询突然来了这么无厘头的一句，伙夫长顺口就接了："要吃饱还不容易，有米有菜就行了。"

"如果无米无菜呢？"这件事一直压在安询的心里，他只差没有直接说朝廷不给拨军饷了。

伙夫长没有听明白，直接回道："无米无菜那就没办法了，'巧妇难为无米之炊'吗。"

安询低下头，喃喃念着："也是。"

他自己都想不到的难题，怎么能指望一个伙夫长给出答案。

雪倾城就水咽下一口烧饼，插话道："没有就自己种嘛。"

"三军将士可都是上场杀敌的汉子，都去做农活了，谁去保家卫国！"伙夫长当即就反驳了雪倾城。

"现在不是没打仗吗。"

"但是这样势必会动摇军心，大敌当前，如何能迅速应敌。"这次说话的是安询，他已经在思考雪倾城的建议了。

"把种菜当打仗不就行了。"

雪倾城想不通，这么简单的道理怎么这群人要想这么多。就连她混街头的那些兄弟，要想吃饱吃好，都要去种菜养猪。

她的那群兄弟，每次杀猪比打架还要兴奋。

雪倾城想起自己的那群兄弟，顿时有些伤感，虽然他们平日里大部分时候都像一群傻瓜，但是一离开他们，还是蛮想他们的。

也不知道他们过得好不好，是不是有新的指挥官了，取代了她的位置带领他们去街头巷尾瞎溜达。

雪倾城难得地伤感一回，自然没注意到身旁的男人已经震惊到下巴都快掉下来。

安询已经被雪倾城惊世骇俗的言论震惊到了。

不！

应该说是醍醐灌顶。

他从没想过军队还能这么玩。

一般战时都会直接从地方抓壮丁上战场，闲时只会留小部分留守都城，大部分抓壮丁上来的人会遣散回原籍。

所以其实安询和萧煜心里都很清楚，皇上让六王爷自负盈亏，等于让他遣散军队。但毕竟是出生入死过的兄弟，更何况大部分都是从绢城来的，都没了家，没了亲人，毕生的仰仗只有萧煜一个人。

更何况，南蛮突然求和，其心难测，谁也不敢贸然在此时遣散冲锋军。

一直堵在心里的一块心病烟消云散，安询激动地抓住雪倾城的手，就跟见到再生父母一样："王妃，谢谢您！"

雪倾城被他弄得一头雾水。

就在此时，破庙的大门被人一脚踢开，萧煜怒气冲冲地出现在门后："你们在干什么？"

萧煜冲上前，一把拍掉安询握着雪倾城的那只手，将雪倾城拉起来，霸道地搂在自己怀里。

"我当你是兄弟，你居然敢挖我墙脚！"

安询急得直冒冷汗，忙摇头解释："我没有！"

"我没有！"

后面这句是雪倾城说的，她认为萧煜是在吃安先生的醋，毕竟安先生才是他的“正房”，如今他居然和一个女人有说有笑，萧煜会吃醋是很正常的。

只是两个人如此有默契地反驳，无疑在萧煜的醋火上浇了一盆油。

他瞥了安先生一眼，怒气冲冲道：“安询，我等你解释！”

他的样子落在雪倾城的眼里，活脱脱一副受了委屈的小妻子的模样。

为了家庭和睦着想，雪倾城觉得自己似乎有必要解释一下她这个挂名王妃真的没有和安先生争宠的必要。

不过还没等她开口解释，安询已经将萧煜拉到一边，低声耳语了几句，萧煜的脸色顿时由阴转晴。

“妙，当真是妙！”

萧煜激动得难以自抑，伸手狠狠地抱了安询一把，还狠狠地拍了他几下，差点没拍出内伤。

然而雪倾城已经没眼看了。

大庭广众之下搂搂抱抱，实在是有伤风化，她都看不下去了。

然而心情上好的萧煜走过来的时候，满面春风，就连看着伙夫长的眼神都柔和许多。

“你就是劫持王妃的那个劫匪？”

伙夫长被他这个样子吓坏了：“王……王爷……”

“行，你的事副将跟我说过了，我很同情，你的假我批了，不过只有一个月，一个月之后你必须回来。”想了想，萧煜板起脸，“你擅离军营，绑架王妃，回来了自己去找副将领板子吧。”

伙夫长感动得痛哭流涕，连磕了好几个响头，一直跪在地上，送萧煜一行人出门。

雪倾城虽然清楚军营里“没有规矩不成方圆”，可是看着高兴得像个孩子一样的伙夫长，她还是忍不住感慨：“都要被打板子了，还这么高兴。”

“你还有这工夫担心别人！”登上马车，萧煜一个栗暴敲在雪倾城的头上，“说，你擅离王府，该怎么罚！”

雪倾城吐了吐舌头，缩回脖子。

她这样子让萧煜喉头一紧，顺势就要吻下去，结果还没等动作，只听到两声轻咳，正掀帘走进来的安询见状就要退出去。

“那个……我什么都没看见，你们继续。”

“给我滚进来！”萧煜一声怒吼，吓得雪倾城和安询都是一震。

雪倾城吓得将身子缩进角落里。

暴怒中的萧煜还是很可怕的。

萧煜意识到自己的态度吓到小王妃了，他放软态度，却拉不下脸来对雪倾城道歉，只能对安询说道：“你进来，我有话问你。”

雪倾城更委屈了，果然安先生才是他的最爱啊，面对她就是暴躁魔王，面对安先生秒变温顺小绵羊。

哎，当一个夹在王爷和安先生之间的空壳王妃，心好累！

其实安询也忐忑不安，自从王爷娶了这个小王妃之后，脾气就难以捉摸了，他不敢靠近，只挑了一个离门口最近的地儿，正襟危坐。

不料王爷这番把他喊进来只是为了商量处置军队的事。

安询瞥了一眼雪倾城，怯怯地问了一句：“王爷您确定要在这里说？”

“你不是说这主意还是倾城提醒你的嘛，正好让她也听听，兴许她能有更好的主意。”

安询想了想，点点头，遂说道：“经王妃点醒之后，我仔细想了想，让兵士自给自足的主意的确不错，不过有几个问题要解决。其一，这么多人要安排到哪里？”

萧煜捏着下巴，也陷入沉思中。

“是啊，若是带进京都，势必会引起骚乱。可扎营也非长久之计，久了也容易出事。”

萧煜将目光投向雪倾城，问：“你怎么看？”

雪倾城正神游太虚呢，猛然被点名，就像是被先生教训的小学生，顿时乖乖坐好。后知后觉意识到萧煜的问题之后，又不敢置信地指了指自己：“你是……在问我吗？”

“嗯，我在问你。”

雪倾城突然伸手往萧煜的额头上探去，萧煜将她的手拉下来，脸色微沉："别闹，跟你说正事呢。"

"我没闹啊，我只是想看看你有没有发烧。"

"我好好的，你怎么突然这么问？"

"如果不是像我一样烧坏脑子，那怎么会来问我呀？"言下之意：军机大事什么的，咨询一个傻子真的没问题吗。

萧煜的脸色更不好看了。

看他和安先生都是一脸为难，似乎很苦恼的样子，雪倾城倒不忍心真的不理他们。她认真地考虑起这个问题来。

雪倾城长到这么大，在街头打架几乎贯穿了她的上半辈子，她能去找答案的地方，也只有这一方面了。

虽说她动不动就指挥"街头大战"，但关于安顿问题她还真的没有考虑过。毕竟没有架打的时候，都会自己去找地方玩，而她自己，找些寺庙混点免费施舍的斋饭，日子也过得十分逍遥。

不过……

雪倾城灵光一闪，兴奋地想告诉萧煜答案，瞥到安先生正探究般看着自己，这才想起自己傻子的身份来，换了个语气，说道："我觉得刚才那个破庙就能装很多人呀，还能做好吃的呢。"

在座的都是聪明人，她只是稍微提醒了一下，萧煜顿时就明白了。

"对呀，我怎么没想到！"萧煜手舞足蹈地描述，颇有几分指点江山的霸气，"城外有那么多庙，几乎整个山头都是他们的，一座庙容纳几百人绝对不成问题。寺庙一般会分有土地，连地的问题都解决了。"

有了主意，萧煜顿时条理清明了。

"安先生，这件事交给你去办，你派人去统计一下，方圆百里内共有多少寺庙，将底下的人都安排下去。"

安询狐疑地打量了雪倾城一眼，被萧煜带有防备的眼神一瞪之后，这才敛下眼神里的防备，恭恭敬敬地回道："是。"

雪倾城又出了一个奇谋，萧煜大喜过望，直呼她是福星，还说作为奖励，本来已经准备去睡书房的他，决定搬回来和她一起睡觉。

雪倾城心想：你这算哪门子的奖励，我并不想和你一起睡觉啊！

雪倾城虽然内心已经在狂骂，却还是不得不挂着微笑，看着萧煜把早上才搬出房间的衣物又搬回来。不过跟着搬进来的，还有一张躺椅。

不大不小，刚够一个人躺。

晚间，雪倾城才知道，这个躺椅就是他的床。

萧煜见雪倾城吃惊地看着自己，一脸坏笑："怎么了，我的王妃。难不成你想和为夫一起睡躺椅？"

雪倾城以光速脱鞋掀被，把自己埋进去，绝不再多看他一眼，免得那个自恋狂又以为她对他有什么非分之想。

见雪倾城躺下来，萧煜放下兵书，吹熄了桌上的蜡烛，皎白的月光洒进来，落在帷幕里那个鼓起的小身板上。

萧煜单手撑着头，只是看着她的背影，就忍不住弯了嘴角。

从成亲的第一天起，他就发现这个傻子王妃逗起来还挺有意思的。

就在这时，逗起来很有意思的王妃开始发问了："王爷，你为什么这么喜欢逗我？"

"我不是喜欢逗你。"

我是喜欢你呀，傻瓜。

哪怕他自己都还说不清到底是男女之间的那种喜欢，还是只是单纯的饲主对小动物般的喜欢，但雪倾城会让他感到安心舒服，这是事实。

他萧煜不是个拐弯抹角的人，喜欢就要让人家知道，这是他一贯的风格。雪倾城却只觉得他是在敷衍自己，索性不问了，蜷着身子，睡过去了。

萧煜看着那一抹小身影，含笑合上眼，沉入梦乡。

虽然睡椅不如床榻舒服，不过却是萧煜自打成亲以来难得的一个好觉。一夜无梦，第二天天刚亮就醒了。他掀被坐起来，伸了个懒腰，习惯性地往雪倾城那边望过去，只见大红的喜被早就被踢落在地上，而床上空荡荡的，早就不见人影。

这倒让萧煜好奇了，一向睡到日上三竿，不到午膳时绝对不起床的雪倾城，居然这么早就起床了。

他正纳闷儿呢，突听得床底下传来"哎哟"一声响。

接着，他就见他的小王妃披头散发，灰头土脸地从床底下爬出来，她睡眼惺忪，半睁着眼找了找，看到地上有被子，估计以为那是床，一头扎了进去，像裹粽子一样将自己裹成一个蚕宝宝，然后带着满足的微笑，继续睡过去了。

萧煜顿时觉得，自己昨晚要分床睡的决定实在是太明智了。

他认命地走上前去，拎起地上的那个蚕宝宝，第一次用力太轻，还差点闪了腰。

这两天雪倾城又长了不少呀！

萧煜还得咬了咬牙，才能连人带被将雪倾城从地上拎起来，扔到床上。干完这些，饶是常年征战，身材健硕的他，气息也变得有些紊乱，他看着裹在被子里兀自不安分乱动的人，想了想还是觉得不放心，遂将丫鬟喊进门来，交代："去找一些枕头来。"想了想，补充道，"等王妃醒了之后，命人将床底下打扫干净，铺上软垫。"

丫鬟虽然不明白王爷在抽什么风，提这些稀奇古怪的要求，不过主子有命，她不敢推辞，领命退下去了。

不过退下去的第一件事却不是安排王爷吩咐的事，而是忙着八卦："王爷一大早和王妃的战况很是凶猛，我看王爷那脸色，啧啧……一看就是还没缓过来。"

"这个傻子王妃这么厉害吗？王爷素来不近女色，以前我还以为王爷和安先生……"

"哎，想安先生为王爷呕心沥血这么多年，可怜啊。"

几个丫鬟讨论得正欢，殊不知八卦的主角正站在他们身后。

"王府是你们乱嚼舌根的地方吗？"

几个丫鬟一回头，就发现安先生正站在自己的身后，莫不被吓破了胆，低着头匆匆道别，踩着小碎步一哄而散了。而安先生皱着的眉头却没有放松，看着王妃所住的方向，若有所思。

"晨间露重，安先生怎么不多休息一会儿？"身后陡然响起一道声音，安先生转过身子，朝那人鞠躬。

"王爷。"

萧煜穿着一身劲装，本是准备去要一套枪，见到安询了就过来打个招呼。

“看你的脸色，似乎有什么心事。”

“王爷，您曾经对我说过，觉得王妃不是个傻子。”

萧煜拧眉。

“你发现了什么？”

“倒是没有直接证据。”

安先生这么说，萧煜居然松了一口气。不过安先生话锋一转，将他的心再次提起来了。

“不过，以我之见，王爷还是和王妃保持距离为好，如果有机会就和离。”

“和离？”萧煜很是震惊，“当初可是你让我娶她的。”

“是，但是前提是雪倾城必须是个傻子。”安先生苦口婆心地劝着萧煜，“王爷，依奴才这些天的观察，这王妃绝非等闲之人。就冲她屡进奇谋来看，绝对不是一个简单的傻子！”

萧煜却挥挥手，满不在乎。

“我说你是怎么了呢，原来只是因为倾城昨天出了几个好主意啊，她那是瞎猫撞上死耗子，碰巧罢了。”

“化兵为农还可以说是凑巧，屯兵进庙却绝不是巧合。”

安先生揪着这事不放，让萧煜心烦气躁。

“屯兵进庙明明是我想出来的主意，哪里有她什么事。”

“可是王爷您别忘了，若是没有王妃恰到好处提醒您的那一句，您不一定想得到。”

“你是在质疑我的智商，觉得我还比不过傻子吗？”

“我不敢。”

虽然安先生先低头，不再就这个事和萧煜争辩，可怀疑的种子却在萧煜的心里种下了，其实萧煜的心里很清楚，昨天的那两条解了燃眉之急的奇策，的确是太不寻常了。

“安先生，应该是你多想了，那道要停军饷的口谕只有你知我知，父皇知。她应该只是碰巧撞上了，不是预谋。”萧煜不是不怀疑，只是一想到雪倾城早间干的那件蠢事，他只想笑。

雪倾城如果是细作，那绝对是史上最蠢的细作了。

“我自然相信王妃绝不是有预谋为之，但是王爷您这一路走来，哪一步不是如履薄冰，如今不少人都盯着您，就等着您出事呢。王妃如果不是个傻子，对您而言绝对不是个什么好事。况且……”

况且他还担心六王爷真的对雪倾城动情了。

“情”之一字，最是误事，它会让原本无坚不摧的人有软肋，有把柄。对别人而言或许不算什么，可是对举步维艰的萧煜而言，这就是致命弱点。

“所以，为了您，也是为了王妃着想，我觉得王爷您等这段时间风头过了，还是赶紧找个机会和王妃和离吧。”安先生劝道

“如果我不愿意呢。”萧煜的眼神却异常坚定。

安先生心里“咯噔”一下。

看到萧煜眼神的那一刻，他心里就响起两个字——坏了！

“如果我不愿意呢。”萧煜又重申了一遍，分毫不让。

安先生也不甘示弱，抬头和他直视，两人眼神里碰撞出噼里啪啦的火花：“我这辈子就是为了保护王爷而生，为了王爷我能做任何事！”

“你这话是什么意思？”

“王爷如果执意不肯和离，一旦我抓到王妃装傻的证据，我不会介意帮助王爷处理掉隐患！”

听到这话，萧煜顿时红了眼：“你敢！”

“谋士一生只为一主，为了保护王爷，我能做任何事。王爷既然执意要保王妃，那就祈祷她不被我抓到把柄吧。”安先生拱拱手，“王爷，请恕我失礼，先行一步了。”

安询梗着脖子，挺直脊背往自己的住处走去。走了没两步，喉头上就涌上一口腥甜，他将那股恶心强压下去了，拼命撑着摇摇欲坠的身体往前走，努力不让人看出端倪。

他知道自己时日不多了，他一定要在死之前为王爷找到一个给能够

替代他的军师，代替他继续为王爷保驾护航。

还有那个傻子王妃。

他已经有九成的把握，确定她在装傻了，他一定要将她揭穿！

萧煜在安先生走了之后，也骂咧咧地走了。等他们都走了，一直趴在墙外面偷听的雪倾城才敢探出头来。

其实萧煜将她抱上床的时候她就醒了，她听到他吩咐丫鬟给她多加几个枕头，还说要在床底下铺软垫。她追上来想问问他到底想干什么，却一不小心听了个墙角。

听完安先生的话，雪倾城回想起自己在他面前露出的那些马脚，顿时觉得整个人都不好了。

在她不知道的时候，居然在鬼门关走了这么多次！

“不过这个安先生也真是。”雪倾城忍不住吐槽，“看上去挺大度的一个人，怎么心眼这么小啊。我不过是和萧煜做了挂名夫妻，他就忍不住吃醋了。如果我真的和萧煜有什么，那还不得挥刀砍过来呀。”

雪倾城摸了摸自己的脖子，深深地咽下一口口水。

虽然在王府当米虫很爽，但还是小命要紧。既然安先生吃醋吃得这么厉害，到了她不和离就要宰了她的地步，她还是识时务，早点让出王妃之位算了。

那么问题来了——怎样才能让萧煜休了自己？

往后几天，萧煜发现他的小王妃似乎有意躲着自己，不仅一看到他就跑，就连用膳的时候，她也不肯露面了。

而且据丫鬟说，王妃这几天很不安分，总是会犯下一些啼笑皆非的小错，比如往鱼缸里倒墨汁，比如裁掉床单做披风，傻得底下人很是头疼。就好像，她生怕别人不知道她是个傻子一样。

这种情况一直持续到她归宁的那天。

雪倾城一回到家后，就把自己锁在闺房里，无论大家怎么劝她都不肯再跟萧煜回去了，这让萧煜差点被雪倾城那护妹狂魔的兄长们狂揍。

萧煜一脸无辜，他也很想知道自家小王妃到底是怎么回事啊！

雪倾城不肯回王府，萧煜也不管雪家人欢不欢迎，自作主张地将书房搬到了雪倾城闺房的隔壁。

看到他这副自来熟的做派，雪倾城的大哥雪轻墨啐了一口唾沫，骂道："他还真不把自己当外人！"

雪倾城的三哥雪轻书看不过去了，提醒道："大哥，王爷现在是我们的妹夫，本来就不是外人。"

雪轻墨毫不客气地赏了弟弟一个栗暴："胳膊肘往哪里拐呢！"

雪太傅有三个儿子，长子雪轻墨，次子雪轻剑，幼子雪轻书。因为是三胞胎，太傅夫人生产的时候，可是轰动一时的大新闻。

可一举得三子的雪太傅并不是很开心，毕竟他只喜欢软萌的、会甜甜地叫他爹爹抱抱的女儿。

在雪太傅夜以继日的努力下，太傅夫人终于在次年又怀上了，生下了一个女儿，雪太傅高兴得笑了一整天，还给女儿取名倾城，逢人都要夸自己宝贝女儿一番。

在这样的家庭环境下长大的雪家三胞胎，难免沾染上父亲的"恶习"。只不过雪太傅是宠女如狂，他们三个就是爱妹如痴了。

哪怕是对着义妹，他们也会不自觉地就暴露出宠妹的习惯来。

所以一看妹妹回来就把自己锁在房里，死活不肯见萧煜，他们就笃定萧煜欺负了自己的宝贝妹妹。

三个人自发组织在雪倾城的闺房门口轮班，就差没在门口立上一块牌子：萧煜与狗不得入内。

雪家唯一理智一点的就是太傅夫人了，她也是雪家唯一一个能够坐下来和萧煜聊两句的人。

太傅夫人霸气十足地将一把菜刀拍在桌上，道："说吧，你对我女儿做了什么，怎么才几天没见，她就成这样了？"

萧煜十分无语。

"岳母大人，我对天发誓，对倾城绝对没有半分亏待，她突然这样，我也很想知道原因。"

太傅夫人撇撇嘴道："我当然知道你小子不敢对倾城怎么样了，我

是问你怎么把倾城养得这么胖了？”

“什么？”

“你难道不知道身为一个女人，身材和容貌一样重要吗？你让她没有节制地吃，和毁她的容有什么区别？”

萧煜觉得自己已经跟不上这家人神奇的思路了，默默地抹了一把冷汗，毕恭毕敬地回道：“岳母大人放心，不管倾城变成什么样，我都不会嫌弃她。”

没想到太傅夫人毫不客气地翻了一个白眼，道：“我嫌弃！以后你可不许再这么喂她了！

萧煜只能点头应是。

闹完了，太傅夫人收回菜刀，回到正题：“当初你来我家求娶倾城的时候，说过你会对她一辈子好，我可是当了真的。”

“我萧煜说到做到，绝不违誓。”萧煜举手发誓，他从来就不是那种始乱终弃的男人，既然已经决定娶雪倾城为妻，便是他的责任，他就做好了护她一辈子的准备。

“我自己的女儿，我知道她有几斤几两。把她嫁给你，就没指望你们夫妻能够举案齐眉，过正常的夫妻生活，你就只当你是她的哥哥那般对她就行了。”虽然不是自己亲生的女儿，但是太傅夫人是真的把雪倾城当成了自己的亲女儿对待。

萧煜听得很是认真，比当年听太傅讲课的时候还要认真，提起问来也是毕恭毕敬。

“还请岳母大人示下。”

“还不明白？”

“小婿愚钝。”

“我那丫头没几天就会发一次疯，等她疯完就好了。你看他几个哥哥就知道了，倾城在气头上，他们哪有往上头凑的。所以，你该干吗就去干吗，不用管倾城。她毕竟年纪小，没两天就忘了。”

“这……这样吗？”萧煜虽然很想说：感觉倾城这次是动真格的，不是闹着玩的。不过看着太傅夫人那犀利的眼神和那把锋利的菜刀，萧煜把要说的话都咽进肚子里。

“岳母大人英明，小婿受教了。”

由于太傅夫人再三保证，会把雪倾城劝回来，萧煜这才放心地一个人回了王府。

萧煜走后，太傅夫人拎着菜刀就冲进了雪倾城的房间。

彼时，听说萧煜终于走了的雪倾城，正高兴地摆了一大桌子菜庆祝呢，一抬眼发现太傅夫人拎着一把菜刀就冲进来了，吓得差点没从凳子上跌下去。

“回王府，还是去阴曹地府，自己选。”

太傅夫人将刀一把插进红木桌子上，刀尖入木，功力深厚。

迫于太傅夫人的淫威，雪倾城只能乖乖地收拾了东西回王府去了。

这两天一直要应付小心眼皇上的雪太傅，一边目送女儿离开，一边给夫人捏肩。

“还是夫人有办法，皇上还以为我和六王爷在商量什么坏事呢，今天一天就召见我三次了，那小祖宗要是再不走，我都要走了。”

太傅夫人白了雪太傅一眼，霸气侧漏：“还不是你宠的！”

“是，夫人教训得是，是为夫不好。”

太傅夫人被他逗得又好气又好笑：“要是咱们女婿有你一半嘴甜，也不至于连个倾城都哄不住了。”

“那孩子实诚呀。”

“哎，让她代嫁我是一百个不乐意的，那孩子本来就吃了那么多苦，现在还要代替倾城……”

见她越说越多，雪太傅忙抓住妻子的手，郑重承诺：“这也是权宜之计，为社稷苍生。再说了，六王爷虽然不如其他皇子那般得皇上喜欢，但是他的人品秉性的确是不可多得的，我们女儿的夫婿的上佳人选。”

“我才不管你的社稷苍生，我只心疼孩子！”太傅夫人叹了口气，“我现在就希望他们夫妻和睦，要是她能为六王爷生个一儿半女，有儿女伴身，哪怕事发，看在孩子的面子上也能自保。对了，相公，你说那孩子大大咧咧的样子，会知道男女之事嘛，要不我们再请人教教她？”

雪太傅的脸霎时就红了：“我说夫人呀，你不是往女儿的嫁妆里面塞了那种书了嘛，再说了，六王爷不傻。放心吧。”

而被雪太傅高度评价的萧煜，此刻正抱着被子，像一只可怜的小狗。

“虽然我不知道自己哪里做得不好，惹你生气了，不过既然你不喜欢我，我走就是。”

他往外挪了两步，发现雪倾城并没有挽留他的意思，又忍不住道：“不过下次你生我的气，赶我出去就是，不要一个人跑到我看不到的地方，这样我不放心。”

雪倾城虽然被太傅夫人的菜刀吓了回来，可这两天她不分青红皂白地就要和萧煜断绝关系，萧煜不仅没发脾气，还好声好气地守着，面对雪家人的刁难也一直和颜以对。

这样的男人，纵然知道他属于另一个人，雪倾城还是忍不住偷偷动了心。

她拽住萧煜的衣角：“对不起。”

软软糯糯的奶音，虽然是她为了装傻子刻意捏出来的，可是那话里的愧疚却是实打实，不掺假的。

在雪倾城看不到的角度，萧煜的嘴角轻扬，回过头来面对雪倾城的时候，又板起了脸：“知道自己错哪里了吗？”

“我不该生你的气。”

“错！”萧煜伸手点了点雪倾城的脑袋，“你可以生我的气，但一定要告诉我你为什么生气，就算是死刑犯，也得知道所犯何罪吧。”

雪倾城垂下脑袋，更不敢和萧煜直视了。

她总不能告诉萧煜，她不想当这个王妃，是因为顾忌到安先生，怕他一个不高兴砍死自己。

不过想起太傅夫人那把泛着寒光的菜刀，雪倾城摸了摸脖子。

算了，比起雪家，还是王府安全。

安先生什么的，兵来将挡了！

雪倾城这边在王府里过得战战兢兢，一转眼，就入初秋了。

宫里的菊花开了，皇后发了赏菊帖，说是要在本月十五举办赏菊宴。

雪倾城是从伺候的侍女口中听到这个消息的，说起这件事的时候，侍女一脸羡慕。

雪倾城不懂她有什么好羡慕的，问："为什么要办赏菊宴啊？"

侍女偏头想了想，似乎她也从没认真考虑过这个问题，雪倾城陡然一问，倒让她十分为难："这个……好像是因为御花园的菊花开了。"

宫里的人一看就是吃太饱了，闲的。

侍女继续说着："赏菊宴可是天下女子都羡慕的聚会呢，皇后每年都会邀请京都中有名的世家小姐和出色的公子哥进宫赏菊，当然公主皇子也都会在，每年都会成就好几对佳偶呢。要是能收到皇后的赏菊帖，那可是无上的光荣。"

雪倾城恍然大悟，原来是大型皇宫相亲宴啊。

身为已婚妇女，雪倾城对相亲实在是没什么兴趣，突然又听到侍女说："听说赏菊宴上有从全国各地来的厨子做的山珍美味，数不胜数。"

雪倾城双眼顿时就亮了："真的吗？那个赏菊帖你有吗？有吗？"

侍女被追问得很是为难："奴婢只是一个小小的侍女，怎么会有？不过您是王妃，想来皇后娘娘肯定会邀请您的。"

侍女的话，让刚走到门外的萧煜停住了脚步，而门内的两人，完全没有意识到门外已经多了一个听墙角的，兀自说得兴起："听说福满楼的水晶肘子很好吃，赏菊宴会有吗？还有还有，江南的桃花糕我也早就想吃了，还有……"

侍女被问得不耐烦了，正想打断雪倾城，就听门外有声音响起："王妃若是想吃，为夫带你去吃便是。"

侍女一回头，就发现王爷不知道什么时候已经出现在门口，他这一出声，吓得她直哆嗦，想到自己刚才差点就对这傻子王妃不耐烦了，若是让王爷听到了，肯定跟之前伺候王妃的几个侍女一个下场。

她的心怦怦直跳，看着萧煜竟扑通一声，跪下去请安："王爷。"

雪倾城看着她，只觉得奇怪，什么时候府里有跪安的习惯了。不过她眼下顾不上，跳着跑过去，习惯性地扯萧煜的袖子："真的吗？真的吗？你真的会带我去赏菊宴吗？”

萧煜脸上闪过一丝为难，他本来的意思是，若是雪倾城想去吃那些，那么福满楼，江南，他带她去便是了，可是赏菊宴……

看着雪倾城一脸的期待，他笑着摸摸她额前的碎发，语气是连他自己都没有意识到的宠溺：“好，我带你去。”

雪倾城顿时来了精神，当下便拉着侍女挑赏菊宴会上要穿的衣服。

侍女挑了一件月白色的褂裙来，被雪倾城一眼就否定了。

“这么白，一定很容易蹭到油，不要！”她自己从衣柜里抽出一件黑色的裙子来，很是满意，“就这件吧，蹭多少油都不怕！”

侍女心想：您这是选衣服，还是选抹布呢？

房里叽叽喳喳一片，萧煜见这事上他也帮不上忙，索性喝了两口茶，坐了会儿就出去了。毕竟军营事务繁多，一堆事等着他去拿主意呢。

连祁小步跟上他，有些担忧：“王爷，您明明没有收到赏菊帖，为何要答应王妃呀？”

“不过一张赏菊帖，大不了再觍着脸去求太后。”

连祁都快要不认识这个主子了，要知道萧煜铮铮男儿，向来都是流血流汗不低头，一身傲骨，是军中多少人膜拜的战神啊！

哎，红颜祸水，红颜祸水啊。

第三章 男人心，海底针

赏菊宴当日，雪倾城本想穿了一件深色的袄子出门，到门口才发现萧煜居然也穿着一身玄装，两人站在一起，倒颇有些情侣装的味道。

毕竟这次是托萧煜的福，她才有机会去赏菊宴，对恩人，雪倾城丝毫不吝惜夸赞之言：“王爷，您穿成这样真好看！”

萧煜被夸得心花怒放，然后就听到雪倾城继续说着：“王爷也是怕蹭上油吗？”

萧煜一时语塞。

连祁实在是看不下去了，上前解疑：“王爷挑了一上午的衣服呢，就是为了配合王妃您今日的这一身玄装。”

岂料雪倾城嗤之以鼻：“挑个衣服还要配？你们有钱人就是麻烦！”

“连祁，我们走吧。”

说着，也不管雪倾城，兀自登上了马车。

雪倾城嘟嘟嘴，也不知道自己又哪句话得罪了萧煜。

男人心，真是海底针！

连祁随着萧煜登上了马车，回头望，发现雪倾城并没有跟上来，请示道："王爷，我们不等王妃吗？"

萧煜抬眼，给了他一个冰冷的眼神，连祁瞬间明了。

得，吵架归吵架，心疼也是真心疼。

说着，便拉着缰绳，坐在车椽上，和王爷一起坐等那个还在路边嘀嘀咕咕不知道在说些什么的王妃。

想到了什么，连祁问道："不过王妃也真是奇怪，刚刚说什么'你们有钱人就是麻烦'，难道雪太傅家里很穷吗？"

经连祁提醒，萧煜才想起这个来，正疑惑呢，就听到马车壁已经被人敲响了。

萧煜掀开帘子，就看着雪倾城正乖乖地站在车外面，问道："我们可以走了吗？再不动身，会迟了。"

到时候好吃的都被别人吃完了可怎么办。

问完了，她又乖乖待在马车旁边，像随行侍女一样恭恭敬敬地站着。

萧煜道："上车。"

"我……我不敢。"

"为什么？"

"你在生气。"

"我……"萧煜忍住暴脾气，问她，"我生气会吃人吗？"

雪倾城偏着脑袋认真想了想。

好像也是哦，她认识萧煜这么多天，萧煜偶尔会生生闷气，但是对她从来连重话都没说过一句，她到底是在怕些什么啊！

虽然心里是这么想，但是面对萧煜的时候，雪倾城还是害怕，她小心地、试探着问："那……我真的可以上车？"

萧煜已经不想和她说话了，甩下帘子。

雪倾城内心腹诽：瞧瞧，这会儿又生气了。

正在吐槽呢，马车里传来了声音："还不上车！"

"哦。"雪倾城领命，乖乖地钻进马车里。

萧煜一看到她，又是一阵心烦。但是一想到她是个傻子，终究是不忍心，少不得压住脾气，耐心教她：“倾城，你要记住，你是我的王妃，不是我的丫鬟。我娶你进门，不是让你来学丫鬟的。”

一想到刚才她学丫鬟站在马车外，他就心里不爽，与其说他是在生雪倾城的气，倒不如说是在生自己的气。

他一定是哪里做得还不够好，才让雪倾城这般小心翼翼，宁愿去学丫鬟，也不想看到他生气。

雪倾城显然不能理解萧煜那弯弯绕绕的心思，她就是一个直肠子，想到什么就问了，比如此刻——

“那你为什么娶我啊？”

萧煜：“那是我的事，和你无关。”

雪倾城“哦”了一声，便没有再说话了，自己一个人缩在角落里，默默琢磨着，越想越不对劲。

他娶的人是她，怎么就变成和她无关了。

雪倾城怀着这样深刻的、对婚姻和人生的哲理性疑问，一路上都十分安静，直到到了皇宫的御花园，看到满桌子的美食，她的注意力才终于被吸引了。

此时，宴会上已经来了不少人了，其中以女子居多，大都是朝中重臣的闺秀，也有不少是从外地赶过来的。

京都里的女子，对萧煜这个头号男神自然是已经非常熟悉了，但是外地的闺秀们，大多数人都是第一次见到萧煜。

他一身玄装，眉宇间尽是冷峻，浑身上下透着一种生人勿近的威严，这种霸气，是那些只会吟诗作对的京都公子们所没有的。所以萧煜一出现，直接把在场的男子都比了下去，惹得不少小姐芳心暗动，悄悄打听萧煜的身份。

知道萧煜身份的，在回答姑娘们问题的时候，都会带着一些惋惜。

“真可惜，听说他已经成亲了。”

“六王妃还是个傻的。”

“啊，那更可惜了。”

回京这些天来，萧煜已经习惯了这些女人的注目礼，只是担心自家小王妃会吃醋，低头一看，雪倾城的一双眼睛，牢牢盯着桌上的那一盘烤鸭。

这下，换萧煜吃醋了——他居然还不如一只烤鸭诱人吗？

不对，他为什么要和一只烤鸭比。

萧煜万分郁闷的时候，听到宫人喊：“皇后娘娘、太子殿下到。”

众人都齐齐跪在地上，恭迎皇后大驾，听到皇后让起来之后，这才盈盈起身。

皇后的眼睛在闺秀们的身上一一扫过，一个个如花一样，不错不错，我大祁果然是人杰地灵，女孩儿们一个个都如出水芙蓉。

看到最后一个，雪倾城的时候，皇后的笑容瞬间僵硬了，忍不住感叹：人杰地灵也有出纰漏的时候。

忽略雪倾城，皇后调整好精神，吩咐众人不用管她，只管自己玩自己的。皇后按照惯例，出了一个词牌，命众人一边赏菊，一边即兴作诗，写得好的，她会重重有赏。

雪倾城一时好奇，问身边的萧煜。

“重重有赏，赏什么啊？”

萧煜还没来得及回答呢，就被一个来问话的闺秀给缠住了，雪倾城看他似乎很忙，大家都来找他，虽然心中纳闷儿怎么来找萧煜的都是女子，不过还是很懂事地没有追问，坐回去啃自己的鸭脖。

“皇后娘娘准备了十二朵金雕的菊花，每一朵均出自宫中能人巧匠之手，精美绝伦。今年的赏菊宴，这些金菊花，便是赏赐。”

熟悉的声音让雪倾城连鸭脖都忘记啃了，兴奋地回头，果然看到一张熟悉的脸。

在这个陌生的环境里，终于见到一个除萧煜之外的熟人了，雪倾城的小脸笑得跟朵花似的，和来人打招呼：“美人公子？你怎么在这里？”

“赏菊宴，宴请的就是才子佳人，我如何不能来。”

萧玟摇着手中的折扇，在雪倾城身旁的蒲团落座，伸手，抓起桌上的青瓷茶壶，给自己砌上了一杯茶。

整个动作，行云流水，好看极了。

雪倾城看呆了，忍不住道："美人公子绝对称得上是京都，哦，不对，是祁国第一佳人，不请你的确说不过去。"

萧玟没想到自己竟然被划分到"佳人"那一类去了，偏头，发现雪倾城正看着自己，大大咧咧，不遮不掩，眼神里是纯粹的、坦荡的欣赏。

萧玟失笑，问她："小六姑娘如此看着我，我可要误会你是喜欢在下了。"

雪倾城想也没想，脱口而出："我是喜欢你呀。"

萧玟的手一抖，杯中的茶尽数泼在了垫在桌子上的云锦上。茶水在云锦上浸染出一朵小花来，一如他此刻的心情。

"小……小六姑娘此话……当真？"

"自然当真啊！"雪倾城回答得十分坦荡，"美人公子生得如此好看，自然人人都会喜欢啊。"

萧玟的眼神瞬间就黯淡了下来。

"人人都会喜欢，原来小六姑娘只当自己是之一吗？"他的语气里，有一些落寞，"可是小六姑娘对我而言，却十分特别呢。"

"这样哦。"雪倾城偏头想了想，师父常常教她，要礼尚往来，而且特别的朋友，就是比朋友更要亲近几分，那就是哥们了！

"既然美人公子把我当特别的朋友，那我自然是要礼尚往来，从今天开始，美人公子也是我特别的朋友了。只是可惜……"

萧玟听得高兴，见原本豪气万丈的雪倾城像一只泄了气的皮球，一下子就没了精神，不免好奇，问道："小六姑娘这是怎么了？什么可惜？"

"可惜这是在皇宫，不能拜天地。"

"拜……拜天地？"萧玟一口茶差点没喷出来。

这小妮子是认真的吗，他只是想让她不要把他当作普通朋友一样等闲对待，可是一上来就要拜天地？

看着美人公子因为自己的一句话吓得脸色涨红，咳嗽不已，雪倾城想破了脑袋也不明白，为什么美人公子对拜天地有这么大的反应，她疑惑地问道："难道结拜兄弟不需要拜天地吗？还是说你们京都里的习俗不一样？”

萧玟这才反应过来，一想到刚才自己的反应，自己都觉得好笑。他亲手给雪倾城倒了一杯茶。

“小六姑娘果真是个妙人儿啊。”

雪倾城向来对夸她的都是来者不拒：“多谢美人公子夸奖。美人公子也不错，慧眼识珠，慧眼识珠。”

“哈哈。”

萧玟和雪倾城这边，气氛融洽。一个是六王妃，一个是四皇子，再加上萧玟这妖孽般的容貌，让人想不关注都难，就连皇后，都发现了他们，问着身边的宫女：“和四皇子说话的可是六王妃？”

宫女伸长了脖子瞥了一眼，回道：“好像只有六王爷和六王妃穿的是玄色的衣服，应该就是她。”

皇后眉头紧皱：“六王妃是个傻的，难道萧玟也傻不成，也不知道避嫌，这样成何体统！”

“奴婢也觉得奇怪，娘娘您想啊，这雪倾城不过是一个傻女人，样貌虽然也还过得去，到底也没有到倾国倾城的地步。偏偏就能让六王爷和四王爷都为她上心。且不说六王爷如何，这四王爷可是出了名的风流王爷，什么女人他没见过。娘娘您不觉得这件事可疑吗？”

宫女的话倒是提醒了皇后。

“我初见那雪倾城，便觉得她的确是有些奇怪，说她痴傻吧，行事说话又并非全无章法；说她不傻吧，偏偏思路古怪，让人无法理解。”

皇后看着座下相谈甚欢的两人，对宫女吩咐道：“你去找个由头把四王爷支走吧，他在这儿‘艳压群芳’，那些姑娘家的眼睛都往他那儿跑，太过醒目了一些。”

宫女领命，退下。

美人公子被皇后的宫女叫走之后，雪倾城一个人又无聊了，偏头一看，发现萧煜还在和一个女孩子说话，无由来地，心里冒起了一团火。

这都聊了多长时间了！不知道她也很无聊嘛！

算了，山不过来，她就过去！

雪倾城巴巴地凑过去，本想听他们说说什么，看她能不能插进去话，迎面而来的，就是萧煜的嘲讽：“怎么，如今想起我来了？刚才不是和人聊得挺开心吗？”

雪倾城觉得十分委屈：“那还不是你一直在和别人聊天！”

这人真是不讲理，反倒怪起她来了。难不成是因为她打扰了他勾搭美人，所以他生气了。

而且萧煜看着她的眼神，冷冷的，再加上他本来就身材高大，以前还不觉得，配上这个眼神，真叫一个凶神恶煞！

雪倾城又害怕了。

“那……你们聊，我不打扰了。”

萧煜还没说话，没想到在萧煜面前的那位闺秀，反倒先受不了了，看着雪倾城要走，忙叫住她：“不打扰不打扰，王爷，王妃，你们聊，我就先走了。”

她在这里待着每一分都是煎熬，她本来是想来找萧煜聊聊天，虽说当不了正妃，能当他的侧妃她也心满意足了。一开始萧煜态度虽然冷淡，但好歹称得上彬彬有礼，可是当萧煜发现王妃在和别人聊天的时候，脸色就瞬间变黑了，不仅不再理她，甚至还不许她走。

他这是拿她来刺激王妃呢！

只是这王妃就是个榆木脑袋，和人聊了那么久，聊到她的脚都要断了，才算走过来。

算了，还是赶紧走吧，不然六王爷又要把她当作刺激王妃的道具，再罚她站半个时辰，那可就遭殃了！

看着刚才还和王爷相谈甚欢，此刻却溜得比兔子还快的女子的身影，雪倾城摇摇头，啧啧感叹。

“王爷，您这技术，相当差劲啊。”

“你说什么？”

“没什么没什么，我说王爷您丰神俊朗，举世无双。”

“还算你有眼光。”

“夫妻俩聊什么呢？这么开心？”身后陡然响起一道声音，两人循声望去，发现一个穿着讲究，打扮精致的女人，正往这边走来。到他们跟前了，才微微屈膝行礼，“六王爷，王妃。”

萧煜先认出来人，拱手请安：“丞相夫人。”

雪倾城学着萧煜的样子，给来人请安：“丞相夫人。”

岂料这一学，倒让那妇人大吃了一惊，她讶异地看着雪倾城：“倾城，你不认识我了？”

雪倾城被问蒙了，用求救的目光看着萧煜，萧煜也是一脸不解，只能替雪倾城发问：“丞相夫人，您认识倾城吗？”

“何止是认识啊！”丞相夫人凑到雪倾城跟前，看她的确是愣的，不甘心地问道，“倾城你真的想不起来我是谁了？”

雪倾城有些慌了，听这人的语气，看来是以前就认识雪倾城，听口气还很熟。现在摆在她面前的就是一道生死难题啊，她若是猜出来了还好，猜不出来就……

雪倾城：“我……我想起来了，你不是……”

那妇人一听雪倾城这么说，拉家常的兴致也被调动起来了。

“是啊是啊，我前年去拜访太傅夫人，你还追在我屁股后面要糖吃呢。没想到两年不见，你倒是稳重了不少，看来把你送到山上去静修还是有用的。”

听她这语气，似乎和雪夫人很熟。

雪倾城眼珠子一转，笑着接话：“是的，在山上的时候，我经常想起姨娘您呢。”和雪夫人很熟，年纪又和雪夫人差不多，叫姨娘总归没错吧。

岂料丞相夫人的脸色瞬间就变了。

雪倾城一看她这脸色，就知道大事不妙了。

丞相夫人把脸一板，语气瞬间变得冰冷：“想必六王妃是认错人了吧，你以前可是叫我美人姐姐的，不过两年不见，倒成了你姨娘了？”

美……美人姐姐？

雪倾城差点喷出一口血来，这个称呼，哪怕是她想破脑袋也猜不出来呀！

没想到啊，以前的那个雪倾城不仅脑子不行，眼神更不好使，眼前这个丞相夫人，美不美且不说，光是年纪看上去就比雪夫人要大几岁了，雪倾城居然叫她“姐姐”。

一个是真敢叫，一个是真敢应啊。

眼看着让自家小王妃再说下去，迟早要闯出祸来了，萧煜只能站出来圆场。

“倾城认错了人，还请丞相夫人不要见怪。”

“算了，我又怎么可能和一个……”傻子两个字差点就要脱口而出，但是一对上萧煜那严肃的眼神，丞相夫人瞬间就把话憋回去了。

“我怎么可能和一个小孩子计较。对了，我刚从太后宫里过来，太后把你送给她的《竹山图》拿出来给我们看过了，不愧是南道子的画，那画功和意境都是一流！我家大人也很喜欢南道子，日后若是有机会，还烦请六王爷帮忙引荐一二。”

萧煜没有应下，也没有拒绝，笑着搪塞过去了，丞相夫人见要不到准话，闷闷不乐地走了。

雪倾城在她走后，才探个小脑袋出来问：“《竹山图》？这名字好熟悉啊！是你挂在书房里的那幅吗？”

雪倾城一个粗人，当然不懂赏书鉴画了，只是好几次路过书房，都听到管家在交代下人，一定要小心书房里的那幅《竹山图》，说那是萧煜十分喜欢的，万不可弄脏了。

雪倾城见萧煜没有回答她，就当他是默认了，追问：“你不是很喜欢那幅画吗？怎么舍得送人了？”

“不过一幅画而已，我看太后喜欢，便送给她赏玩了。”

“这样啊。”雪倾城喃喃自语，“很喜欢的东西，也舍得送人吗？”

萧煜看了她一眼，意味深长：“那是因为，我有更喜欢的啊。”

“哦！”

雪倾城没有多想，只当他还是在说画的事，心里还想着：萧煜这家伙也太随便了，今天喜欢这个，明天喜欢那个，不喜欢了就随便送人。

见异思迁！

雪倾城在赏菊宴吃了一个肚胀腰圆，回来的时候撑得走不动路了，都是萧煜一路给背回来的。

萧煜一边吐槽："你这是吃了多少啊，半个赏菊宴都被你吃进肚子里了吧！"一边把因为吃得太饱，昏昏欲睡的雪倾城托得更紧。

只是他背着雪倾城一路出宫，少不了会引起他人的注意，每当别人问起来六王妃是怎么了，萧煜实在是丢不起那人，只能说："王妃身体不舒服。"

于是，在赏菊宴过后的第二天，雪家那三胞胎就上门来了，美其名曰来探望妹妹和妹夫，但明眼人都能看得出来，他们是来兴师问罪的。

只是进门一看，雪倾城生龙活虎的，这罪也问不起来，只能给下马威了——

雪轻书："倾城从小睡觉就不安分，极容易跌下床。"

萧煜："三哥放心，我已命人在床底铺上软垫，断不会让倾城伤到分毫。"

雪轻剑："在家里，都是我们三个哥哥轮流教倾城功课的。"

萧煜："四哥放心，我是倾城的夫君，以后功课的事，我来就行。"

雪轻墨："男主外，女主内，倾城虽然纯真，但是身为王妃，主管中馈，教化底下人，这些是她的职责所在。"

萧煜："大哥放心，仓库钥匙我已经交给了王妃。"

这下轮到雪家三兄弟吃惊了，一个个都转头过来看着雪倾城，一副"小样，你混得这么好"的表情。

雪倾城缩了缩脑袋，尴尬地笑了几声，她总不能告诉他们，王爷是给了她仓库钥匙不错，但是……那仓库门口日日有重兵把守，进取物件都需要登记，她这钥匙拿了和没拿没两样。最重要的是，安先生在府里，她不敢造次啊！

最后，来给萧煜下马威的三胞胎吃了一顿瘪之后灰溜溜地回去了。三个哥哥倒也没白来，临走时都给雪倾城留了"宝贝"。

大哥留了一柄做工精致的仅巴掌大小却能削铁如泥的剑；二哥留了一本不知道从哪里淘来的《如何做好王妃》的手册；三哥最夸张，留下了一对长相平平的丫鬟。

据说她们的功夫和智商都超群，而且十分忠心，能够为雪倾城保驾护航。

雪倾城照单全收了，只是在看着那两个丫鬟的时候犯了难。雪轻书没有给她们取名字，只说让雪倾城自己取，她肚子里墨水本来就不多，绞尽脑汁也只想出“平安”“吉祥”来，那两个侍女的脸瞬间黑了。

萧煜在一旁，笑着建议：“叫安宁、安瑞如何？”

不就是“平安吉祥”的意思嘛！雪倾城撇撇嘴，还不如她的平安吉祥好记呢。

但是那两个丫鬟却生怕雪倾城再开口说出更惊世骇俗的名字来，连忙下跪——

“奴婢安宁。”

“奴婢安瑞。”

“谢王爷、王妃赐名。”

整齐划一的谢恩声中，还带着几分劫后余生的惊恐，她们看着萧煜的眼神里，满是感激。

这一刻，雪倾城很想告诉三哥——他给她用来防着萧煜的丫鬟，可能在进府第一天，就要因为一个名字倒戈了。

哎，真愁人。

安宁和安瑞本是姐妹，父母双亡之后由雪夫人接回来一直在家里养着，是以对雪家非常忠心。有她们在，雪倾城也省事不少。

当然，省事的后果就是，她更无聊了。

偏偏萧煜还没空陪她——萧煜进宫面圣，换来了额头上一大块疤，和圣上批准屯兵进庙的圣旨。

萧煜这两天忙前忙后，神龙见首不见尾。人虽然忙，却是比以前开心很多，偶尔回府，一定会来雪倾城的房间，时不时会带些小玩意进来，走的时候还会揉揉雪倾城的小脑袋。虽然每次雪倾城都反抗，但是避免不了被萧煜当作小狗“宠爱”的命运。

这日，萧煜刚出门，安宁就端着银耳莲子羹进来了，看着萧煜的背影，忍不住感叹：“王妃，王爷对您可真好。”

安宁是姐姐，脾气温婉，雪倾城很喜欢她。但是她的妹妹安瑞就……

雪倾城还没说话呢，安瑞先呛声了。

“我看啊，男人没一个好东西，都是假象！”安瑞愤愤地说道，“我可是听说了，王爷和定北王的郡主是青梅竹马，两人感情可好了，当时皇后还有意为两人赐婚来着。如今王爷和王妃才新婚不久，定北王就突然带着女儿进京了，他们打着什么算盘还不知道呢。”

雪倾城一听也紧张了，抓着安瑞的手就问：“消息准确吗？王爷应该不会在新婚的时候就娶侧妃进门吧？”

“消息是真的，我打听过了，定北王这两日就要抵达京都了。”安瑞瞥了雪倾城一眼，叹了口气，“王妃，您可长点心吧。”

安瑞恨铁不成钢，她这样也是有原因的——

她们是千挑万选出来的，两人经历层层选拔才从一众丫鬟中脱颖而出，可都是铆足了劲儿要来辅佐雪倾城的。

可是到了王府才发现，说雪倾城是“扶不上墙的烂泥”那都是抬举她了，雪倾城每天只知道吃吃喝喝，拿着库房的钥匙却从未使过，六王爷有多少家底，府中资金的动向，甚至连库房在哪儿都一概不知。

这让带着好好辅助王妃的斗志进府的两个人，在头一天就感受到了“府斗”的艰难。所以，两人只能紧急调整方案，把目标从辅助王妃执掌大权，变成了先把王妃这个阿斗扶起来。

安宁忧心忡忡，雪倾城却完全是另一种想法。

当初答应代嫁纯粹是为了报答雪太傅的恩情，反正她一个混混，在哪儿不是混，而且雪太傅答应过她，只有一年，一年之后若是找到了真正的雪倾城，就想办法把她替出来。若是找不到雪倾城，也会想办法安排她和萧煜和离。

只是她进府来才知道自己把事情想得太简单了。

王府这日子也不好混啊，她现在甚至觉得安询看自己的眼神都是带刀子的。万一哪天把小命交待在这儿了，那就得不偿失了。

如果侧妃进府，至少能有个人帮她分散注意力。

这么一想，原本觉得人生无望的雪倾城，突然又充满了干劲——

一定要找个机会拉这个郡主下水！

军帐。

萧煜和安询正在敲定一些关于实施屯兵入庙的一些小细节，门外突然传来声音，是守门将士："王爷，连祁求见。"

萧煜和安询相视一眼，两人都从对方的眼神中读出了诧异。

如果说安询是萧煜的左膀的话，那连祁就是萧煜的右臂。一个在明，做谋士，负责出谋划策；一个在暗，做暗卫，负责处理一些私隐之事。

是以，如非有重大消息，连祁一般是在王府，不对外露面的。

萧煜放下手中的笔，道："进来吧。"

一道黑色的身影掀开门帘走进来，他面无表情地在萧煜面前下跪请安之后，也不等萧煜发问，直接道："爷，定北王进京了。"

萧煜诧异地抬头，问："定北王？他进京干什么？"

连祁总算有了反应，抬头看了萧煜一眼，眼神中带着点复杂的情绪，而后才道："定北王是来为女儿求亲的。"

"求亲？"萧煜回过神，"也对，昌平郡主也到嫁人的年纪了，也不知道谁这么倒霉，娶了她，那家里可别想安宁了。"

连祁有问必答，道："定北王欲将郡主嫁给您。"

萧煜一听，像是遇到了什么洪水猛兽一般，噌地一下从座位上弹了起来——

"那他在想什么，我已经娶妻了！"

"他似乎并不介意让昌平郡主做您的侧妃。"

"我介意啊！"

一直坐在旁边没有出声的安询，反问了一句："王爷，您都不介意娶雪家小姐做王妃，何故对昌平郡主如此排斥？"

“我那是……”萧煜一张脸涨得通红。

他总不好当着自己的属下说，当年他和昌平郡主比武，被这母夜叉打得三天没能下床，导致从此他听到这母夜叉的名号就心惊胆战吧。而且这位郡主嗜血残忍，小时候就能做出剥兔子皮烤来吃这么残忍的事来，如今长大了，那还得了！

惹不起，惹不起。

萧煜内心的小九九，安询并不知道，看着王爷这个样子，安询的眼神微眯，暗忖：王爷莫不是真的对雪倾城生了情意？

想到此，安询的眼神中蹦出了一丝杀机。

萧煜没有注意到安询眼神的变化，岔开话题，问连祁：“若只是定北王进京的消息，我早晚都会知晓，也不值得你特意进京相告。可是还有其他变故？”

连祁点点头，道：“王爷，属下查到，在定北王进府之前，凉国太子曾经夜访定北王府。此次定北王进京，凉国太子也派了人，一路尾随。”

凉国、蛮夷和祁国三国对峙，这次祁国和蛮夷大战，凉国就一直作壁上观。

蛮夷曾多次求援凉国，凉国都未有反应。但是这并不代表凉国就没有狼子野心！

凉国觊觎祁国富庶已久，凉国苦寒，每次都要用矿产从祁国换取粮食，之前为了抢夺接壤处的良田，两国之间也没少起摩擦。

凉国人不像蛮夷人，他们最擅长奇门遁甲，摆弄权势，心思阴沉，所以虽然他们没有正面宣战，但是绝不可小觑。

因此，一听说定北王和凉国太子有来往，安询和萧煜都大吃一惊。

“莫不是定北王有反心？”安询捏着下巴，喃喃念叨。

此言一出，萧煜就斩钉截铁地反驳：“先生有所不知，我少时在定北王府长大，定北王算是我的半个老师，我再了解他不过。他对朝廷忠心耿耿，断不会有反心。凉国太子此举，定然别有深意。”

想到这儿，萧煜对连祁交代：“你去盯着凉国太子的人，看看他们接近定北王到底是何用意。”

连祁领命退下了，萧煜左想右想也不放心，起身就往外走。

“我去见见定北王。”

安询忙拦住他，道：“王爷，藩王进京，理应先面见圣上，您此去不妥。您既然与定北王交好，待他面见完圣上，自会来见您，您不必急于这一时。”

如此，总算把萧煜给劝住了。

定北王即将进京的消息很快就传遍了京都的大街小巷，因着萧煜少时寄养在定北王府中，自小和昌平郡主一起长大，所以从萧煜在战场上屡建奇功，成为众人的焦点开始，关于萧煜会娶昌平郡主的传言就没消停过。

只是萧煜这家伙不按常理出牌，自作主张去求太后要了赐婚懿旨，扑灭了很多人心中的幻想。

眼下，昌平郡主随着定北王进京，有些人心中的那点星星之火又成燎原之势。

兴许昌平郡主对王爷一往情深，做王爷的侧妃也不介意呢。毕竟六王妃可是众所周知的傻子，实在是不足为患。

因着这份八卦心思，打听六王爷府事情的人越来越多，就连皇子们也没闲着，纷纷加入了进来。

是以，萧煜刚回家，就接到了拜帖——太子和四王爷来访。

萧煜只得起身相迎，好酒好茶伺候着。

八卦群众一号太子，一落座就开门见山地问：“昌平郡主进京之事，六弟可知情？”

“我也是刚刚才收到消息。”

“那你的消息也太滞后了，我可是听说了，定北王这次进京，可是有意把昌平郡主嫁给你。”

萧煜一想到那个恐怖的画面，顿时将头摇得跟拨浪鼓似的：“绝对不会的。”

“六弟自小在定北王府长大，与郡主青梅竹马，又怎知郡主不是对你早种了情根？”说话的是四王爷萧玟。

面对萧玟，萧煜苦笑一声，道：“没想到向来闲云野鹤，不问世事的四哥，竟也和大哥一样拿愚弟打趣。”

萧煜会诧异萧玟对他和昌平郡主的绯闻感兴趣，是有理由的。

萧玟和萧煜一样，非皇后嫡出皇子。

萧煜的生母是将军之女，性格刚烈，生下萧煜之后，颜色尽衰，不复得宠，心灰意冷的她用一尺白绫将自己吊死在宫里。

此事成了梗在皇帝心中的一个结，皇帝因此也不待见萧煜，在萧煜很小的时候就把他送出了宫，由定北王府抚养，大了些，又把他丢进了军营，任他自生自灭。

萧玟的生母出身更是低微，不过是一介洗脚宫女，因有几分姿色，被皇上看中，抬了贵人，生了萧煜之后，封了妃位，奉为柔妃，如今也不过在后宫中默默无闻地熬着日子罢了。

四王爷萧玟倒是比他的生母有名气得多，他不问朝事，好游历名川，向来如闲云野鹤，这般姿态，颇得才子学士们的追捧，因此在读书人中小有名气。

萧煜之前与萧玟也不算熟，不过他被父皇从绢城召回来，也就这个四哥和太子来看他，比起父皇和其他兄弟，萧玟和太子勉强算得上有点人情味。再加上萧玟和他一样，无心权势，是以两人多少会有些共同话题，一来二去，便也熟悉了。

萧玟笑着抿了一口茶，只道：“我这是在关心六弟，齐人之福，可不是谁都能享的。”

萧煜的苦笑更深了：“且不说我在定北王府那几年，与郡主只有兄妹之谊。如今我既已娶了倾城进门，自不会负她，另纳侧妃。”

萧煜说得理直气壮，他没注意到，他身边的萧玟眼神闪了闪，神色也黯淡下去了。

倒是太子，接过话来：“那日你带王妃进宫见父皇，我……因公事耽误，没见到你的王妃，如今听你这么说，我倒是也好奇了。想必你这王妃定人如其名，倾国倾城，否则也不至于让六弟你这般在乎，弱水三千，只取一瓢饮了吧。如此，倒不如请出来，让我们也认识认识？”

提到雪倾城，萧煜的嘴角竟不自觉地挂上一抹笑容。

“她小孩子心性，怕冲撞了皇兄。”

“小孩子心性好啊，我正愁没人陪我玩呢！”太子一边说着，指着萧玟，“每天也就只能找四弟陪我，他这张脸，我早就看腻了。”

萧煜见太子这么说，也不好再推辞，叫了侍卫过来，命他去请王妃。

侍卫很快就回来了，没将王妃带过来，还带来了一个坏消息——

王妃失踪了。

而此刻，雪倾城正穿着一身男装，在大街上闲逛。

许久不曾出来放过风的她，好不容易感受到了自由的味道，这一出来就收不住手了，愣是从东街逛到了西街，看得跟在她身后的安宁和安瑞十分焦灼。

“王……公子，您忘了您的正事了？”

“正事？”雪倾城一拍脑袋，这才想起来，当初她拐这两个丫鬟出府，是说要去会会那个昌平郡主，“哦，我想起来了。”

安宁和安瑞一脸的期待。

雪倾城却道：“吃喝玩乐比郡主重要，听说福满楼的水晶肘子不错，走，去看看。”

福满楼是长安城最有名的酒楼，雪倾城当年还在镇上当小混混的时候，结识了不少南来北往的食客，从他们口中知道了不少美食，其中福满楼的水晶肘子被提及频率最高。

雪倾城带着安宁和安瑞进了酒楼，小二眼尖，从她们的穿着就看出来几人身价不菲，当即安排了二楼的雅座给她们。

福满楼食客不少，上个楼居然都要排队，站在雪倾城前面的男人贼眉鼠眼，四处瞟着。雪倾城当即就警觉起来。

那男人发现并没人注意他，把手伸进了他前面的那个异域打扮的女人的腰包中。雪倾城一把抓住那小贼的手，喝道：“有小偷。”

一语惊得众人慌乱，也惹得那小贼慌不择路，竟一把推开雪倾城，翻过栏杆，试图跳下去。

不想那小贼的手被女人腰包上的流苏缠住了，他这一跳，把女人跟着拉下了楼。雪倾城见状不妙，一跃而起，抱住女人，千钧一发之际伸手解开了女人的腰带。一脚将那小贼踹开，抱着女人，稳稳地落地。

"事出从急，还望姑娘见解。"

雪倾城将女人交给随后跟上来的女人的侍女，正想去追那小贼，却见一道人影先她一步冲了出去。只见那小贼还没爬起来，就被人一脚踹中后背，顿时一口鲜血喷出来。

雪倾城定睛一看，这追贼之人，竟是刚才她救的那个女人。

雪倾城顿时有些为自己的命运担忧了。

她刚才解了人家的腰带，怕是……

雪倾城缩了缩脖子，拉着安瑞和安宁的手，缩进围观的人流中，准备开溜！

待那女人回过神来，去寻人的时候，哪里还有踪影。

"去找！"

"是，那人轻薄郡主，定要将他碎尸万段。"

"你们敢！"想到刚才那张生得比女人还要漂亮的小脸，她顿时心驰神荡，脸颊绯红，"找到人后，自然是要给本郡主绑过来，当……"

"当如何？"

"当郡马！"

等雪倾城带着两个丫鬟回到王府的时候，府里已经乱成了一团，进进出出不少人，似乎有什么重要的事情发生。

雪倾城叫住了一个守卫，问道："发生什么事了？"

岂料，那人竟恶狠狠地道："王府中的事你也敢乱打听，不要命了！你这小生，快让开，切莫挡道。"

雪倾城一时语塞。

王府中乱成一团，也没人注意到有三人偷偷溜进了王府。

雪倾城带着安宁和安瑞，几乎是畅通无阻地回到了知心阁。却见知心阁外，黑压压地跪着一群人，都是伺候她的小厮丫鬟，她正纳闷儿呢，一个碟子从门内飞了出来，“啪”的一声在雪倾城面前碎成了瓷花。

屋内，传来萧煜的怒吼：“找，若是找不到人，都提头来见！”

这还是雪倾城第一次见萧煜发这么大的脾气，正想着自己要不要先去避避风头。一个丫鬟正好看到了雪倾城，一开始还诧异呢，想问这陌生公子是何人，再一看，认出她来，惊呼出声：“王妃！”

这一下可不得了，众人纷纷抬头，又惊又喜地看着雪倾城。

机灵点的忙向门内的主子汇报：“王爷，王妃回来了。”

萧煜听到了动静，气冲冲地冲出门来，一眼就看到了站在门口，做男装打扮的雪倾城。

雪倾城这才算明白，敢情府中大乱，竟是因为自己私溜出府。

看萧煜这似乎要吃人的样子，雪倾城不免为自己捏了一把冷汗。

“倾城！”萧煜一声怒吼，大步就朝雪倾城走来，雪倾城当下就转身想逃，手腕却被人扣住。吓得雪倾城连忙抱头，正想求饶。却没有等到意料之中的暴揍，而是一个温暖的怀抱。

诧异中，雪倾城听到了一阵急促的心跳声，萧煜的声音从她的头顶传来：“倾城，你吓死我了。”

雪倾城被萧煜紧紧地箍在怀里，心中有些狐疑。

萧煜是吃错药了吗，这么紧张她。难不成是因为之前她几个哥哥给他下了下马威，所以他才这么紧张。

萧煜屏退左右，拉着雪倾城进了房，本想好好教训她一番，但看着她那害怕极了的可怜模样，又下不去手，最后只能无奈一叹，道：“以后若想出去玩，告诉我，我带你出去便是。”

让萧煜带她出去，那肯定是这不许那也不许，还有什么好玩的。

“王爷您放心，安宁和安瑞会保护好我的。”想到什么，雪倾城又补充了一句，“还有，王爷不用怕我那几个哥哥，他们就是吓吓您，不会真的对您怎样。”

萧煜花了点时间才明白雪倾城话中的意思，顿时怒了：“你以为我

是因为你兄长的交代才会在乎你？”

雪倾城偏着脑袋看着他：“难道不是吗？”

罢了，他是疯了才会跟一个傻子讨论这个问题。

他还是对雪倾城太过宽容了，萧煜冲门而出之前，道：“以后，没有我的允许，不许出府，谁若帮你出府，军法处置！”

哎，这和刚刚说的不一样啊。

雪倾城还想争取争取，萧煜却已经走远了。

看着萧煜气冲冲的背影，雪倾城满心感慨。

真是男人心，海底针啊！

第四章

遇刺

萧煜一路冲到了安询的住处。

安询对此已经见怪不怪了，默默地打开软塌，自己铺床。

萧煜心中气愤，还在一边念念叨叨：“你说她，居然说我是因为害怕她那几个哥哥才会紧张她！“

“王爷若不是因为顾忌雪家和皇上那边，那您对王妃好的原因是什么呢？”安询反问一句，顿时将萧煜给堵得出不了声了。

半晌，萧煜才道：“我心中有数，才不会对那个傻子动心！”

安询轻轻“哦”了一声，道：“乔装打扮，瞒天过海，王爷还认为王妃是个傻子吗？”

“那不是……都是因为安宁和安瑞那两个丫鬟！”

“可是在安宁和安瑞入府之前，王妃就已偷偷溜出去过一回。属下不知王妃到底是为何要三番五次偷溜出府，但她将府中侍卫玩弄于股掌之间却是事实。”

萧煜摸着下巴，仔细想了想，末了得出结论：“先生说得没错，府中守卫是该换一换了。”

安询一时语塞。

和王爷打了这么久的太极，安询也有点腻了，开门见山道：“王爷，您或许自己还没意识到，但是你已经喜欢上王妃了。”

萧煜当即板起了脸，义正词严地反驳：“胡说！我怎么可能喜欢一个傻子。”

说起傻子，他就想到了雪倾城那天把自己画成一个大花脸的模样，忍不住笑出声来，笑完了才想起来自己正在安询的房里，复又正襟危坐，强忍笑意，道：“我若是喜欢一个傻子，那我不也成一个傻子了。”

安询抖了抖被子，脸色阴沉地念叨了一句：“你现在可不就是个傻子吗。”

不过萧煜没听到安询的念叨，他的心此刻都被勾到知心阁去了。许是因为一个时辰没见到她了，现在连她踢被子的样子，想起来都觉得十分可爱。

第二天一早，萧煜早早就起来了，他没有像往常一样去军营，反倒是先找了连祁。

连祁对于王爷一大早跑来和自己讨论王妃这种事，他的内心也是拒绝的。只是多年以来陪在王爷身侧，早就让他练就了泰山临崩于前也面不改色的本领。

他只是在听完萧煜的一顿念叨之后，冷漠地问道：“王爷既然觉得王妃有可能是在装傻，那除去就好了。”

岂料这话却彻底激怒了萧煜：“你说我养你这么多年，怎么就养出了你这样一副铁石心肠的人。动不动就说除去，视人命如草芥吗？”

连祁竟无语凝噎。

他们暗卫生来就是为了杀人而存在的呀，以前也没少干刀口舔血的勾当，王爷派他去取敌人首级的时候，可不是这么说的。

“她装傻或许是有苦衷呢？雪家幼女是傻子众所周知，她雪倾城又不是什么神算，总不至于算到我会娶她，然后提前十多年装傻吧。”

连祁算是看明白了，王爷这是压根儿就不想对王妃怎么样，与其说是来找他商量，倒不如说就只是想找个人谈谈心而已。

意识到自己的作用不过是一个谈心的工具而已的连祁，也放弃了和王爷争论，直接问道："那王爷您准备怎么着。"

"去查，看她到底是不是真的在装傻，如果是真的在装傻，背后的原因又是什么。"

连祁叹了一口气，认命地道："领命"。

他就知道，王爷一大早来找他准没好事。

得，又给他加活来了。

连祁是萧煜的外公赐给萧煜的，在萧煜五岁被赶出皇宫之后，连祁就一直以暗卫的身份陪在萧煜的身边，默默保护着萧煜，后来战场上刀剑无眼，连祁多次救萧煜于危难之际，三军将士也渐渐都知道了连祁这个人。只是京都中知道他的人还是很少，再加之他轻功了得，出入皇宫都能如入无人之境，更何况只是小小的太傅府，要打听消息简直是再轻松不过的事。

不出三天，连祁就回来了。

"王妃的确是从七岁发了一次高烧之后就神志不清，期间雪太傅遍寻名医，为她医治，但始终不见成效，三年前，雪太傅将王妃送上山去清修，直到婚礼前几天才接回来，这一切都与外界传闻的一致，并无出入。只是有一处颇为蹊跷。"

"何处？"

"我在雪家发现了两处小姐闺房，均不像是有人居住的痕迹。一处是王妃出嫁前的闺房，一处似乎是他人的。而且我时常听雪府公子提起一个二小姐，但据我所知，雪太傅就得了王妃这一个女儿，也不知道这个'二小姐'是何方神圣，就好像凭空出现的一般。"

"有没有可能是雪家的远房亲戚？"

"这一点，属下也想到了，去调查过，目前尚无结果。但是有一物，王爷您还是看看为好。"说着，他呈上了一沓宣纸。

萧煜摊开宣纸，宣纸上有两句话，分别是两种字迹，一种字迹粗犷，写着："春蚕到死丝方尽。"

一种字迹娟秀，在后面续着："蜡炬成灰泪始干。"

这摆明了是情诗。

"这是从何而来？"

"这是属下从王妃出嫁前的闺房带出来的。"连祁说着，指着底下的另外几页纸张，那几页纸上的字，对比起之前的字迹，简直是天壤之别。

"这是从另一处不知是何人的闺房里带出来的。"

歪歪扭扭，惨不忍睹。而且这落笔之人似乎还在练字，写的都是"一、日、永"这些最基本的字。

这个笔迹就有点熟悉了。

萧煜皱皱眉，从桌子底下抽出一沓宣纸来，将两沓纸摆在一起对比，果然字迹相同。

连祁见状，也颇为震惊。

"哎，王爷您此处，为何会有……"

"这是王妃写的，伺候的丫鬟因为不知道王妃到底是在写字，还是在画图，所以依样描了过来。王妃自入府开始，每天都写一张，如今已经近一百张了。我辨了很久，才知道她是在计数，却不知她是何意。"萧煜抬眼，看着连祁，脸色凝重，"连祁，你确定没弄错顺序吧？"

连祁不假思索地点头："王爷放心，属下能够保证，绝对没有弄错顺序。"

"也就是说，倾城以前并没有住在那间房里，可是雪家隐瞒这件事，到底意欲何为，还是说……"

萧煜正在思索间，手下意识地捏紧了宣纸，异样的手感让他回过神来，诧异地看着手中的宣纸。

连祁察觉到他神色的变化，关切地问："王爷，怎么了？"

萧煜看着手中的宣纸，他如今拿着的，正是写有李商隐《无题》情诗的那一张。他没有回答连祁的话，用手搓了搓，而后甚至干脆将纸撕开。

连祁被王爷异常的举动弄得一头雾水，看着他把一张好好的宣纸撕成好几片了，才听到萧煜口中蹦出了一个结论——

“这是凉国纸。”

“什么？”连祁奔上前去，仔细检查那些纸屑，在他看来，这都是白纸，并无不同啊。

“凉国地处偏寒，造纸的材料和工艺都与我国不同，凉国纸更硬挺，撕开声音清脆。我和凉国打了这么多年的仗，截获他们的军信无数，凉国纸我肯定不会认错的。”

“可是雪太傅家里怎么会有凉国纸？难不成……雪太傅他……”

“不会的！”连祁的猜想还没来得及说出口，就被萧煜一口否决了，“雪太傅绝对不是那种会通敌卖国的人！”

连祁知道他，王爷哪里都好，偏偏就是重感情，他叹了口气，放下纸屑，看看王爷的神色，揣度着主子的心思。

“王爷您还是念着雪太傅当年的恩情呢？可是这么多年了……”看萧煜的脸色越来越差，连祁很识相地换了个说法，“那也许太傅不知情呢？王爷您看这纸上的诗，分明是一个男子和一个女子情意相通，您说，会不会是……”

萧煜的脸色更黑了，黑得发绿。

连祁意识到自己又说错话了，连忙改口：“王爷您别着急，不是已经核对过字迹，证明王妃并非这回信之人，所以，王爷您并没有……”“被戴绿帽子”这几个字还没说出口，看着萧煜能杀人的眼神，连祁吓得一个哆嗦，“这诗应该，哦，不，肯定是那个二小姐写的。属下这就去查，这就去查。”

连祁说着，连滚带爬、跌跌撞撞地就要冲出房间。

萧煜盯着桌面上的一大沓纸出神。

雪家只有一个小姐，却有两处闺房，其中一处闺房中，居然出现了凉国纸，着实令人生疑。

他拿起桌上的一张纸，上面歪七扭八地写着：“第六十六天。”

这几个字，还是萧煜连猜带蒙才认出来的，雪倾城每天都在计算日子，谁也不知道她写这些是作何用处。

他看着那张纸出神，嘴中喃喃念着："雪倾城，你到底想干什么？"

看着那张纸已经被王爷捏成了团，即将出门的连祁出声提醒，将他的心思唤过来："爷，王爷……"

萧煜回过神来，将手中的纸团丢进纸篓中，问道："还有事吗？"

"王爷不是让属下去打听凉国太子夜访定北王府所为何事吗？属下探得，这凉国太子是为了寻太子妃而来。"

"太子妃？"

"是的，太子妃在外出时意外失踪，因事发在我国境内，所以凉国太子才连夜去定北王府要人。好像他不仅没有要到人，还在定北王那里吃了瘪。但是属下不解的是，这凉国太子妃失踪，乃是大事，凉国完全可以上书皇上要人，不知为何要如此偷偷摸摸。"

萧煜分析道："凉国太子此人，我曾偶尔见过一两回，看上去纯良无害，心思却极为深沉。太子妃一事，只是他下的一盘棋，意在挑起两国战事也未可知。"

连祁一听这话，慌神了。

"那我们现在该怎么办？"

"别无他法，只能静观其变！不过，若是他凉国真的想打仗，我定会让他知道，我南征军也不是吃素的！"

而此刻，正横躺在房顶上晒太阳的雪倾城，突然感觉鼻头一痒，打了个喷嚏。

这动静惊动了廊下路过的男人。

他走出长廊，伸头一望，就看到房顶上大大咧咧躺着的小人儿。

雪倾城也听到了脚步声，还以为是萧煜过来了，偏头一望，看到来人，眼神一亮。

"美人公子？"

萧玟已经十分自然地接受了"美人公子"这个称呼，甚至看着她如此欢喜地唤着自己，他的心里也跟吃了蜜一样甜。

"怎么我每次见小六姑娘，你不是在墙头，就是在屋顶啊？"

雪倾城坐起来，拍拍身边的位置，对萧玟道："我在晒太阳啊，每天闷在家里，都闷坏了，自然要晒晒。美人公子要不要一起来？"

在别人家上房揭瓦，这不太好吧。

萧玟想了想，笑着道："我不擅武功，这房顶太高，我上不去，还是算了吧。我在这底下陪着小六姑娘说话就成。"

雪倾城听到萧玟这么说，看着他，一副弱不禁风的公子哥儿模样。想着这人倒也可怜，肯定也是那种从小便被拘在家中读四书五经，手无缚鸡之力的公子哥儿。

这样可不行，日后被人欺负了，可怎么办。

雪倾城生出了一副好为人师的心，她从屋顶上站起来，看得底下的萧玟胆战心惊，连说了好几句"小心"。

雪倾城无所谓地摆摆手，道："不碍事，我每天都这么爬。其实上房顶，根本不需要什么武功，会爬树就行了。美人公子你就在原地，别走开，等一下我就来教你。"

萧玟见她在房顶上行走，如履平地，相信了她所说的"每天都这么爬"，也放心了不少。听到她说要教自己，俊脸如春雪化开，笑着道："好。"

走廊的拐角处，有一棵歪脖子杏树，雪倾城攀上那树枝，像一只猴子一般，三两下就爬了下来，看得萧玟目瞪口呆，直叹："小六姑娘好功夫。"

雪倾城拍拍手，对萧玟道："看到了吧，很简单的。"说着，她就想为萧玟示范如何往上爬，只是她身上的裙子到底碍事，她想了想，提起裙摆的两边，在腿前打了一个结。

如此豪放的作风，直把萧玟看得目瞪口呆。

就在雪倾城搓搓手，跃跃欲试的时候，墙那边传来丫鬟的声音："王妃，王妃，您在哪儿？"

雪倾城就像被人戳破了的气球，顿时就泄了气。

她挪到萧玟身边，一脸的抱歉。

萧玟已经看出来了，脸上依旧挂着好看的笑容："又是寻你的？"

雪倾城点点头，低低地吐槽了一句：“烦死了！”

萧玟想起那日和大哥来六王府，却意外听到六王妃偷溜出府的消息，想必因为这丫头贪玩，所以萧煜才格外看得紧。

萧玟了然地点点头，道：“小六姑娘你快过去吧。”

“好，那我下次再教美人公子爬树！”

萧玟笑得一双眼都弯成了一双小月牙，温柔地应下：“好。”

雪倾城和萧玟告了别，顺着声音的方向跑过去。

来寻她的丫鬟看到了她，忙迎上来。

因为有前车之鉴，这次来找她的，除了安宁和安瑞，还有管家。管家眼尖，老远就看见雪倾城似乎在和人说话，于是问道：“王妃，您刚才可是在和人说话。”

雪倾城不疑有他，随后就回：“是啊，美人公子。”说着，回头去指，可那棵歪脖子树下，早就没有人了。

雪倾城狐疑地回过头，正想着这美人公子看着弱不禁风，跑起来可真快。一抬眼，撞上了管家冰冷的眼神。

雪倾城吓得一怔。

只听管家的语气都冰冷了几分：“王妃，您既已嫁给王爷，就应该恪守本分。”

这话听得雪倾城一愣，难不成管家在说她爬树上房的事。这点事就算没有恪守本分了吗。

雪倾城撇撇嘴，不甘不愿地嘟囔一句：“我下次不做了就是。”

而在花丛的另一边，因为怕给雪倾城招惹是非所以特意寻了隐秘花径走，无人察觉的萧玟，在听到这句话的时候，也是一怔。

脑海中闪过一个画面，父皇当年对他的怒吼再次在他的耳边响起：“朕给你取名萧玟，就是要你恪守本分，你是萧玟，璠玟，次玉，永远都不可能越过界去！”

萧玟苦笑一声，不再停留，负手往前走去。

许是因为触到了心底的感伤，萧玟在与萧煜喝酒的时候，无意之间说起了父皇偏爱嫡子的事。

萧煜的眼神闪了闪，看着素日里有闲云野鹤清名的萧玟，突然觉得眼前的这个四哥，似乎并不像表面上表现的这么简单。

父皇可不是他们能够随便讨论的，他不敢置喙，只道："父皇与母后感情深厚，又是多年夫妻，父皇会看中皇后生的嫡子，也是正常的。"

"感情深厚？"萧玟像是听到了什么好听的笑话一样，却也知道自己今日话已经说得比较多了，不再继续往下说，换了一个话题。

"凉国太子前日派人给父皇递了请求开通两国贸易的书信来，你说他们凉国这次真的能消停吗？"

说到了萧煜最熟悉的话题，对凉国国情的分析，萧煜信手拈来："我与凉国太子交过几回手，他有手段，也有魄力，若不是我们注定要在战场上相见，兴许我们还能成为知己。但是这个凉国太子在凉国却没有多少实权，现在凉国国王病重，凉国当权的是摄政王苏淼，此人阴险毒辣，可不是好对付的。而且苏淼和太子向来立场不同，政见不合。"

"贤弟的意思是，凉国太子这次来信，并非凉国皇室的意思，有可能只是太子一个人的意思，凉国摄政王并不知情。"

萧煜摇摇头，道："我并非凉国人，其中是否有隐情，我也不得而知，目前我们只能等，等凉国太子的下一步动作了。"

萧玟抿了一口清酒，点头道："想来，也只能如此了。"说到这里，他心中感慨万千，"说来，我是羡慕六弟你的，想你还能在战场上奋勇杀敌，拼出自己的一方天地。而我，只能每日困在这身份中，与诗酒山水为伴，有志不得展。"

萧煜觉得今日的萧玟着实有些奇怪，似乎格外感怀。

他不知该如何去接他这话，反倒是萧玟自己深吸了一口气，似乎是放下了，却又像是在逃避，他举杯，对萧煜道："既已如此，何必自找苦吃，给自己寻不痛快，还不如干干脆脆喝个痛快。来，六弟，干了。"

说着，不等萧煜举杯，自己就将杯中酒一饮而尽。

萧煜沉默着，跟在其后，将酒倒入腹中。

两人推杯换盏，直到喝得尽兴才算散场。萧煜命人备马车送萧玟回去，自己则颤颤巍巍地往知心阁走去。

管家见他走路都有些虚浮了，忙过来扶他，看他是往知心阁方向去的，管家想起白天的事，正犹豫着要不要跟王爷说。萧煜此时已经醉得十分迷糊，大半个身体压在管家身上，管家与他说什么，他也是胡乱应着。

管家正为难时，却见安询捧了个火炉子，正往这边过来。

管家一下子便像找到了主心骨，忙将王爷交给安询身边的护卫，并将安询拉到一边，将上午发现王妃在府中与一男子相谈甚欢的事说了。

“奴才当时离王妃比较远，没有看到那男人的面容，只是听王妃叫他什么‘美人公子’，想来王妃心智不全，不知男女大防。奴才怕惹得王爷烦心，不敢将此事告诉王爷，已经私底下劝诫过王妃了，只是王妃那样子，似乎并没有听进去多少。”

“你确定王妃所见之人，并非我六王府中人？”

“奴才打理王府这么久了，若是府中人，奴才定能一眼就认出来。”管家信誓旦旦地保证。

安询点点头，看着已经彻底醉迷糊了的王爷，挥挥手，对底下人道：“抬我房里去。”

这一下，就连管家看着安询的眼神都带着几分难以置信了。

早就听说王爷这些天，天天在安先生房里留宿，两人莫不是，真的有某种不可告人的关系吧。

安询向来擅长识人辨物，又怎会不知管家已经想歪了，他不想与这些俗人争辩，自顾自地往前走，走了两步，还是觉得心里不安，折回来，捉着管家的衣领，一字一句地重申：“我这是为了照顾王爷，并无其他心思，你可懂？”

那新王妃葫芦里到底卖的是什么药还没弄清楚，要是趁着王爷喝醉，对王爷意图不轨又怎么办。

管家觉得自己的命就被捏在安询的手里，他但凡说半个“不”字，估计今晚就得去见阎王爷了，于是赶快点头如捣蒜。

安询这才松开手，跟上护卫们的步子，一路往自己居住的竹居去。

管家看到安询走了，才长舒了一口气，摸着怦怦乱跳的胸口，心想着安先生平日里看上去一副很好说话的性子，真发起火来还挺可怕。

不是有一个词叫“欲盖弥彰”嘛，看安先生这般怕别人误会的样子，八九不离十了。管家心里想着，同时也决定将这个秘密埋在肚子里。

他还想多活几年呢，可不能得罪安先生。

护卫将萧煜抬到了安询的床上，替他脱好鞋子盖好被子之后，就退下了。

安询拿了条毛巾过来，本想替他醒醒酒，但一想到这家伙冥顽不化，明知道雪倾城有问题还不听他的劝，死活要留着她，顿时气不打一处来，将一条湿毛巾直接朝萧煜的脸上摔过去。

萧煜被砸醒，从床上霍地坐起来，下意识地就要去抽自己的佩剑，可是抽了半天也摸不到佩剑，倒让他整个人显得格外滑稽。

安询被他这个样子蠢到了。

他觉得自己当初一定是瞎眼了，才会选萧煜做主子。

萧煜这一折腾，酒也醒了大半，睁开眼看清环境，仰着头坐起来，一开口，就让满屋子都是酒气。

“我怎么到这儿来了？”看到安询又在铺床，萧煜忙叫住他。“安先生你身体不好，还是别睡软榻了。”

管家早就来向他报告过，说安先生最近的药量明显增加了，想来他最近天天霸占他的床，也加剧了他的病情。

“王爷可是要去知心阁？”安询冷冷地问。

萧煜头疼，想了想摇了摇头，道：“倾城这会儿许是早就睡了，我过去反倒扰了她的清梦，我去书房。”

安询叹了口气，看着萧煜这副样子，有种深深的无力感。

“王爷，您曾说过，不会对王妃轻易动心。”

又是这个问题！

萧煜的头更疼了。

“我何时说过我对她动心了？”萧煜穿好鞋子，站起身来，拍了拍安询的肩膀，“你呀，就是忧思太重，如今又不是在前线，你安心养好病就成。”

说着，也不再多说，拿着披风就出门了。

安询看着他的背影，眼神渐渐变得深晦。王爷对王妃已经情根深种，尚不自知。这已经不是他可以阻止的事了。

本想着在他走之前，为王爷铺好以后的路，却不想为王爷招进来一个大麻烦。

这个雪倾城，他定要想个法子处理了才好。

另一边，雪倾城刚睡下，这会儿正梦见在破庙里和师父烤叫花鸡呢，叫花鸡的荷叶已经被揭开，荷香混着鸡肉香味扑鼻而来，雪倾城舔舔嘴唇，对着鸡屁股张开了大嘴，眼看着就要咬住了，一道惊呼，活生生把她吓醒了。

睁开眼，叫花鸡没了，只有安宁那一张让人看了没什么食欲的小脸。

安宁趴在雪倾城的床边，口中喃喃念着五个字：“王妃不好了。”

清梦被吵醒，雪倾城烦躁地翻了一个身，嘟囔一句：“王妃我好着呢，别烦我，我要睡觉。”

安宁却把雪倾城当成了那砧板上的面团，揉过来，揉过去。雪倾城被揉得烦了，挥手赶她。

“安宁你是疯了吗？”

“奴婢没疯，是王爷疯了。哦，王爷也没疯。”安宁语无伦次，说了半天，连她自己都不知道自己在说什么，一阵疯言疯语之后，终于说到了重点，“奴婢适才看见王爷喝醉了，本来是想来找王妃的，但是安先生半路把王爷拦下了，把王爷扶到自己房里去了。王妃，您说安先生和王爷，是不是……”

雪倾城顿时来了精神，她如遇知音，抓着安宁的手。

“你也这么觉得是不是？我就说，不可能只有我一个人这么觉得。”

安宁实在是不理解王妃此刻满脸的兴奋从何而来，她怯怯地提醒道：“王妃，王爷都要被人抢走了，您就一点都不着急吗？”

雪倾城耸耸肩，抱着被子坐起来。

“着急有用吗？反正大家心里都清楚，王爷肯定不是因为喜欢我这个傻子，才娶我的。”更不用说她本来就只是一个冒名顶替的赝品罢了。

“可是，您是王妃啊。这样，您以后的日子该怎么办啊？”

不似安宁的忧心忡忡，雪倾城倒是看得挺开。

“现在这样挺好的啊，我们互不干扰，等时间一到，分道扬镳，谁也不耽误谁。”

“时间一到？王妃您在说什么啊？”安宁听得一头雾水。

雪倾城不给安宁深究的机会，含混地应付了过去，只说自己要睡觉了，打发安宁走了。

安宁走后，她披衣下床，抽出衣柜底层的那个抽屉，里面放着一沓叠得整整齐齐的宣纸，如今已经有上百张了。

时间也挺好混的嘛。

雪倾城拿着那沓宣纸想着。

但是安宁说的话也在耳边回荡，以前安先生和萧煜好歹还会避避嫌，如今安先生居然明目张胆，公然抢人了，看来，安先生对她宣战是迟早的事。

还有这么多天，她得想办法安然混过去才是。

一定要找个靠山！

自从偷溜出府引得王府大乱之后，雪倾城彻底被萧煜禁了足，别说出府了，就连外府都不许她去。

雪倾城也不傻，知道问题症结在哪儿，每天铆足了劲儿去求萧煜，更何况自从那晚之后，雪倾城也想通了，要想在王府立足，就得找个靠山。放眼整个王府，没有哪个靠山比萧煜还靠谱了。

奈何雪倾城虽然从小在男人堆里长大，打架她在行，哄人这种技术活，还真不是她擅长的。

只能跟别人求助。

安宁和安瑞一听说雪倾城想讨好萧煜，感动得热泪盈眶——“王妃，您终于懂事了！”

雪倾城一头雾水："这和懂事有什么关系？我若是不好好求求他，他下次肯定不会放我出去玩了。"

还是安宁想得开，说道："罢了，虽然王妃的出发点是为了去玩，好歹也是能哄住王爷，效果一样就行了。"

因着这样的想法，两个丫头对这件事格外上心，废寝忘食，在之前雪轻剑带来的那本《如何做好王妃》的基础上，进行扩写，第二天就给雪倾城出了一本《搞定王爷一百条攻略》。

但是她们都忘了——雪倾城识字不多，一本攻略翻下来，她能认识的字寥寥无几，更不用说照着书上的内容去实践了。

"这么多条，要全部做完得到何年何月呀，两位姐姐行行好，有没有那种最有效的，一针见血的办法啊。"

安宁和安瑞面面相觑，肯定地点点头，齐声道："有！欲夺心，先夺胃！"

书房。

萧煜正在写信，敲门声响起，连祁走了进来。

"王爷。"连祁拱拱手，请安。

"王妃怎么样了？"

提起那个傻子王妃，连祁就一脸黑线。

想他一个从小就跟着王爷出生入死的暗卫，如今却要盯着一个傻子，着实憋屈得很。

是以，他回话的时候冷漠了几分："王妃今天在厨房忙活了一整天，好像在学做菜。"

"做菜？"萧煜也皱起了眉头，"她学做菜干什么？"

连祁摇摇头，道："属下不知。"

说话间，门口传来了脚步声。连祁很有觉悟地闪身到屏风后去，他刚离开，雪倾城就端着一碗黑乎乎的东西进来了。

萧煜赶紧抓了一本书在手里，表面上像是在看书，余光却是忍不住往雪倾城那边瞟。

“王爷，我给您煮了绿豆汤，您尝一尝。”

“绿豆汤？”想起连祁刚才的报告，萧煜的嘴角偷偷扬起一抹笑容——原来雪倾城学做菜竟是为了他。

“王妃有心了，放到那儿吧。”

雪倾城端着绿豆汤，放到萧煜的桌前，人却没走，眼巴巴地盯着萧煜，盯得萧煜没办法忽视她，不得已偏过头来看她。

“王妃还有什么事吗？”

雪倾城指着面前的绿豆汤。

“王爷，喝汤。”

在雪倾城恳切的眼神下，萧煜只能举碗尝了一口。

只一口，他就后悔了。

这绿豆汤简直是他这辈子喝过的最难喝的绿豆汤，没有之一！绿豆似是煳了，汤里又不知道被雪倾城搁了多少糖，像喝糖水一样，甜得腻人，又带着一股烧煳的苦味。

偏偏雪倾城还满怀期待地望着萧煜，问：“王爷，好喝吗？”

萧煜咽了咽口水，回答得颇为违心：“甜了点。”

雪倾城忙端回托盘，道：“王爷您等着，我马上去重做。”

还来一碗？

想起刚才那一口绿豆汤，萧煜的冷汗都被吓出来了，忙拉住她，问道：“说吧，无事献殷勤，你想做什么？除让我放你出去之外，其他的要求我都能满足你。”

雪倾城“哦”了一声，回道：“那我没要求了。”

雪倾城垂头丧气地走了，连祁这才从屏风后现身。

萧煜想起那一碗黑乎乎的绿豆汤都后怕，问连祁：“安先生说她是在装傻，你信吗？”

“正常人应该不至于煮出那么难喝的绿豆汤。”他虽然没喝到，但是在屏风后面，他也闻到了绿豆汤浓浓的焦煳味了。

“倒也是，你继续帮我盯着她，她有什么动作，立马来报！还有，派人守好膳房，不许王妃再进膳房一步。”

连祁无奈领命，退下去了。

其实不用连祁盯着，雪倾城的行踪也一目了然，因为这两日她每天几乎都围着萧煜转悠。

她做菜，一碗绿豆汤把萧煜的脸直接变成了绿豆色，于是膳房成了雪倾城的禁地。

她织布做衣，一件大褂愣是被她做成了披风，袖子还一边长，一边短，于是织房成了雪倾城的禁地。

她学刺绣，一对鸳鸯愣是被她绣成了两只颜色复杂的水鸟，萧煜看完，也脸色复杂地禁止她再进绣房。

如此，雪倾城折腾了两日之后发现，她不仅没有让萧煜放自己出去，反倒让自己的活动范围越来越小了。

讨好王爷计划，失败！

雪倾城本来就没有什么耐心，坚持到第三天放弃了。

如此一来，被雪倾城折腾得身心俱疲的萧煜，反倒不习惯了。就连连祁来和他报告军事，他的眼神都时不时地往门口瞟，惹得连祁都忍不住问："王爷，您在等人吗？"

萧煜收回视线，正襟危坐道："没有，我们刚才说到哪儿了？"

连祁叹了口气，将已经说过两遍的话，再说了一遍："属下查到，雪家近期没有什么远房亲戚来访，所以那个'二小姐'实在是无处可查。另外，属下去过雪小姐当年养病的尼姑庵，照顾王妃的尼姑们倒是口径一致，说王妃痴傻。但是一个负责为尼姑庵送菜，见过王妃几回的菜农，却说王妃只是看上去比旁人孱弱一些，并无痴傻之症。那菜农有一日遇险，还是王妃帮了她。后来属下也去查证过了，菜农说他遇险被救，确有其事。"

"也就是说，王妃的痴傻之症早就好了，如今她是在装傻？"

连祁没有正面回答，只道："属下近日也在暗中观察王妃，发现王妃在无外人在场时，除了格外活泼好动一些，表现与常人也并无多大出入。倒是一旦遇到危机情况，她却是惯会用插科打诨、装傻充愣来蒙混过去，似……似有意为之。"

萧煜虽然不想承认，但是整个六王府，就属他和雪倾城最为亲近。雪倾城虽然痴傻，但行事都是有迹可循的。如今这些小细节，汇到一处，似乎正指向一个事实——雪倾城是在装傻。

连祁见萧煜陷入了沉思，试探着问道："雪家骗了王爷，是否需要属下……"

萧煜挥挥手，止住了他未说出口的话。

"她为何欺瞒本王，本王倒是很想听她的解释。当然，当务之急，是要让她承认自己的罪过。"

连祁不懂，问道："王妃自知这是欺君之罪，又如何会承认？"

萧煜笑道，眼神里充满了算计："王妃这些日子以来，一直在我跟前蹦跶，不就是想出府嘛，那我便顺她心意一次，想她在府中憋了这么久了，应该会很想出去玩。"说着，他对连祁道，"去把管家叫来。"

连祁虽然不知道萧煜的葫芦里卖的是什么药，却也乖乖照做了。

第二天，萧煜要带王妃出去祈福的事，很快就传遍了王府。雪倾城听到消息的时候，一连和安瑞确定过好几遍，直到再三确定自己没有听错，这才放心。

安瑞也跟着雪倾城高兴："王爷定是感受到王妃您的真心，所以才带您出去玩。如今入秋，听说山上的枫叶十分好看，王妃这次可是有眼福了。"

"眼福？我要眼福干什么？只要能让我出去玩，我就很开心了，我快被憋死了！"

她觉得萧煜这次肯带她出去一定是脑子抽风了。

毕竟她之前的表现连她自己回想起来都有些惨不忍睹，也就是安瑞能闭着眼，对她夸赞一番。

萧煜脑抽的时间可不多，她得好好把握，趁着这个机会玩个痛快。

约定的时间很快就到了，雪倾城和萧煜上了一辆马车，安宁安瑞随侍在马车左右，出行阵仗说大不大，说小不小，引来不少人注目。

一路有大内高手护航，自然没什么风险，马车很快就到了定国寺，作为皇帝皇后每年都会来逛逛的寺院，定国寺住持对萧煜夫妻的到来一点都不惊慌，在他们来之前，就已经替他们安排好了厢房。

他们用完素膳，萧煜带着雪倾城在庙里闲逛，雪倾城可从没见过这么大的寺庙，要知道这些地方一般只接待王孙贵胄，他们这些穷人家，连踏入周围都是一种奢望。

庙宇正厅，有一株松树，树上挂满了红布条。

这个雪倾城熟，跟他们那村里的长寿树一样。

但凡上了点年纪的树，都会被人赋予“能祈福”的功能，以为在树枝上挂几个红布条就能心想事成。

雪倾城向来是不太相信这些的，她觉得这样还不如用拳头实在。

树底下坐着一位老先生，看上去很瘦，五十岁出头的年纪，精神倒是很好。他一眼就看到了雪倾城，对她招手道：“王妃，求签吗？”

雪倾城倒是惊奇，开口问道：“你怎么知道我是王妃？”

萧煜在一旁，闻言满脸黑线。

定国寺向来只为皇家服务，如今寺庙上下，香客也就他和雪倾城，她不是王妃，还有谁是。

只是那老先生，一看就是个人精，十分配合地捻着胡子：“老朽一见您与王爷气度不凡，就知您是王妃。”

在夸她呢！

看这老先生眼神这么好，肯定是个高人！

原本对求签问卦一事不甚相信的雪倾城，也生了看一看的心思。她凑上前去，在老先生卦摊前的矮凳上落座，指着老先生面前的一些玩意儿，问道：“这个要怎么玩啊？”

老先生将一个竹筒递过来，竹筒里有许多竹签。

“王妃您摇一摇，再选一个竹签出来，老朽会根据签语，为您解签。”

雪倾城依话照做，摇一摇之后，从竹筒里抽出一根竹签来，递给老先生。

老先生看完签语之后，表情凝重，看着雪倾城，问：“不知王妃，您想问什么？”

雪倾城偷偷往后瞟了一眼，只见萧煜正在和连祁商量着什么，并未往这边看，便稍稍靠近到老先生，低声耳语：“姻缘。”

老先生看着她，面带疑惑。

“咳咳。”雪倾城生硬地解释道，“本王妃也想知道，我和王爷的姻缘是好是坏嘛。”

老先生将签语誊抄到一张红纸上，然后用手指在桌子上写写画画好一会儿，也不知道在算什么，最后才表情凝重地将红纸递给雪倾城。

雪倾城识字不多，也懒得去看签语了，直接问结果：“怎么样？”

老先生表情一直十分凝重，摇摇头，道：“王妃若求其他，这签绝对是个好签，偏偏您问的是姻缘，这签，对姻缘，是大凶啊！”

“大凶？”

“您命中犯桃花劫，注定要因为感情破财伤身，更严重的，会危及性命。”

“桃花劫？”雪倾城听得都蒙了！她如今顶替了雪倾城代嫁，身边连一朵“桃花”都没有，现在却给她当头一棒，说她有桃花劫！

“要破解此劫，也并不是没有办法。”老先生捻了捻胡子，故弄玄虚。

雪倾城忙追问：“什么办法？”

“老朽能为王妃做法化解，只是此乃生死大劫，作法颇耗心神，看在我与王妃有缘的分上，就收您一个友情价，纹银一百两，贫僧定能助王妃逢凶化吉。”

雪倾城听完只想打人：“一百两，你怎么不去抢呢！”

说完，霍地站起来，本来想掀桌子揪住那老先生的胡子大闹一场，想起自己目前的身份，又不好发作，气得就往外冲。

居然说她命犯桃花劫，还要收她一百两银子，一定是个江湖骗子，哼，江湖骗子。

那“江湖骗子”还在身后喊：“王妃，买卖不成仁义在嘛，价钱好商量，我再给您打个九九折，只收您九十九两，您看如何。”

雪倾城压根儿不理她，往外走远了。

连祁和萧煜交换了一个眼神，连祁退下去了，萧煜雪倾城离开的方向，快步追了上去。

萧煜在定国寺外的竹林里才追到雪倾城。看着她小脸愁苦的样子，关怀地问道："怎么了？可是签语不好？"

雪倾城才不是因为签语心里犯堵呢。

想她从小混着长大，从来都只有她骗别人的份儿，如今竟然被一个江湖骗子耍得团团转，颇有些"虎落平阳被犬欺"的凄凉。至于那些什么有桃花劫的浑话，她才不信呢！

"不行，我还是气不过，我要去把那老家伙的胡子都拔光！"

雪倾城说着就要往回冲，萧煜怕她在气头上，真的干出什么浑事来，忙拦住了她。

看她一张小脸气呼呼的，像一个刚出炉的小包子，他没忍住，伸手戳了戳那鼓着的小脸，小脸一下子就瘪了，萧煜和雪倾城四目相视，两人都忍不住扑哧笑出声。

雪倾城刚才还窝着一肚子火，恨不得去和那信口雌黄的老家伙拼命，如今怒气竟然一下子全都消散了。

"气消了？"

"嗯。"雪倾城点点头。

"那为夫带你去个好玩的地方。"萧煜非常自然地牵起雪倾城的手，如星星一般闪耀的眼睛里，倒映出雪倾城的身影，"跟我来。"

萧煜说的好玩的地方，就是定国寺的后山。

山上种满了枫树，如今正是枫叶红的时候，片片枫叶飘落，染得天地都火红一片，的确十分好看。

"定国寺的枫叶可是天下一绝，王妃觉得好看吗？"

"好看！"

雪倾城已经被眼前的美景迷花了眼，不过有了前车之鉴，她可不想再从萧煜的嘴中听到"枫叶好看，还是我好看"这种傻问题，于是自己主动回答道："不过，王爷你放心，还是你最好看！"

这马屁拍的，她都要吐了。

瞧她，多不容易啊，为了在王府混口饭吃，如今都学会抢答了。

萧煜猛然被夸，整个人就像变成了天地间悠悠飘荡的一片枫叶，不知道自己身在何方了。执起雪倾城的手，萧煜的眼神里盛满了深情。

“倾城，你……”

雪倾城狐疑地回头，一对上萧煜的眼神，吓得腿都软了。

这家伙为什么要这么看着他，看得她起了一身的鸡皮疙瘩，他莫不是哪里不正常了吧。

萧煜看出了雪倾城想躲避的态度，他捧着雪倾城的脸，深情款款地道：“倾城，你……有没有什么话想对我说的？”

“什……什么话？”雪倾城被问得一头雾水。

她想对萧煜说什么话，她自己怎么不知道。

偏偏萧煜还在自以为是地鼓励她：“倾城，你只管大胆地说，什么都可以说，你放心，我不会怪你的。”

雪倾城悄悄地瞥了萧煜一眼，不敢置信地问了一遍：“是你说的，什么都可以说的？”

萧煜点点头，郑重承诺：“绝无戏言。”

雪倾城深吸一口气，似乎下定了决心，再看萧煜正用鼓励的眼神看着自己，她终于鼓足勇气，把一直想对萧煜说的话说出了口——

“王爷，您能不能跟膳房说说，多做点荤菜，少弄点素菜啊。我又不是小羊羔子，每天都要被逼着吃草，可愁死我了！”雪倾城之前就这个事和管家提起过，但是管家说了，这是王爷吩咐的，要让她吃得全面些，荤素搭配，身体才会好。

她吃了二十年的素了，以前混江湖的时候，每天都是馒头菜叶果腹，能吃上一顿肉那真的要求神拜佛了，如今好不容易混进王府，连这点福利都不让她享受！

她不要素，她只想吃肉啊！特别是在刚刚才吃完一顿素宴之后，她的胃在抗议，心在抗议，全身都在抗议。

神啊，赐她一顿肉吧！

雪倾城内心的咆哮，萧煜听不到；萧煜内心的崩溃，雪倾城也体会不到。

萧煜脸上的肌肉抽了抽，问道："就这样？你就……没有其他想对我说的？"

"就这样还不严重啊？"雪倾城大声抗议。亏萧煜还说"就这样"。"民以食为天"，这可是天大的事了。

萧煜盯着雪倾城看了半天，直到确定雪倾城是认认真真在和他商量改善伙食的事，总算死了心，眼神都黯淡了下去。

"既然王妃想吃肉，我回去吩咐下去就是。"

"好耶！"雪倾城兴奋得跳起来，本来是想单手揽着萧煜的肩，却不想萧煜习武多年，早就形成了一种本能反应，感受到有人扑过来，他下意识地往旁边闪。在意识到扑过来的是雪倾城之后，怕她摔倒，又忙侧身去扶。结果本来只是兄弟之间的勾肩搭背，就变成了颇为亲昵的投怀送抱了。

雪倾城本想逃开，搁在她腰间的手却蓦然收紧，将两人之间最后那一点的距离也拉紧，近得呼吸相闻，近得心跳相和。

突然，周边枫叶簌簌地落下，一队黑衣人不知道从哪里蹦出来的，利剑如风，直往两人招呼过来。

萧煜单手揽着雪倾城，在原地转了一个圈，将雪倾城护在身后，那人见剑锋对准的人变成了萧煜，生生地收回手，一个跟头，在枫叶地上滚过，翻到雪倾城的身后。

萧煜抽出腰间软剑，单手护着雪倾城，严阵以待。

"倾城，跟着我！"

他只说了这一句，便如野兔一般，扑上前去与那似是领头的黑衣人鏖战。

雪倾城看得眼花缭乱，心里却只想吐槽。

这萧煜，还说让她跟着他，她也要跟得上才行。

这时，有黑衣人朝雪倾城刺过来。雪倾城一个弯腰扫腿，让那人扑了个空，手中的剑也掉在地上。

雪倾城跑上前去捡剑，奈何这剑实在是太重了，绝不是她能拿得起来了，勉强抱起剑来之后，也只能勉强抓着剑转圈。

这下反倒让那些刺客没有办法了，就连正在鏖战的萧煜和黑衣人也不得不停下来，给完全控制不了自己的雪倾城让地儿。

就在众人都一脸蒙的时候，又有一队黑衣人跳了出来。

雪倾城算是彻底愣了。

今儿个是个什么日子，刺杀还带一起的。

不只是雪倾城，所有人都面面相觑，一脸蒙。

顾不上雪倾城和萧煜了，两队黑衣人缠斗在一起，一时之间只看见黑影攒动。

趁这个空当儿，雪倾城丢下剑，抓着萧煜就往寺庙里跑，偏偏回去的路被那些黑衣人拦住了。她本想硬冲过去，一把利剑就直直朝她刺过来，若不是萧煜在她身后拉着她，她的脑袋就要和脖子分家了。

而萧煜，因躲避不及，被那剑伤到了胳膊。

“这边！”

雪倾城抓着萧煜，就往枫林深处跑。

也不知道跑了多久，直到身后的打斗声都听不到了，雪倾城才喘着粗气停下来，抚着胸口：“安全了，安全了，那些人应该追不回来了。”回头一看，吓了她一跳。

她身后的萧煜脸色苍白，头冒虚汗，伤得很重。

偏偏这样的他，居然还努力对雪倾城露出一个笑容来。

“是啊，安全了，你没事就好。”

“可是你有事啊，大傻瓜！”雪倾城急得忙扶着萧煜在一块大石头上躺着。萧煜的手臂还在流血，雪倾城能够明显感受到他的体温正在迅速下降。

雪倾城这次是真的慌了，她想撕下衣服布条来替萧煜包扎，奈何王府的衣服质量太好，她用尽了全身力气，也不能撕裂。她只得赶紧去找了藤条过来，替他包扎止血。待她撕开伤口，看到那伤口溃烂程度的时候，眉头皱成了一个“川”字。

“不好，这剑上有毒！”

难怪萧煜一个大男人，受了这点剑伤就成这样了。

雪倾城咬咬牙，站起身，又跑远了。

萧煜连起身的力气都没有了，只能听着雪倾城的脚步声越来越远。

他看着头顶上被枫叶分隔成一块块的灰白色的天空，绝望地想：这个小家伙的心，果然是焐不热的吗？这就要抛弃他这个累赘，一个人逃命了。

想他也是好笑，为了逼出她的真心，自导自演了一出刺杀的戏码，却没想到引来真的刺客。

他这算，美人心没偷成，倒蚀把米吗？

萧煜拼着力气，从腰间摸出一个小小的竹筒，里面装的是信号弹。只要他拉开信号弹，他的暗卫很快就会来寻他。但是，已经跑开的雪倾城，肯定就会被丢下。此处荒无人烟，雪倾城一个人在这深山密林中，肯定凶多吉少。

萧煜也知道自己中毒了，他不知道自己还能撑多久，如果……如果他等不来雪倾城，那他今日，肯定就要死在这里！

是她先抛弃他的！

萧煜的手，缓缓伸向了拔栓……

雪倾城足足离开了半个时辰才回来。

她一路跑得气喘吁吁，却丝毫不敢怠慢，她不过出去了一趟，回来就跟换了个人似的，蓬头垢面，灰头土脸，锦衣华服也被树枝划破了，整个人看上去就跟个小叫花子一样。

而她手中，也多了一把野草。

只是，雪倾城远远望过来的时候，青石板上已经没有了萧煜的身影。

萧煜有剑伤，还中了毒，能跑多远。

雪倾城当即吓得腿都哆嗦了，声音中带着哭腔：“萧煜，萧煜你在哪儿，你别吓我！”

雪倾城奔到那青石板上，上面还残留着萧煜的血迹，血迹还未干，萧煜还没走多远。

她长这么大，从没为人流过眼泪，这次却急得眼泪哗哗地落了下来。

“萧煜你别吓我，别吓我。你是不是被那些坏人抓走了，你怎么也不等等我，我给你找了解毒的药来了。”

雪倾城哭得泣不成声，正伤怀间，手上多了一只血淋淋的大手，她“啪”的一下拍开。

“别烦我！”

待她在泪眼模糊中看清那只血手，吓得连跳了好几步。

“鬼啊！”

不对，这大白天的，哪来的鬼。

已经跑开很远的雪倾城觉得不对劲，又壮着胆子跑回来，一看，就见石板下正躺着一个人，那熟悉的穿着，不是萧煜是谁。

雪倾城又惊又喜，忙扑上去，将萧煜扶起来。

萧煜的脸色比她离开的时候已经更加苍白，似乎连掀开眼皮看她的力气都没有了，那只沾满血的大手却不知道哪里来的力气，死死地抓着雪倾城的手。语气虚弱，却又说得格外认真：“我……等到你了……你回来了……真好。”

“那你还吓我！“雪倾城又哭又笑，因为萧煜抓着她不肯放，她没法起身去找把药捣碎的工具，只能拔下那草药的叶子，丢在自己的嘴里嚼碎。

苦涩的草汁瞬间在她的嘴里蔓延开，苦得雪倾城直皱眉头。嚼碎后，她才吐出药草，伸手掰开萧煜的嘴，给他灌了进去。

看着萧煜脸色为难，雪倾城着急，催促他：“不许嫌弃，这可是解毒的草药，你要还想活下去，就给我吞下它！”

萧煜闻言，喉咙动了动，用尽全力将那解毒草吞了下去，而后，半睁着眼睛，看着雪倾城，气若游丝地问：“你……舍不得……我死，对不对？”

“废话！”雪倾城觉得萧煜今天一定是脑子不正常了，总说一些莫名其妙的话，“我当然不希望你死了。”

“你心里是有我的对不对？”

雪倾城在帮他嚼药草，那药草太苦，苦得她都没工夫去听他在说什么，想着病人为大，含糊地应着：“对。”

“一直以来，你都是在装傻骗我对不对？”

“对……啊？”

雪倾城当即就像被人点了穴，生生地愣在原地。

萧煜只当她是害怕了，伸出另一只手来，覆盖住雪倾城冰凉的小手。

“我不怪你……你……心里有我……我就很开心了。”

雪倾城觉得萧煜肯定是误会了什么，想解释，萧煜却没给她开口的机会：“倾城，我快撑不住了，你快……打开这个。”

雪倾城这才注意到，刚才萧煜的大手覆过来的时候，往她的手里塞了一根小竹筒，只有拇指般粗，刚好一握。而此时，萧煜终于用尽力气，松了手，放开了她的手。

雪倾城狐疑地拿起那个小竹筒，抽开竹筒的拔栓，一道火光瞬间就从竹筒里冲了出去，一飞冲天，在天空中炸开一朵绚丽的花朵。

雪倾城被气得笑了，骂萧煜：“你这人，命都快没了，还要看什么烟花！这烟花还能救你的命不成！”

萧煜已经没有说话的力气了，他眷恋地看着雪倾城的下巴，那下巴上，还挂着一滴泪，雪倾城这一说话，那泪珠就滚落下来，砸在萧煜的脸上。

很凉，也很舒服。

雪倾城抱着已经不省人事的萧煜，求天天不应，求地地不灵。

眼看着天色也黑了，她几近绝望的时候，连祁突然蹦了出来，还带着一群人。

这一刻，连祁就像是天神一般降临，看得雪倾城都要犯花痴了。

连祁的目光始终在雪倾城怀里的萧煜身上，眉头一皱，对身后的人挥挥手，道：“来人！”

立马有人上来，从雪倾城的怀里接过萧煜，扛着萧煜一阵狂奔，很快就没了踪影，另有人似乎要来抬雪倾城，雪倾城可不想被人当作麻袋扛着，忙摆手站起来，表示自己还有体力。

“没事，我自己走，我自己走。”

到底男女授受不亲，连祁也不强求，就让雪倾城跟在他身后，带着她，一步步地走出密林。

雪倾城自觉自己的脚程不算慢的，可是和连祁比起来还是差远了，他大步流星，她需要小跑才能跟上。

雪倾城追上去，问道："你可真神啊，你怎么知道我们在这里的？"

连祁看了一眼雪倾城手里，已经被打开的竹筒，问："不是你放的信号弹吗？"

"原来这是信号弹，不是烟花？"

难怪萧煜在昏迷之前，拼死也要让她拉开这东西，原来这烟花还真能救命。

想到这儿，雪倾城又觉得自己亏大了。

萧煜既然有这宝贝，怎么不早拿出来，亏得她为了救他跑了好几里路给他找草药！真是亏大发了！

第五章

拜师

王爷遇刺不是小事，定国寺当即全寺戒备。

雪倾城判断得没错，萧煜的剑伤事小，毒伤事大。住持在检查过萧煜的伤口之后连连摇头，直道：“虽然王妃喂了解毒草药，暂时控制了毒性，但若在十二个时辰内不及时医治，毒入肺腑，神仙难救。”

连祁急得怒吼：“那你倒是赶紧救人啊！”

方丈倒没有怪连祁不敬，起身，念了一句“阿弥陀佛”。

连祁和雪倾城都要被他急死了，特别是雪倾城，恨不得上去暴揍方丈一顿。人命关天，还在这里“阿弥陀佛”，这不是在找打嘛！

方丈这才悠悠地解释：“山寺简陋，诸多药材不全，且这毒颇为凶险，我虽略通医理，却不敢贸然解毒。为今之计，只能赶紧下山，去请小药王来，兴许还有一线生机。切记，天亮之前一定要把人请来，否则，哪怕是小药王来了，也救不了了。”

连祁咬咬牙，当即道：“我脚程快！我去！”

雪倾城当即认同地点点头：“是的，他脚程快。”说着眼巴巴地看着连祁，“你一定能把小药王请来的，对不对？”

连祁不说话。

说实在的，他不敢保证。

哪怕是让他自己在这么短的时间内山上山下来回跑，他都不敢保证，更何况返程的时候，还要带着一个不懂功夫的大夫。

连祁沉着脸，转身推门就要往外走，却听到门外传来声音：“谁要请在下啊！”

众人抬眼一看，莫不惊喜。

真是“说曹操，曹操到”。

竟是小药王！

雪倾城也认出来人。

这人不就是那日她躲在安先生的马车底下，见过的小胡子大夫吗。原来，他竟就是小药王！

小药王在人群中一眼就看到了雪倾城，正要笑着上前来打招呼，被心急火燎的连祁一把拉到了萧煜的病床前。

“药王，赶紧来帮王爷看一下。”

小药王却将箱子往桌子上一扔，双手环胸往床榻边一坐，压根儿没有要看病的意思，反倒说道：“我是小药王，不是药王，药王是我师父，他老人家虽然常年不露面儿，我们这些做弟子的，却也不能轻易夺了师父名讳。”

连祁被他弄得头大，忙道：“是我口误，还请小药王不要放在心上，王爷他……”

连祁话还没说完，就被小药王打断了：“我又不是神仙，哪来那种起死回生的本领。”

众人顿时都震惊了，连祁更是吓得不忍去看躺在病床上、脸色苍白的萧煜，捂着嘴转身，冲出了房间。

而雪倾城，如被人一闷棍敲在了脑门上，脑袋里“嗡嗡”作响，里面混杂着许多杂音，都是这些天来她和萧煜相处的种种。

“娘子这般着急，可是想为夫了？

“娘子，为夫送你的东西你还喜欢吗？

“娘子，我们来玩亲亲抱抱的游戏吧。

“那娘子觉得是皇宫好看，还是为夫好看？”

被他叫了这么多天的娘子，陡然意识到以后再也听不到了，雪倾城一时间竟然恍惚起来，就好像她和萧煜还在王府里，没有上山拜佛，没有遇到刺客，他也没有受伤，没有命悬一线……脸上有冰凉的液体滑过，雪倾城伸手一摸。

这是眼泪吗？

当初雪太傅接她回雪家的时候，雪家人拉着她流眼泪，她都没有流泪。但在这一天之内，她竟为了萧煜，流了两回泪。

为什么她的心会这么痛呢。她不是在进王府的时候就做好了会离开王府，会离开萧煜的准备吗。反正过了一年她也会离开，她也会永远再见不到萧煜，这不过是把时间提前了，这不过是把生离换成死别，反正都是再也看不到了，有什么好痛心的。

从小都不知道自己还有没有明天的雪倾城，头一次体会到这种揪心的痛，揪心得让她喘不过气来。

雪倾城不知道这是为什么，也说不上到底是哪里痛，只能感觉心痛得多一些，脑子木木的，浑身上下的每一块皮肤都被揪紧，难受极了。而且只要她多看萧煜一眼，这痛苦就多十倍。

她这是和萧煜一起中毒了吗？

雪倾城正难受得要死的时候，随侍的安瑞见她有异样，忙伸手扶住她，轻轻推了推她，让她勉强回过神来。

安瑞说：“王妃，小药王还有话要说呢。”

雪倾城这才睁着一双水汪汪的大眼睛抬头，看上去就像一只迷路的小兽。

“您……刚才说什么？”

“我说，六王爷要是死了，那便是神仙都救不了，这人不是还有一口气嘛，你们一个个如丧考妣，怎么回事？”

“我杀了你！”连祁风一样地冲进门来，他手中的剑比他人还快，已经露出半截剑身了，明晃晃的剑光，在小药王的脖子间晃荡。还是住持连念了几句“阿弥陀佛，佛门净地，施主慎重”，忙让几个武僧上前来，才勉强将连祁给拉住了。

偏偏小药王这厮，不仅没有刚从虎口逃生的觉悟，还在作死的边缘试探——

“不过我既然担了小药王这名号，可不是随随便便谁都会医的。”

不只连祁，连雪倾城都忍受不了这个磨叽的家伙了，她一只手抓起地上的凳子，作势就要干架。

这下连住持都不拦了，生死关头，小药王这三番两次挑拨也的确太招恨了些。

小药王混迹江湖这么多年，靠的绝对不是一身医术，而是——看风使舵的本事，一见没人拦着雪倾城了，忙道：“要我救也不是不可以，只要王妃答应拜我为师，那我这个身为师父的，救救徒婿也是应该的。”

雪倾城瞪大双眼，手中高扬着椅子，龇牙咧嘴，一副要吃人的表情。

众人都觉得小药王绝对是疯了，雪倾城可是堂堂王妃，岂是能轻易拜师的。

住持也在一旁，劝小药王：“救人一命，胜造七级浮屠，拜师一事可否容缓，好歹先救人再说。”

“我又不傻，如果没有萧煜这个筹码，她能乖乖就范？”

气氛一时陷入僵局，就在此时，雪倾城手里高高扬着的椅子突然被扔了下来，落在地上，磕断了一条腿。

众人心里莫不都是一惊：王妃这是要干架吗？

在这生死关头，众人心里五味杂陈，既为萧煜揪心，心中隐隐又有些期待。

这个小药王，也太招恨了一些，王妃就该狠狠地揍他一顿。

就在众人都翘首期盼王妃扑上前去大干一场的时候，却见雪倾城腿一弯，竟结结实实地跪在了那一堆残屑上，比她扑通一声跪下去的声音更响亮的是她的那句：“师父。”

本以为要挨揍的小药王，心情很高兴——他这个小徒弟，算是骗到手了。

本以为能看大戏的众人，心情很复杂——算了，王妃也是为了王爷，能屈能伸，勉强算是一个女中豪杰。

小药王这才装模作样地从兜里掏出一个黑色药丸来，在众人面前晃了一圈，最后才递到雪倾城面前。

“用一碗水，煎开了，端来。”

“你连看都没看，怎可胡乱开药！”连祁看得眼睛都红了，在他的心里，小药王就是一个沽名钓誉的无耻小人，他已经完全不相信他了。

偏偏小药王一句话呛了回来：“你是大夫，还是我是大夫？你要觉得药不对，那你自己开啊！”

雪倾城倒是没想那么多。

就算不相信小药王，她也相信安先生，毕竟当初安先生都是在这个小胡子大夫这里抓过药，安先生都相信的人，总不会有错的。

她像是捧着无价珍宝一样，连动作都不敢变，双手小心翼翼地捧着那颗药丸，出了厢房。再回来的时候，药丸已经变成了一碗黑乎乎的药汁了，唯一不变的就是她的动作，小心翼翼地捧着过来，递到小药王的面前。

小药王却看都没看，吩咐道：“灌。”

“什么？”雪倾城还以为自己听错了，狐疑地抬头，看着小药王。

“我让你灌就灌，这药就得趁热灌下去，而且越快，越多，见效越快，若是一口一口地喂，等药冷了，效果就要大打折扣了。”

雪倾城这才领命，抱起萧煜的头，端着碗，看着萧煜那张略显苍白的俊脸，一时竟不知如何下手。

算了，就学以前在庆功宴上，兄弟们互相灌酒时的样子吧。

这么一想，她就有办法了，一只手捏住萧煜的下巴，一只手端着药碗，一碗黑乎乎的药汁就这样被灌了下去，灌得原本瘫在床上，昏迷不醒的人，顿时猛咳不已，药汁也被咳出来了大半。众人都揪着心，就在此时，小药王却眼疾手快，往萧煜的嘴里丢了一颗药丸，他的速度太快，直到萧煜把药丸吞下去了，众人也还没看清那药是什么颜色的。

而生生被灌醒的萧煜，喉咙里就像火烧一样，他一睁眼，就看到罪魁祸首，正端着还剩了小半碗的药碗，一脸无辜又有些担心地看着自己。

“你这是……想谋杀亲夫吗？”话虽然这么说，他语气里却没有半分责怪的意思，甚至还抓住了雪倾城那只搁在他下巴上的小手，用手紧紧握住，然后将头搁了上去，刚刚半睁开的眼皮，如今又合上了。

连祁又开始紧张了："王爷这是怎么了？庸医，你到底给王爷吃了什么东西！"

小药王简直要被这个家伙气死了，本不想理他，但看着雪倾城眼巴巴地看着自己，这好为人师的毛病也就犯了，开口解释："我刚才让徒儿灌的那碗药，本就没指望王爷能吃进去多少，只不过要把王爷灌醒而已，人不醒，我这药丸，他怎么吃得进去？"

连祁一听到小药王说如此粗暴对待王爷是故意的，当即就要发火，被小药王一句话拦住了："病人需要清修，闲杂人等退下吧，今晚我就辛苦一些，陪着我徒弟在这儿守着王爷了。只要熬过今晚，便无大碍了。"

众人一听还要"熬"一晚，甚至连声都不敢出了，毕竟现在王爷的小命就捏在这个让人一看就烦的小胡子手上呢。

众人退下之后，房门却没有关上，连祁安排了一队重兵在门口把守，甚至刻意大声宣布："你们盯着点，一旦发现那个庸医敢对王爷不利，格杀勿论！"

将士们都异口同声道："誓死守护王爷！"声音之大，惊起树上寒鸦无数。

这般闹过一场之后，便没有声音了。

雪倾城因为被萧煜捉着手，如今抽也抽不开，只能保持着这个动作。小药王倒是十分有兴致，从箱子里掏出一本本医书来。

"今天时间仓促，为师来不及准备，这些入门医书你姑且先看着。"

"王爷他真的不会有事吗？"

见雪倾城一心牵挂着萧煜，小胡子一腔热情被冷落，颇为不爽，冷冷地道："放心，死不了。不过他中的这毒颇为凶猛，我虽能保他的性命，但是他免不了要受一些苦。每年要受一次极寒，一次极热的煎熬，就是难受一些，倒不致命，熬过也就好了。"

"你……你不是神医吗？这不能根治吗？"一次极寒，一次极热，而且每年都要复发，这得多难受啊。

“如果是我师父在，或许还有办法，不过如今他老人家云游四方，我已经很久没有见过他了。”

“我……我们可以找找，王府那么多人，肯定能找到的。你上次见到他是在什么时候？我们或许能找到也未可知。”雪倾城眼巴巴地看着小药王。

小药王捏着他那小胡子，那皱起的眉头倒是表明了他的确是在认真回忆。

小药王：“大概……”

雪倾城一脸期待。

小药王：“二十年前，还是二十五年前？”

雪倾城：“当我没问。”

长夜漫漫，雪倾城累极了，但一闭眼就看到了萧煜被刺杀的画面，让她再也睡不着了，她看着小药王正伏在桌上奋笔疾书，写着什么，她再次打起精神来，和他聊天。

“你可真厉害，没有切诊就知道王爷中了什么毒。还是，你早就知道王爷中的是什么毒，所以才这么准时地出现、送药？”

小药王抬眼，一脸严肃：“叫师父！”

雪倾城是一个说到做到的人，虽然当时是为了救萧煜，情急之下做的决定，不过既然已经跪地叫师父了，她也不会反悔，于是干脆地喊了一声：“师父。”

小药王这才满意地点点头，他那撇小胡子也随着他的动作一上一下。

“你既然喊我师父，就是我罩着的人，自然比我师弟那家伙更亲一些，所以告诉你也无妨。今天派来杀你们，哦不，准确地说是来杀你的人，就是我师弟派出来的。也是我师弟，在知道中剑的不是你而是王爷的时候，才火急火燎地喊我上山来送药的。”

“什么？”居然还有人想杀她。

她无权无势，貌丑无德，现在还是个“傻子”，想杀她的人脑子没问题吧。

还有，她已经知道了凶手是谁，有没有必要去把连祁叫进来去抓凶手呢。

“我想，师父你肯定是不会告诉我你师弟、我师叔是谁的对不对？”

毕竟在她这“受害人”面前说凶手的计划，就已经不是常人能干出来的事了。

小药王：“倒不是我不想说，主要是我和他这么多年就没叫过对方的名字，我想想他叫什么来着？张三？李四？哎呀，不重要了，如果你们下次抓到了他，需要我来指认凶手，我还是非常乐意效劳的。”

雪倾城：“那……那就谢谢师父了。”

她突然有种不好的预感，小药王这坑起师弟来都毫无心理压力，作为他的徒弟，以后怕不是要被坑成筛子吧。

不过眼下，雪倾城更纠结的是：要不要把这个消息告诉连祁。

小药王用余光瞥了一眼，装作不经意地问道：“你这装傻的功夫倒还不错。”

“什么？”雪倾城这才意识到自己是个傻子，再一看小药王那洞穿世事的眼神，便知道瞒不过他了。她用另一只手将萧煜的耳朵捂住，这才敢偷偷地问：“你怎么知道的？”

“如果是真傻，还是装傻都看不出来，那我也枉担这‘小药王’名号了。”他上下看了雪倾城一眼，又扫了扫萧煜。“不过，你居然会喜欢这个莽夫，想来脑子也算不得正常。”

雪倾城脸一红，脱口反驳：“什……什么喜欢……才没有呢！不过，你既然已经知道了，为什么还想收我为徒？”她还以为小药王一心想收她为徒，只是因为好奇她的病情，想把她当作实验对象呢。

“我又不是吃饱了撑的，没事找个傻子做徒弟做什么。”小药王鄙视地看了雪倾城一眼，“我不过是想着，你既然能够瞒天过海这么多年，想必脑袋瓜子比一般人灵活。”

雪倾城：他说得好有道理，她竟然无法反驳。

她又听小药王在念叨——“脑袋瓜子是比一般人活泛，就是眼光不太行。不过好在看病不需要眼光，只要你能治病救人，哪怕你喜欢一头母猪，那也没什么关系。”

这一夜极为难熬，天亮了，雪倾城的腰也快坐断了。直到小药王早间替萧煜把了一次脉，确定萧煜已经没有生命危险了，雪倾城这才算放下心来。

她一根根地掰开萧煜的手指，从他的手心里抽出自己的手来。

这家伙哪怕是病着，力气也大得惊人，她这白嫩的小手，愣是被他捏得都紫了。

安瑞为她准备了热水，又替她揉了许久的手，才让那瘀血消退一些。雪倾城换了一身衣服，总算轻松了一些，安瑞也劝她："王爷那边如今已经脱离了危险，有小药王看着，连祁也在旁伺候，王妃您累了一晚上了，要不先休息一下吧。"

其实安瑞也不过是口头上劝一劝而已，毕竟看昨天雪倾城为了王爷坐了一晚上的那个拼命劲儿，肯定是不放心王爷的。

就不说昨日的事，如今丈夫卧病在床，身为妻子，少不得伺候在侧，表示自己为了王爷还能再战五百年。

偏偏安瑞没料到，她家王妃从来都是一个不按常理出牌的人。

安瑞也就是随口劝劝，雪倾城却是认真听了，更何况，她向来信奉的就是"人不为己，天诛地灭"的生存法则，要不是看在昨天萧煜是为了救她快死了的分上，她才不会那么牺牲自己呢。

于是雪倾城十分听话地去了住持另外为她安排的厢房，在安瑞讶异的目光中盖上被子，真的睡下了。

而另一边，雪倾城刚睡下不久，萧煜就醒了。

他没睁眼，迷迷糊糊间就想去抓雪倾城的手，手心里却空了，他当即一慌，伸手乱摸，终于让他抓到了一只大手，他这才满意了，将那手抓在手心里摩挲，半睁开眼去看，本以为会看到他在梦中想了一夜的人儿，一睁眼，却是连祁那张脸。再低头一看，他握着的，哪里是王妃的柔荑，分明是连祁这家伙的糙手！

萧煜当即嫌弃地丢开，连祁也是一脸惊恐。

他家王爷和安先生的各种传闻本来就不少，众人虽然都憋在心里不敢问，但是王爷的性取向问题一直都是大家高度关注的话题，如今王爷这般做派，莫不是看上他了吧。

这个想法让连祁十分崩溃。

他可是个铁骨铮铮的汉子，还想着等战事平了，王爷不需要他保护了，他就向王爷请辞，然后去找个温柔可人的姑娘，从此过上老婆孩子热炕头的甜蜜小日子。可是一想到，他期待的软玉温香换成王爷的时候，连祁连打了两个冷战，忙退后了好几步。

“王爷自重，属下惶恐。”

萧煜一睁开眼，心心念念的小王妃换成了连祁的“大饼脸”，他才崩溃呢！

他挣扎着想坐起来，肩上的伤却掣着他，他这一动，就扯动伤口，撕心裂肺般疼。

连祁看着王爷这般痛苦的样子，犹豫再三，最后还是伸出手去帮他，将他扶起来。待萧煜坐稳之后，他又立马跳开好几步远，生怕王爷一个想不开，对他起了色心。

萧煜很是头疼，抚着额问道：“王妃呢？”

听到萧煜在问王妃，连祁竟长长舒了一口气。

还好还好，王爷还是喜欢女人的。

因着这份心思，他回答的时候也带了些感恩上苍的激动：“王妃伺候了您一整夜，适才确定你脱离危险之后，才下去休息，王爷您想见她吗？属下这就差人去请王妃来。”

连祁说着就要出门去，被萧煜拦住了：“她大既累了，就让她好好休息一下吧。不过听你说，王妃昨夜照顾了我一整夜？”

连祁点点头，指着床头，道：“王妃昨夜就是坐在那儿，陪了您一整夜。”连祁忘了说是因为您的手一直抓着王妃的手，王妃没有办法挣开，这才不得已坐了一夜。

萧煜听完，心花怒放。

“她真的就这样坐了一整夜？”

“嗯，明眼人都看得出来，王妃真的很在乎王爷呢。”连祁话中有

话，“王爷可不能辜负王妃。”

萧煜白了他一眼：“我像是那种始乱终弃的人吗？”

不过，这点不快很快就被满心的甜蜜给挤掉了。

“你说的是真的，那小丫头真的在乎本王？”

“昨天听说王爷您可能救不回来的时候，王妃可是哭得撕心裂肺，亲自喂您喝药，照顾您一整夜，如果这都不是在乎，属下真不知道什么才称得上是在乎了。”

连祁本不过是想举一些例子佐证一下，以表明王妃真的很在乎王爷，让王爷多多记着王妃的好，就不要再来祸害他们了。

只是没想到萧煜一听说雪倾城居然哭过了，当即一颗心就提起来了，说什么就要下床去看她，连祁怎么劝都劝不住，好在这时，侍女端药进来，萧煜问过雪倾城的情况，在听说她已经睡下之后，这才没有嚷嚷着要去看她。

在萧煜喝药的空当儿，连祁终于找到机会说正事了：“说起来有一件事，属下昨晚上就在琢磨了，想找王爷您拿主意。”

“何事？”

“昨天小药王甚至都没有为王爷您号脉，就知道王爷您中的是什么毒，还为您开好了药，他的医术真的这么神奇吗，还是他只是在故弄玄虚？属下一直没想明白。”

萧煜看着眼前黑乎乎的药汁，敛下眉眼，一口喝下，问道：“昨天我是怎么脱险被救的，事无巨细，你统统告诉我。”

连祁于是将他昨天看到信号弹去救他和王妃，发现他中毒，然后小药王恰好出现在定国寺一系列的事，都向萧煜说了。

萧煜听到后面，越来越觉得不对劲了。

“也就是说，你们并没有去请，小药王自己突然凭空出现了。”

经萧煜这一提醒，连祁也反应过来。

“倒也是！仔细一想，小药王出现得太过巧合了。”

萧煜却抿抿嘴，眼神里迸出杀机。

“我从不信这个世界上，会有巧合！”

小药王分明就是被人安排过来的！

按照连祁的说法，他受伤之后，为他检查过身体的只有雪倾城和住持。

雪倾城一直跟他在一起，自然不可能去请小药王。住持在他被连祁找到带回寺之后才知道他中了毒，那时候天色已晚，他就算立马派人去请小药王，也不可能在短短的时间内就将人带过来，更何况，小药王还需要足够的时间配药，准备药丸。

那在这个世界上，知道他中了什么毒的人，就只剩下最后一种可能——凶手。

那个筹谋刺杀他的凶手。

不过从凶手在他中毒之后，又急忙安排小药王来为他解毒，甚至不惜暴露自己的一系列举动来看，凶手的目标并不是他，相反，凶手还十分害怕他会因此丧命，凶手并不想伤害他。凶手从头到尾的目标都是雪倾城！

想到这儿，萧煜一惊，睁开眼，震惊地看着连祁。

不，他不是在看着连祁，他是在透过连祁，看着凶手。

连祁自然不知道萧煜在这短短时间内心境的变化，突然被萧煜这么一盯，特别是他的眼神还十分凌厉，这让他不免也跟着紧张起来。

“王爷，您想到什么了吗？”

“那日的刺客，你们可有抓到活口？”

“只抓到一个，不过那人当场便服了毒丸，属下发现的时候，那人已经断气了。”连祁单膝跪地，请罪，“属下无能，请王爷责罚。”

“这事怪不得你，连我都在那群人手下吃了亏，更何况是你们，起来吧。”萧煜想了想，又吩咐道，“去把安先生请来。”

“安先生？请他干什么？”

“我出了这么大的事，安先生是我的军师，自然要来帮我分析一下到底是何人，欲加害于我了。”

连祁不疑有他，领命退下去了。在他出门时，迎面撞见一个白色身影，他愣了愣，一抬眼看清来人之后，忙下跪请安：“四王爷。”

萧玟眼带笑意，看着跪在地上的连祁，虽然只是一瞬，他倒是也看清了他的脸——是他并不熟悉的脸。

“我倒是从未见过你。”

连祁面不改色地回道：“属下最近才跟着王爷，四王爷没见过属下，不奇怪。”

萧玟的眼神扫过他手上那一圈老茧，露出了洞察的笑容。

“哦，这样啊。”他的语气十分平易近人，完全没有一点身为皇子的傲气，“那我就不耽误你了，六弟在里面吗？”

连祁又恭敬地回了一句：“王爷刚醒。”

萧玟笑着，迈步往房间里走去，连祁目送萧玟进了房间之后，这才转身离开。

萧玟一踏进房间，就见萧煜正在费力地穿着单衣。

“六弟重伤未愈，怎么就起来了？”

看到萧玟，萧煜倒是露出了一抹笑容，没办法，他这个四哥与人和和睦睦，令人如沐春风一般，更何况在几个兄弟之间，也就是他们俩的关系最为亲近，他看到他，的确舒心了不少。

“怎敢惊动四哥大驾。”

“又在胡说了，你出了这么大的事，做兄长的来看看你是本分！父皇也知道了，这不，一早就差我过来慰问了。”

萧煜自然知道萧玟是在安慰他，这会儿父皇早朝都没结束，哪来的时间吩咐萧玟。更何况，父皇向来不关心他的生死，就算昨天晚上他死在定国寺了，父皇也不会过问半句吧。

不过萧玟是一番好意，萧煜倒也不戳穿，两人闲聊了几句，萧玟不好打扰，交代了几句让他好好休息的话，便只说中午再来看他，起身就出去了。

萧玟刚走，就有侍卫进来报告，说四皇子带了一小队亲兵过来，说是要帮忙值守，看得出来，是真心想要帮忙。

对萧玟，萧煜还算放心，更何况，就算萧玟想害他，也不会在这个时候，巴巴地自己送上门，徒添嫌疑。

“他既然要帮忙，你们就让他们去做吧，兄弟们也累了，正好休息。只是王妃那边，不可换人。”

侍卫点点头，领命退下。

且说另一边，雪倾城虽然早早就睡下了，却并没有睡着，在床上翻来覆去，满脑子想着的都是萧煜。

虽然小药王已经号过脉，明确告诉她萧煜没有生命危险了。不知道为什么，萧煜肩上的那个伤口，就像随时都会复发一样，一直让雪倾城提心吊胆。可能是因为昨天她真的被吓到了，现在想想都还心有余悸。

也不知道小药王的那个师弟是不是脑子有毛病，杀人又救人，绕这么大一个弯子，到底想干什么。

对了，她还要把这事告诉连祁呢。

想到这儿，雪倾城就再也躺不住了，掀开被子就坐起来，穿好鞋子正想往外走的那一刻，突然想到一件事——她现在是个傻子啊！

一个傻子的话，连祁他们能信吗？

就算连祁会信，抓到了凶手，那她是个傻子的事，还能瞒下去吗。

雪倾城的脑海里，突然闪过一个片段昨天在树林中，萧煜问她一直以来，她都是在装傻骗他对不对？

她好像一不小心回了一个“对”。

天啊！她居然蠢到把自己卖了！现在她反悔说自己当初说错了，还来得及吗。

因心中想着事，雪倾城不敢去见连祁和萧煜了，一个人在厢房外的柿子树下转圈圈，这会儿柿子还没红，绿油油的，一个个挂在树上，颇有几分可爱。

雪倾城却无心欣赏，她满脑子都想着萧煜那天说的那些话。

萧煜肯定是察觉到什么了，不然也不会那么问他。萧煜是皇子，她骗萧煜就等于骗了皇家，约等于欺君。

欺君大罪，株连九族啊！这罪过她担当不起。

再说了，她本来只是好心帮雪太傅解燃眉之急，没想到这急没解成，反倒为雪家添了灭顶之灾。

“要不还是溜掉？”

到时候留书一封，就说所有的事都是自己做的，雪家也是被她骗了，这样萧煜真的怪罪下来，也怪不到雪家头上。反正她是老江湖了，改头换面、隐姓埋名，随便找个地方，保管官府找不出来。

雪倾城拿定主意，转头就想回去写信，走到一半，她犯难了。

她大字不识一个，自己的名字都写得歪七扭八，让她写信，天啊，那还是杀了她吧！

就在雪倾城为难的时候，头顶突然响起了一个声音："小六姑娘，这是要溜到何处去啊？"

雪倾城被吓了一跳，抬头一看，发现柿子树的高枝上，赫然半躺着一个白衣公子。那人似自带光环一般，他的存在就让人感觉如春天一般和煦、温暖。

认清是故人，雪倾城眼前一亮，高兴地招招手。

"美人公子！"

萧玟笑着，几下轻踩，似白鸽飞跃在树枝间，雪倾城看得眼花缭乱，心想：这美人公子真不给人活路，长得这么好看就算了，学习能力还这么好，想当初她只是随便教教他爬树，如今他竟然青出于蓝而胜于蓝了。

这让其他人怎么活啊。

等萧玟稳稳落地的时候，手中已经多了几个青柿，圆圆滚滚，表皮上还裹着白霜，看上去格外可爱。

"定国寺中的油柿乃是一景，小六姑娘在走之前，要不要先尝尝？"

雪倾城忙摆摆手。

这柿子虽然看上去好看，但是绿油油的，看上去就很涩，她还是有常识的：柿子，还是那种红彤彤、软绵绵的，才好吃。

萧玟倒也不嫌脏，他就着青石板，席地而坐，将摘下来的柿子放在一边，挑了个最大最圆的出来，用力一掰，柿子就被分成两瓣，奇怪的是，这柿子竟像是被人从中切开一般，断口处整整齐齐。

雪倾城好奇地凑上前瞅了一眼，发现这柿子里面并不是她想的绿油油的，柿子肉已经变成了橙色，肉质透明，看上去十分可口。

萧玟递给她半块。

雪倾城也不推辞，伸手接过，一口咬下，甜味瞬间盈满口腔，雪倾城的舌头立马就被这柿子征服了，两口就将那半块柿子啃完了。

萧玟看着她吃柿子，竟比自己吃了还甜，看她意犹未尽，又将自己手中还没尝过的半块柿子递了过去，雪倾城也不客气，接过就啃。如此啃了数个，直到萧玟怕她积食，劝她莫要贪吃，她才停下来。

吃柿子唯一麻烦的就是吃完之后，手上、嘴边都是柿子汁。

雪倾城大大咧咧惯了，扯起袖子就要去擦嘴，半路却被人拦住了。

萧玟从腰间掏出一块手帕来，看着手帕的颜色，应该和他身上的衣服出自同一块布料——都是雪白的。

雪倾城伸手一抓，白色的手帕上就多了一个五指印。雪倾城有些退缩了，不好意思地道："不好意思，我弄脏你的手帕了，我……我洗干净了还你。"

萧玟笑了笑。

"小小手帕，小六姑娘若是喜欢，留着也无妨。"

雪倾城干笑了几声，心里却想着：这么娘们儿的东西，我可不爱用。还是早点洗干净了，还给你吧。

吃饱喝足了，雪倾城摸着圆滚滚的肚子，看着高高的柿子树感慨："没想到这青不拉几的柿子，还挺好吃的。"

萧玟被她不知道哪里捏造出来的词逗乐了，发自内心地感慨："小六姑娘说话也挺有趣的。"

萧玟想到刚才在枝头上观察了她半天，她一个人在底下纠结的样子，问道："适才听小六姑娘说要走，要去哪儿啊？可是你家里人对你不好？"

说起烦心事，雪倾城长长地叹了一口气："哎，我家里人对我可好了。"毕竟从成亲以来，萧煜对她的确是没话说，当然，这次萧煜病好了，知道她一直在骗他之后，会怎么对她，谁也说不准。

想到这儿，雪倾城又忍不住叹了一口气："可惜我骗了我的家人，不知道他们以后还会不会原谅我。"

萧玟看了雪倾城一眼，心中已知七八分了。

"小六姑娘骗人，是出自你的本意吗？你是故意骗他们的？"

雪倾城连连摆手："不是，不是。"

可是想了想，装傻的确是她故意装的，想到这儿，她就头疼，感觉怎么也解释不清了。

"哎呀，这件事着实愁人，容我想一想。"说着，她就站了起来。走了两步觉得自己这么离开不太好，于是又折回来，"美人公子，等我洗干净手帕了，再还你。只是我不知道公子姓甚名谁，家住何处，我应该去哪里找你啊。"

萧玟笑了笑，从怀里掏出一个陶埙来，此埙不过巴掌大小，埙身通红，好看极了。

雪倾城高兴地接过陶埙，随口就问："是不是我一吹这埙，你就会出现？"

萧玟无奈地笑了："小六姑娘太高估我了，除非我有千里眼顺风耳，还会那腾云驾雾的本事，否则小六姑娘这要求，我断然是无法满足的。"

雪倾城抓了抓后脑勺，不好意思地道："是好像有点难为你了。"

萧玟指着埙内壁，透过埙孔，能隐约看到一个"文"字。

"这陶埙是我母亲所制，内壁刻有我的名字，我自小带在身上，也算是我的一个信物了，你若是想见我了，只管带着这埙去福满楼，小二见到这埙，必会帮小六姑娘通报的。"

"如此贵重的东西，我可不敢收。"雪倾城连连推辞。

"倒也算不上贵重，不过是个陶埙罢了。"说着，萧玟撩开袖子，底下还挂着一排的玉佩，甚至还配着一把镶满宝石的匕首，"若真说贵重，都在这里呢。"

雪倾城见状，这才心里平衡了一些。

敢情美人公子这是挑着最便宜的送她呢，如此一想，雪倾城便也没啥心理负担地收下了。

"都说有来有往，我既收了你的东西，自然是要还礼的。"

萧玟一听，倒有了兴趣："不知道小六姑娘，预备如何还礼？"

这可问倒了雪倾城。

她一无金银，孤身一人，也并没有什么信物。想了想，她丢下一句

“你等我”，就“噔噔噔”跑了出去，足足一炷香的工夫才回来，手中还多了一个小蚂蚱。

不，应该说是狗尾巴草编的草蚂蚱。

“这寺里的人打扫也太勤快了一些，一片草叶子都见不着，我足足跑了一里路，才找到狗尾巴草。这‘蚂蚱’可是我亲手编的，虽然比不上美人公子你的陶埙能吹，但是玩起来也很有趣的，还请美人公子笑纳。”

萧玟双手将那草蚂蚱接过了，笑着道谢：“小六姑娘的‘蚂蚱’，价值千金。”

雪倾城点点头，这才心满意足地和萧玟告别。

回去的路上她仔细看了看陶埙，看不出个所以然来，在她看来，这陶埙还不如她那小蚂蚱有趣呢。

不过算了，她这人从不喜欢欠人人情，看在美人公子长得那么美的分上，自己勉强吃点亏了。

萧玟没有食言，午间又来看过萧煜一回，彼时小药王也在，给萧煜号了脉，沉默着就退下了，那凝重的表情看得人颇为揪心。

萧玟就想追上去问清楚情况，被萧煜拦住了：“小药王医术高明，脾气却有点古怪，他若是不想说的，我们追问了也无济于事，四哥还是别白费力气了。”

见正主儿自己都不急，萧玟也只好坐下了。

“六弟对小药王倒是了解颇深，不过也是，小药王从不轻易给人看病，六弟能请到他出诊，想必私交甚深。”

萧玟无意间的一句话，却如一记闷棍，狠狠地砸在萧煜的脑门上，本来还有些想不通的地方，如今全都串联起来了。

萧煜猛然想起那日安询说“谋士一生只为一主，为了保护王爷，我能做任何事情。王爷既然执意要保王妃，那就祈祷她不被我抓到把柄”。

一切都明白了！

萧煜顿时有些头疼，下意识地抚额。

萧玟看到了，关怀地问：“六弟这是怎么了？可是有不舒服，要不我去把小药王请过来？”

萧煜忙伸手制止了他：“我休息一会儿便好。”

“那行，我就不打扰六弟了，我就住在东厢房，六弟若有需要我帮忙的地方，尽管开口。”

萧玟好意关怀，萧煜自然再三谢过。萧玟走后，萧煜才叫来侍卫，问道：“小药王去了哪里？”

“属下看着他直接往王妃所在的西厢去了，属下已经派人跟着了，不会有事的。不过……”

“不过什么？”

“属下早些时候得报，四王爷也去找过王妃。”

“四哥？”萧煜的眉头皱得更深了，“他去找倾城做甚？”

“属下也不知。据来传的人说，王妃与四王爷似乎是旧识，但是王妃又好像不知道四王爷的身份，唤四王爷‘美人公子’，倒是奇怪。”

“四哥向来有本朝第一公子的美誉，这些年来倾慕他的女子也不少。”而且他和雪倾城相处这些天来，早就发现了，倾城心智虽然正常，但是在情爱之事上却颇为迟钝。

倾城遇到萧玟这样老狐狸一般的高手，自然不是对手。

萧煜越想越觉得有危机感。

“吩咐下去，明日我们便启程回府。”

“可是……王爷您的身体……”

“我的身体我自己清楚，你只管吩咐下去就行。”

“是。”

第六章

罚站

小药王来找雪倾城的时候，她正在收拾细软，小药王突然推门而入，把她吓了一跳。

小药王也看到了床上的包裹，当即气得跳脚，指着雪倾城的鼻子就骂：“好你个没良心的小东西啊，我这才帮你救回夫君，你这就反悔了要跑，不想认我这个师父了！过河拆桥、狼心狗肺！”

雪倾城被骂得有些蒙，半晌才找到话回他：“可是，我若是不走，也没办法认你做师父啊。”

“怎么没办法？你可是当着所有人的面跪地叫了我师父的，难不成还有人反对。是不是六王爷不让你认我做师父？好啊，我这就去他的药里下泻药，看我不整死他！”

“哎！”雪倾城忙拉住作势要往外冲的小药王，慌张地解释，“不是他。哎，也和他有关。”

雪倾城都快把自己绕晕了，顿了顿，才算把话说明白了：“王爷好像已经知道我是在装傻了，我犯了欺君之罪，这可是死罪。我都已经要死了，还怎么认你做师父啊。”

小药王这才听明白，一脸的后知后觉：“原来六王爷才知道你是在装傻啊，那他那双眼睛真应该看看大夫了。”

雪倾城：您老关注的重点不对啊！

见雪倾城一脸的纠结，小药王这从来都只医人的神医，难得医心起来，道：“现在萧煜已经醒了。”

雪倾城一听，顿时如临大敌。

“已经醒了？什么时候的事！天啊，我要赶紧跑！”

雪倾城就像一只受惊的兔子，抓起包袱就要从门口开溜，可是手放在门把手上又想到了什么，转而往后窗跑去，开窗就要往下跳，被小药王像拎兔子一样给拎了回来。

“你现在往哪儿跑？王爷遇刺，全寺戒严，现在连一个苍蝇都飞不出去，你这么大一个人能跑得过那些武功高强的王府侍卫吗？”

“那……那怎么办。”雪倾城一张小脸潸然欲泣，这会儿是真的怕了。

小药王：“其实我倒是觉得，你没必要跑。”

雪倾城的白眼都要翻到天上去了。

“废话，死的又不是你，你当然觉得没必要了！”

“你想，王爷这都醒了好几个时辰了，如果他真的要处置你，早就派人来捉拿你了，现在都还没动静，就证明王爷是有心要放你一马。”

“真的？”雪倾城半信半疑。

“你再仔细想一想，王爷是如何发现你在装傻的，当时可有说其他的话？”

如何发现的？

这个雪倾城还真说不好。不过萧煜戳穿她的那天，的确好像还有半截话。

是什么来着？雪倾城怎么想都想不起来。

也怪自己！当时她本就被萧煜的伤势吓到了，萧煜一说知道她在装傻的事，她整个人就蒙了，脑子瞬间不听使唤了，萧煜后面还说了什么，她是真的没记住。

隐约只有一点印象就是萧煜好像说过不怪她的话。

惊慌失措的雪倾城，总算稍微有点安心了，她看着小药王，恳切地问：“王爷真的不会治罪？”

“相信我，不会的。”

昨天他可是在现场，萧煜濒死都还要抓着雪倾城的手，足见他用情至深。他干这一行，见过太多生死了，人往往在临死的时候，才会表现出最真实的自己。所以，若说萧煜会伤害雪倾城，他是一万个不信的。

雪倾城放心了，而且如今她的理智回笼了，仔细一想，开溜的确是下下之策。

“不过，如今我骗了他是事实，这事到底怎么办啊。”

“装傻呗。”

“可是我都已经装过一次傻了，他还会信吗？”

“如果，有我这个神医证明你的确是个傻子呢？”

“哇。”雪倾城顿时就像看到了救命稻草一般，就差没直接扑倒小药王了。

突然，她想到了什么，偏头问：“师父你来找我有什么事吗？”

小药王被突然一问，愣了半天，木木地回她：“我……我忘了。”

“那就想起来再告诉我吧！我们先去六王爷面前证明我是一个‘傻子’吧！”

雪倾城兴奋地打开门就冲了出去，小药王看着她的背影，无奈地摇摇头。

这年头，头一次见到有人当傻子这么高兴的。不过，他刚刚是为了什么事来找他这小徒弟来着？

他的大脑一片空白，明明潜意识告诉他是一件很重要的事，结果却怎么也想不起来。

“算了，算了，既然是很重要的事，日后总能想起来的。”

小药王是一个从不会为难自己的人，想不起来的事他便也就放弃了。

小药王负手出门，跟上小丫头蹦蹦跳跳的步子。

雪倾城冲过来的时候，连祁正在给萧煜上药，一推开门，看到的就是这样一幅画面——

萧煜此时侧坐床前，半裸着肩，胸前肌肉发达，伤口已经被白布遮住了，只隐约有一些血迹渗出来。而连祁则跪坐在萧煜身后，他的手上拿着一卷白纱布，一只手按着萧煜的肩头，一只手穿过萧煜的腰间，从雪倾城的视角来看，就像连祁从背后抱着萧煜。特别是萧煜此刻，露出了一种微微作疼的表情，虽然那是因为伤口疼的。

这画面，简直能让人分分钟流鼻血！

连祁虽然长得不算帅气逼人，但架不住萧煜长得养眼啊，有萧煜在，任何一个人和他站在一起都没有违和感，一个小小的动作，都能让人脑补出一场大戏。

这画面太过香艳刺激，雪倾城看得心跳加速，她这小心脏实在是忍受不了这么刺激的画面。

雪倾城捂着脸，尖叫一声，跳着跑开，不料正好撞上了跟在她身后准备进门的小药王，她没个准备，一个踉跄，跌坐在地。

萧煜看得心疼，虽然离雪倾城非常远，也身体前倾，伸手想去扶她。雪倾城被摔得屁股就像开了花，好半天才从地上爬起来。屁股很痛，但是这么多男人在场，她可没那个胆子去揉。

萧煜收回手，黑着脸看着她，心里想的是，这小丫头怎么就这么不会照顾自己呢。说出口的却是："怎么看到我就一副见了鬼的样子，我有这么可怕吗？"

"王爷您不可怕，是您和连祁在一起才可怕，您可不能对不起安先生啊！"雪倾城还是有原则的，虽然萧煜和连祁在一起也算养眼，但是单论长相而言，安先生还是更胜一筹。更何况，不都说要互补嘛！安先生智谋无双，王爷武功盖世，一文一武，这才是绝配嘛。

"我对不起安询？"萧煜一开始还没明白，等他回过这话中的怪味来，一时之间脸黑得像锅底了。

连祁和小药王意识到气氛不对，纷纷告辞，溜得比兔子还快，雪倾城想拦都拦不住。

这个小药王，还说帮她呢！哼！关键时候跑得比谁都快，她要这师父有何用！

雪倾城满心吐槽，一回头，就发现萧煜正用一种想杀人的目光看着自己。

雪倾城缩了缩脖子，做乖巧状。

“王……王爷……”

萧煜赤脚下地，一步步朝雪倾城逼近，雪倾城吓得连连后退，一边退，一边劝他：“王爷，地上凉，您重伤未愈，还……还是回床上歇着才好。”

萧煜对她的关怀视而不见，反而抓着她的问题不放：“你觉得，本王像那种喜欢男人的人吗？”

“喜欢男人没什么的！”雪倾城还傻乎乎地以为萧煜是担心名声。毕竟虽然本朝民风开放，但是敢对天下人直言的人还是很少的，许多达官贵人，也就是在家里养养小倌儿，但家里都会有一个正妻撑门面的。

哎，这配置怎么这么熟悉，不就是……

安先生就是萧煜养在家里的小倌儿，而她，就是那个撑门面的正妻。虽然这个门面好像没能撑起来，有点崩坏。

这么一想，雪倾城更加确定了她心中认定的那个事实，于是苦口婆心地劝说着萧煜：“六王爷，您喜欢男人没什么错，但是始乱终弃就是您的不对了，安先生对您那叫一个尽心尽力，就算连祁再怎么勾引你，您也应该把持住才是啊！”

“本王不喜欢男人！”萧煜气得脸红脖子粗，脖子上的青筋凸起。得亏雪倾城是他心上的人，否则他非得掐死她不可。

“我知道，我知道！”雪倾城是老江湖了，“以王爷您的地位，自然是那些男人死皮赖脸地来贴着您，您不过是推拒不了罢了。王爷，下次遇到这种情况，可以尽管交给妾身来帮你解决！”

“你……帮我解决？”萧煜都要被气笑了，“雪倾城，你别是个傻子吧！本王喜欢谁，不喜欢谁，你难道不清楚？”

雪倾城听到这句话，顿时心花怒放！

天啊，在没有小药王帮忙的情况下，她居然就让萧煜打消了对自己的怀疑，承认她是个傻子了。

雪倾城忙点头如捣蒜：“是啊，王爷，妾身就是个傻子啊。”

萧煜被雪倾城气得肝都疼了，再和雪倾城待下去，他怕是还没被毒死，就先被雪倾城气死了。

“你给我出去！”

雪倾城听话地往外走，刚走到门口，就听到萧煜又吩咐了：“不许走太远，就站在门口。”

因为，他还是想看到她的。

“哦，好的。”

于是，很快，整个定国寺都知道了，王妃在被王爷罚站。

安先生很快就被人从山下接上来了，他匆匆往厢房赶的时候，还没看到王爷，先看到了雪倾城，顿时脸色一冷。

雪倾城还以为他是因为知道王爷和连祁的“私情”，于是偷偷地给他打气。

“安先生你放心，我永远是站在你这边的。”

安询推门而入的步子也有些踉跄，这个王妃脑子真的没毛病吗？

她要支持他？支持他什么？支持他杀了她吗！

是他听错了，还是这个世界太玄幻了。

于是，安询一进门，开口问的就是雪倾城的事：“王爷，您何故罚王妃？”

萧煜倒不是真的想罚雪倾城，只是觉得雪倾城不在他眼皮子底下，就有很多人惦记着，实在是太让人不放心了。可是让雪倾城进来陪自己吧，他又怕自己被她怄死。而且，因为雪倾城的胡言乱语，他居然也没办法直视安询了。

真是造孽啊。

萧煜清了清嗓子，道：“她犯了点小错，我不过小惩大诫罢了。”

安先生抬头，看了眼萧煜，就差没老泪纵横了，道：“王爷，您终于想通了。是了，是了，您该离她远一点。”

萧煜：我惩罚我的王妃，你开心个什么劲儿？

萧煜带着安询去了后山的枫树林，也就是当日他遇刺的地方。

那日的打斗痕迹已经被枫叶完全盖住了，若不是枫树杆上还残留着一些划痕，这里还真像是什么都没发生过一样。

安询上前，抚摸着那些刀剑的刻痕，当日之凶险，可以想象。

萧煜的目光却一直都放在安询身上。

“安先生觉得，这次是谁想刺杀本王？”

安询的眼神黯淡，回话的语气却是波澜不惊：“王爷带军入京，有多少人嫉妒眼红王爷，他们会痛下杀手也不奇怪。更何况前日，属下收到消息，凉国太子已经悄悄入京，他前脚刚入京，您这边就出了事，若说这事和凉国太子没有任何关系，相信搁谁都不敢相信。单凭这些，属下的确没有办法做出判断。”

萧煜一脸“我就看着你胡扯”的表情，当然，他这表情，背对着他的安询是看不到的。

“那日连祁还捉到了一个刺客。”

萧煜看到安询的身体明显颤了一下，萧煜故意问他：“安先生要不要跟着本王去盘问盘问？”

安询回过身来，面色却是一片平静：“全凭王爷吩咐。”

看他这一副气定神闲的样子，萧煜却突然没了兴致，他摆摆手道：“罢了，料他们这段时间肯定会消停一些，我们还有时间，也不急于这一时。”

安询还是那副波澜不惊的样子，就好像他真的只是一个旁观者一样：“王爷重伤初愈，的确应该休息，这些事，就交给我来查就行了。”

萧煜瞥了他一眼，没有说话，空气就像突然被冻住一般，萧煜想从安询的脸上看出一些端倪，但是非常遗憾，没有。

安询心思之深，非他所能及。

萧煜叹了一口气，意味深长地说：“其实这次在鬼门关前走了一遭，我反倒是确定了一些事。人生苦短，想追的东西就去追，想要抓住的人就要赶紧抓住，安先生，你说对不对。”

安询眼皮跳了跳，突然有种不好的预感，他硬着头皮问：“不知道王爷说的，想要抓住的人，指的是谁？”

萧煜没有直接回答他，反而问道：“安先生，我想让倾城成为我的王妃。”

安询顿时就像被雷劈了一样，表情十分难看：“王……王爷，她已经是您的王妃了。”

“安先生，你那么聪明，不会不懂我的意思，我想让倾城做我真正的王妃。你知道我这个人，性子直，人又固执，既然已经认定了，那这辈子是不准备再换了。”

“哪怕她心怀叵测，王爷您也不在乎吗？”

“人生在世，谁还能没点秘密呢。”萧煜意有所指地看着安询，“安先生，你说是吗？”

安询不答话了。

萧煜也不逼他，只说自己累了，便将追查刺客一事全权交给安询处理，自己则转身朝寺里走去。

萧煜走后不久，小药王就像一个幽灵一样，不知道从哪里钻了出来，手里抓着一把杂草，还浑身都是泥，安询听到动静回头，一看是他，眉头下意识地就皱起来了。

“你这是钻到哪里去了？”

“我近日新得了一个小徒弟，从她那儿听说这山上有解毒草药，我便去寻了些。刚才见你和萧煜在聊天，怎么，可是他发现了什么？”

小药王话音未落，安询一记眼刀就射过来了。

小药王却全然不怕。

“你现在瞪我有什么用啊，祸可是你自己闯出来的。你当人家都是傻子吗？稍微有点脑子的，想想都知道是怎么回事了。”

安询无法辩白，只能感慨：“我算尽一生，唯独没有算清人心，我竟没料到王爷竟然为了那女人，连命都肯豁出去了。”

“哎，你可别再‘这女人那女人’地叫了，她现在是我的乖徒弟，也算是你的师侄。”

“你……”安询气得脸都白了，“连你也要如此对我吗？”

“是你太固执了！”

小药王叹了口气，道：“反正我话搁在这儿了，以前的事我不管你，以后这小丫头可是我罩着的，你可不能再做傻事了。”

小药王看见安询不回答自己，也只能无奈地摇摇头。想想还是他那小徒弟有趣，多可爱啊。

而小药王心心念念的小徒弟，此刻还站在厢房门口罚站呢，她看着守在门口的两个守卫大哥，委屈巴巴地问：“两位大哥，我可以走了吗？”

“王爷没有吩咐，恕属下不敢放行。”

雪倾城的嘴噘得老高：“那个坏蛋自己都走开了，怎么吩咐啊！再说了，我好歹是王妃呀，王爷不在，难道不是我说话最管用吗？”

但是那两个守卫却完全不为所动：“王爷有令在先，他虽然不在场，我等也不敢违背。”

雪倾城：“你们还真是忠心啊。”

侍卫：“谢谢王妃夸奖。”

“怎么？才这一会儿就站不住了？”萧煜的声音在雪倾城背后响起，雪倾城回头，就看到萧煜正站在她的身后。

哎，脸上没有巴掌印。

哎，衣服也没破，也不像打过架的样子。

哎，萧煜笑嘻嘻的，也不像被骂过的样子。

安先生脾气这么好呀，王爷都背着他在外面偷吃了，他竟然一点都不介意。

还是说，安先生是个欺软怕硬的家伙，对她就要喊打喊杀，一遇到王爷就秒怕了？

啧啧，欺软怕硬啊。

萧煜走近，对周围的侍卫挥挥手，侍卫们识趣地都退开了。萧煜伸手，敲了敲雪倾城的脑门，道：“又走神了，脑子里都在想些什么乱七八糟的东西呢？”

“想你呀。”雪倾城回答得十分直白。她一直在分析萧煜身边混乱的男女，哦，不对，是男男关系，可不是一直在想他嘛。而且萧煜没说错，的确是乱七八糟的。

萧煜愣了愣，转身偷着乐了，再转回身来的时候，脸色已经恢复冰冷，只是眼神里换成了再也藏不了的宠溺。

“跟我来。”

“啊。”雪倾城一张小脸都皱成了一团，她揉着酸痛的脚踝，全身都在抗拒，“要去哪儿啊？我站了一天了，累得慌，要不让安先生来陪您吧。”

“很累？”萧煜满脸的关切。

雪倾城点头如捣蒜：“要不，这随行，臣妾就免了吧？”

“也行，那我们就回房吧。”

一听到回房，雪倾城顿时就汗毛直竖，虽然萧煜如今有伤，但万一他想带伤上阵呢。她小胳膊小腿的，可不是他的对手！

刚才还蔫巴巴的她，几乎是立马就恢复了元气，绕着萧煜转了好几个圈。

“王爷，我没事了，您想去哪儿，我陪您。”

萧煜对雪倾城伸出手，那意思似乎是要扶她。

雪倾城忙摆摆手，道：“王爷您放心，我好得很，不需要扶。”

萧煜：“我需要！”

“哦。”

雪倾城只能乖乖地把自己的手伸过去，她本来是扶着萧煜的肩的，萧煜却偏要将她搁在他肩上的手拿下来，放在他那大手里，手心相对，十指紧扣。

雪倾城看着那十指相扣的两只手，只想问萧煜一个问题——这样扣着，累不累啊。

萧煜带着她去东厢逛了一圈，说是这边的景致很好。

雪倾城却没看出什么景致来，而且他们刚住进来的时候，萧煜就带她在整个寺庙都逛过了，过了两天，东厢也没开出一个花来，还是跟刚来的那样——没啥看点。

唯一不同的就是东厢里貌似住了人，门口多了一些守卫，守卫们看到萧煜了，还会打招呼，唤他一声“六王爷”。

有侍卫多嘴，问了一句："王爷是来找四王爷的吗？是否需要属下通报？"

萧煜道："本王不过是带着王妃出来散散心，就不打扰四哥了。"只是他说话的声音突然大了很多，连在他身边的雪倾城都吓了一跳。

雪倾城看着萧煜，内心只想吐槽：还说不打扰呢，就您这音量，别说东厢房了，怕是东西南北四个厢房的人都能听见了。

不过这东厢房的人却像聋了一样，房门紧闭，萧煜再怎么嚷嚷也没什么动静。倒是萧煜自己，病还没好，又是出来吹风，又是大声嚷嚷，没两下就弄得自己咳嗽起来。

"王妃，本王今日身体欠佳，下次再来陪王妃赏景可好？"

雪倾城心想：到底是谁陪谁啊，明明是你要来的好不好！

嘴里的回答却是："王爷要保重身体，我们赶紧回去吧！"

目送雪倾城和萧煜相携走开，东厢门口的侍卫都忍不住感慨了一句："六王爷和六王妃的感情真好啊。不过传闻中不是说六王妃是个傻子吗？这么一看倒也不像。"

"哪怕是个傻子，有六王爷的呵护，也是个宝贝呀。"

两个侍卫讨论得起劲，身后却突然多了一个声音："我平日是怎么教你们的？闲时莫论是非，你们都忘了吗？"

两个侍卫一回头，就发现身着一身白衣，脸色却非常阴沉的萧玟正站在他们身后。

两人忙跪地请安："属下失言，还请王爷恕罪。"

透过门帘，萧玟扫了那相携而去的两人一眼，心中就像有一根刺梗着，极不舒服。他对跪在地上的两个侍卫抬抬手，命他们起来，交代道："日后说话可要注意，换作是别人听到你们妄议皇室，可不是跪跪就能算了。"

萧玟脾气好，所以他手下的人都不怕他，见主子似乎并不生气了，于是笑嘻嘻地凑上前来，道："我们自然不敢在别人面前说，不过刚才六王爷来过，看到王爷和王妃伉俪情深，才感慨了两句。"

"六弟来过吗？"萧玟做出一副吃惊的样子，"我倒不知，想必是我刚才在作画，太过入迷了吧。"

萧玟是画痴，这是本朝人尽皆知的事，他如此说，两个侍卫也不疑有他，信了。只是他们都没发现，萧玟在转身离开的时候，那一双藏在袖子里的，紧紧攥着的拳头。指缝里，有一节狗尾巴草露了出来。

萧煜遇刺，朝野震惊。

在萧煜遇刺后的第三天，萧煜带着王妃回到六王府上之后，皇帝才派了御医过来慰问，皇后和太子妃也都送了补品过来。

萧煜进宫面圣，谢过了皇后和皇帝。按照礼数，太子妃这边理应是雪倾城出面去感谢，不过雪倾城的痴傻人尽皆知，萧煜只能拜托自己同父同母的姐姐玲珑公主去回礼。

玲珑公主和萧煜虽然是亲姐弟，却很少有来往，玲珑公主在宫里也是出了名的脾气冷，不好说话，这次萧煜开口，她竟然二话不说就答应了，只有一个条件：雪倾城必须跟着。

而且玲珑公主给的理由十分充分——雪倾城身为王妃，这些事情，迟早要学的。她能帮得了一次，帮不了一辈子。

萧煜有求于人，只能答应，不过还是让雪倾城扮作了公主的随从，这样雪倾城不会是焦点，她也自在一些。

即便是这样，萧煜也很担心雪倾城，在送她上马车的时候，还忍不住叮嘱：“长姐虽然严厉，心地还是很好的，你说话小心一些，不会有事的。”想了想，他又改口，“算了，你还是别说话了。”

登上马车，雪倾城终于见到了传说中的玲珑公主。

在上车之前，安瑞给雪倾城说过这个玲珑公主——她是本朝唯一的公主，皇帝膝下唯一的女儿，所以她和萧煜虽然是一母所生，待遇却完全不一样。

萧煜是不受皇帝待见，玲珑公主却是皇帝实实在在捧在手心里宠大的，因此也惯出了玲珑公主一身冷傲的脾气——这个公主谁都不待见。

三年前，她招过一个驸马，不过那个驸马受不了她的“家暴”，成亲不足三个月就投湖自尽了，此后，公主跋扈的传言满街都是，也就没人敢“嫁”给这个公主了。

雪倾城壮起胆子抬头看了一眼玲珑公主，其实玲珑公主还真是人不副名，她本人和玲珑一点都不搭边，比平常女子高出一个头不说，浓眉大眼，五官深邃，与其说她是京都公主，倒不如说她是外族人更有说服力。

不过她听说她那个没见过面的婆婆，萧煜和玲珑公主的亲娘，在嫁给皇上之前，就是在外四处征战的女将军，能生出这样“体格清奇”的公主来，也不奇怪。

许是察觉到雪倾城在打量自己，玲珑公主偏过头来，扫了她一眼。那眼神之冷，令雪倾城顿觉如落冰窟。

这玲珑公主府里的人，一定都十分耐热，毕竟和这公主待在一起，空气都冷了好几分。就算是夏天，也能被这个公主给冷成冬天。

雪倾城缩了缩脖子，寻了一个角落，刚准备落座。就听那玲珑公主，终于在她进来之后，开了尊口，说了第一句话：“前来。”

雪倾城有些愣。

公主身边伺候的丫鬟看她呆呆愣愣的，把她往前推了一把。

“公主让您上前来坐呢。”说着，硬是把她摁在了公主旁边的座位上。

雪倾城顿时觉得自己浑身上下的骨头都被冻住了。

天哪，不敢动，不敢动。

玲珑公主复又开口：“萧煜既然托我‘指点’你，我就不能白受他这一番托付。这第一课，你需记好了。不管何时，你都是主子，主子就要有主子的样子，和奴婢们平起平坐，丢了你自己的脸面都是小事，丢了天家颜面，你有九个脑袋也不够砍的。”

雪倾城连点头都不敢太用力，怯怯地，猫叫似的回了一声“是”。

玲珑瞪了她一眼。

雪倾城不知道自己哪里又做错了，当初她面对皇上的时候，都没有面对这个公主时紧张。

她突然能够理解为什么公主的驸马要投河自尽了。

那个驸马能和这个公主同在一室相处三个月，已经绝对能够称得上英雄豪杰了。

这要换作是她和这个公主待上三天，不，三个时辰就受不了。

马车摇摇晃晃，很快就到了东宫。

要进东宫要先入宫。入宫程序复杂，雪倾城以前还不知道，原来主子和随从不能走同一个门。

太子妃早就在宫门口候着了，接了玲珑公主就从大门进去了。雪倾城他们被人拦下来了。好在玲珑公主身边的侍女一看就是个常年出入皇宫的老江湖了，她带着一干侍女们找到了在一边的小角门，一群人向守门的守卫军递交了宫牌，终于被放行。

进了皇宫，走了没两步又穿过了一个小角门，总算到了东宫。

雪倾城跟在队伍的末端，她的后面跟着的是一个太子妃派出来接引她们的宫女。雪倾城走了没两步，肚子里突然翻江倒海起来。

雪倾城有些后悔，早知道，就不应该在用完早膳之后，还贪吃偷喝了一碗莲子羹。

她觍着脸，向跟在她身后的宫女求救："姐姐，请问哪里有茅厕啊。"

宫女一脸的鄙夷，满眼都是看乡下人的眼神，只是语气中还勉强维持着一点点客气："你问的应该是净室吧，你沿着这条路往前直走，看到一个小房间就是了。"

"谢谢姐姐了。"

"宫里规矩森严，你可不要乱跑，等会儿便原路返回，我会差人在这里等你的。"

雪倾城一心急着解决内急，慌乱地应了句，就一个人沿着那竹林往前跑远了。

等她从茅厕出来，就慌神了。

怎么有三条路？她刚才是从哪条路过来的？

不管了，点金点银！

"点金点银，点到哪一条就是哪一条！"

手指最后指向中间那一条，雪倾城没有多想，提起裙子就往前走去。

这路可真奇怪，弯弯绕绕，中间岔路不少，雪倾城每次都用一样的方法选路，最后总算豁然开朗，走出了竹林，就看到一个水上凉亭，凉亭里，黑压压地围了一群人。

有人就好办事了，上去问问路就行了。

雪倾城上前凑去，看了两眼，一眼就在人群中看到了一个熟悉的身影——美人公子！

萧玟也看到了她，不过只是愣了半晌，看到她的装扮心里就已经开始暗自忖度了，在她即将喊出来的时候对她摇了摇头。

雪倾城立马识趣地噤声。

而坐在萧玟对面的是一个红衣男子，看上去年长萧玟几岁。只不过这两个加起来早过而立之年的男人，此刻却围着人群中央的石桌，看着陶盅里面的两个小家伙，聚精会神！

好一个蛐蛐打架的精彩场面！

萧玟的蛐蛐明显更胜一筹，不多时就把对手打得落花流水。

坐在萧玟对面的，穿着红色蟒纹官服的男人输了，眉头皱成一团，对身边的小太监吩咐道："去，把我的三宝拿过来！"

"皇兄，你可就剩下那三只宝贝了，我这里还有三只常胜将军，要是把你那三只宝贝都折了，到时候可别怪我做弟弟的不让你。"

自小没少混迹赌坊的雪倾城，不自觉地开始盘算起胜负来。

从小太监和两个男人的话里得知，萧玟是占上风的，他的蛐蛐品性比红衣男人的蛐蛐好。不过两个人的蛐蛐都分上中下三品，若是强攻，红衣男人很可能会输。

但是，雪倾城一拍桌子，高声道："让我来！"

许是被雪倾城的气势吓到了，小太监都给她让出位子来，雪倾城择了一个离红衣男人最近的位子坐下。

红衣男人抱着自己的三个蛐蛐笼子，对她的话多有怀疑："你能帮我赢？"

雪倾城点点头，然后对对面的男人说道："来，开始吧。"

萧玟的蛐蛐比红衣男子的好，他几乎没有思索地拿出了上品的蛐蛐来，甚至还说："三局两胜，只要皇兄能赢我，我就把我这三只常胜将军都让给皇兄。”

红衣男人一听立马来劲了，催着雪倾城道：“快，拿出最上品的那只蛐蛐和他斗。”

没想到雪倾城挑了挑，却拿起最下品的蛐蛐笼子，在红衣男人还没反应过来的时候，直接倒进了陶盅里面。

结果没有任何悬念，红衣男人的蛐蛐没几下就落了下风，翅膀都折了，算是彻底废掉了。

红衣男人捧着蛐蛐笼子，欲哭无泪：“你毁了我的小将军！”

红衣男人一发话，马上就有小太监围上来，只要雪倾城稍有不敬动作，他们就一定把她绑了。

“你若还想赢就听我的！”雪倾城懒得安慰他，直接对萧玟道，“再来。”

由于刚刚萧玟上品的蛐蛐已经战斗过了，为了蛐蛐着想也不能再让它上场，萧玟只能换自己中品的蛐蛐上场。

雪倾城派出上品蛐蛐迎战。

不得不说，萧玟的蛐蛐品质的确不错，即使品质上有差别，两只蛐蛐也鏖战了许久，最后以些微的差别落了下风，红衣男人赢了一场。

面临最后一场，萧玟却不比了，主动交出了三只蛐蛐笼子。

“我技不如皇兄，认输了。”

现在两方都只剩下一只蛐蛐能迎战，如果拿他的下品对对方的中品，结果还是一样的输，倒不如主动认输。

红衣男人收到了三只蛐蛐，刚才的不快一扫而光。

雪倾城：“一只换三只，这买卖值吧？”

红衣男子：“值值值，说吧，你要什么，爷赏了！”

雪倾城就是一时赌瘾犯了，对她而言，对战的这个刺激过程就是奖励了。

“我什么都不要，告辞。”说着，她还做了个告辞的动作，看得周围的人一头雾水。

在他们还没回过神来的时候，雪倾城已经像个小兔子一样跳着没影儿了，甚至把问路的事都忘了个一干二净。

“哎，怎么能让她就这么走了，我还没问她名字呢！”红衣男人嚷嚷着，催着身边的小太监去追，被萧玟拦住了。

“看她的穿着应该不是普通宫女，为免冒犯，还是我去找她吧。”

红衣男人一听，也是这个道理，忙催促着：“快去快去，一定要知道她的名字，以后爷还要靠她大杀四方呢！”

萧玟抿嘴笑笑，拱手告辞。

看着萧玟追上去的身影，红衣男人心满意足地抱着五个蛐蛐笼子，突然，他想到了什么，惊呼：“今天玲珑公主是不是会来东宫？”

“是……是的。”小太监怯怯地回道。

“那我是不是应该出席去见一见？”

“是……是的。”

红衣男人苦恼了一秒，问道：“我若是没出席，玲珑公主会怪我吗？”

“应……应该不会吧。但是，之前六王爷进京，您就没出席，此番玲珑公主代表六王爷来东宫，您是不是……”

“上次我没出席，六弟怪我吗？”

“没……没有。”

“父皇和母后责罚我了吗？”

“没……没有。”虽然这很有可能是皇上和皇后忘了。

“那不就是没事了？”

红衣男人想通了，专心抱着自己的蛐蛐研究去了。

雪倾城走了一半才想起来问路的事来，一回身，就遇到了跟上来的萧玟。

雪倾城笑着上前去打招呼：“美人公子！”

萧玟这次也笑着回应了她：“小六姑娘。”

“刚才我还以为美人公子不认识我了呢。”

“所以，小六姑娘才让在下连折三员大将吗？”

雪倾城不好意思地挠挠后脑勺，道：“没想到在这儿都能遇到美人公子，不过美人公子的蛐蛐虽然好，到底不是上品，等下次，我找到机会了，替美人公子淘几个上好的蛐蛐来赔罪，那几个蛐蛐你就只当是让给那个红衣男人了。再说了，美人公子你也要懂得审时度势，你没发现刚刚那一群人里，全部都是帮着红衣男人说话的人吗？你要是不输给红衣男人，只怕你今天也没法走出来了。”

赌场里，仗着人多势众欺负人的情况可多了去了。

萧玟被她逗笑了，他长得本来就好看，一笑起来就如霁月清风般赏心悦目。

“如此，我倒要谢谢小六姑娘帮我解围了。”

“好说好说。”雪倾城摆摆手，一副施恩不图报的样子，“不过美人公子刚才怎么……”

“哦。”萧玟回过神来，笑着解释，“我看小六姑娘一身宫女打扮，想必是为了掩人耳目，刚才那种情况，我若和小六姑娘相认，该如何向众人介绍你呢？我倒无事，只是怕耽误了姑娘的要事。”

雪倾城这才回过神来，心想那么短的时间内，美人公子就能想这么多，心可真细。

“哎呀，不好！”雪倾城终于想起了正事了，“我还要去见太子妃！惨了惨了，我肯定要被骂了。”

“见太子妃？”萧玟上下打量了雪倾城一眼，实在是不懂她扮成这样，要怎么去见太子妃。

“哦，不对，是见玲珑公主。哦，不是，是太子妃，哎呀，我也混乱了！”雪倾城一想到玲珑公主那张冷脸，再想到那张冷脸对自己发火的样子……

天啊，她现在投湖自尽还来得及吗？

雪倾城说得混乱，萧玟却是懂了个大概。

“你是要去太子妃府邸吗？我是外男不方便进去，不过倒是可以给你指路。”

雪倾城抓着萧玟的手，狂叫“恩人”。萧玟的眼神扫过被她抓过的地方，脸红了，道：“你沿着这条路往前走，会看到一个月亮门，门口会有宫女守着，你就说自己是玲珑公主的人，随便找个宫女让她帮你带路，她们肯定会帮你的。”

雪倾城总算看到了一点希望，再三道谢，这才沿着萧玟指着的路往前跑。直到雪倾城的身影跑远了，萧玟才收回笑容，看着被雪倾城抓皱的衣服。

真奇怪，他这个人，向来不喜欢别人碰自己，偏偏对她，竟然还觉得有点欣喜。他还记得那日她趴在墙头，叫他美人公子的样子。

在这宫里憋久了，他无数次想过翻墙而出，不做这劳什子皇子，却始终逃不开血缘的羁绊。

她做了他想做却不敢做的事，他欢喜她像初升暖阳一样欢快淘气的样子。

只是再欢喜又能如何？她终究是属于六弟的。他喜欢的东西，从来都是属于别人的。

萧玟抚平衣袖上的皱纹，转身往回走。

太子远远就看到他了，张口就问："可追到那小宫女了？"

萧玟摇头，回道："未曾。"

小太监在一旁小心翼翼地说："看那宫女的穿着打扮，不像是皇宫里的宫女，不是说玲珑公主今天会进府吗？应该是玲珑公主的侍女。"

一听到玲珑公主，太子的眉头就皱成了一个"川"字。

"玲……玲珑妹妹的人？"他把头摇得跟个拨浪鼓似的，"她的人可不好要，我们还是要慎重，要慎重。"

萧玟从头到尾都没答话，只盯着自己的袖子发呆。

太子怵玲珑公主是有理由的——玲珑公主横起来，连太子都敢骂！

当日，玲珑公主就在东宫发了火，直斥太子不通礼数，愧为储君。

虽然只是她来府拜访，太子没有出面接见这点小事，但还是毫不意外地闹到了皇上面前。皇上向来宠爱玲珑公主，再加上派人一查，太子居然是为了斗蛐蛐才怠慢玲珑公主，顿时大发雷霆，罚了太子整整十个板子，还扣了东宫半年俸禄。

太子这个冤啊，被打了板子不说，还得一个个去道歉，去了玲珑公主府之后就是六王府，毕竟那日玲珑公主是代表萧煜过去回礼的。

那日在东宫发生的事，萧煜也有所耳闻，而且他派人去打听过了，说那日太子斗蛐蛐的时候还遇到了一个宫女帮忙，这才导致太子玩心大发，以至于完全忽略了玲珑公主。

萧煜不用想也知道，如此胆大妄为的“宫女”，除了他家的小王妃，找不出第二个了。

萧煜听到这个消息的时候，真是捏了一把冷汗。

“没有人怀疑她的身份吧？”

连祁认真想了想，回道：“他们都不知道是王妃，应该没人怀疑。不过王妃这样还是胆大包天了些，听说太子正在四下派人打听那日帮他的宫女的消息呢，一个是太子，一个是王妃，日后总免不了要相见。届时，王妃的秘密，怕是瞒不住了。”

萧煜也是头疼。

本来还怕吓到雪倾城，想着她既然不愿意承认，那就再给她一点时间，有个心理准备。如今看来，雪倾城是没被吓着，他倒是要跟着吓死了。

这个不省心的小家伙！

看来，他必须把戳穿她这件事，提上日程了。

门卫来报说太子来访的时候，连祁和萧煜刚刚聊完。

毕竟刚刚说到王妃的事，太子后脚就来了，连祁忍不住回头看了萧煜一眼。

萧煜倒是比连祁淡定，道：“太子应该只是来为那日之事道歉的，毕竟皇姐算是代表我六王府过去的。你先下去吧，我自会处理。”

连祁闻言，这才算稍稍放了心，领命正想退下去的时候，萧煜问道：“王妃最近在干什么？”

连祁摇摇头，道：“属下也不知道怎么得罪了安宁，如今她看到属下转头就走，所以我现在连王妃的半点消息也问不到。倒是膳房的厨娘说，王妃最近食量见长。”

“食量见长？难不成她这个年纪还在长身体吗？”

连祁摇摇头，王妃的心思难猜，他还真不知道了。

厨娘都能发现的问题，作为贴身伺候的丫鬟，安宁和安瑞肯定早就发现了，看着王妃那张巴掌大的小脸越来越有了朝“包子”发展的趋势，两个丫头也都是忧心忡忡的。

正好小药王来给萧煜把脉问诊，顺便来看看他的小徒弟，安宁和安瑞一见到他，就忙围上去叽叽喳喳地说：“您可快帮我们劝劝王妃吧，她可不能再这么吃下去了。”

“能吃是福啊。”他抱着一大堆连夜整理出来的医书，推门进房，在看到房间里那满桌子的狼藉的时候，小胡子都快惊掉了。

“这些都是我徒弟一个人吃的？”

安宁和安瑞面露难色，点点头。

“都说能吃是福，可吃了这么多，是要发福的呀！”

小药王将医书丢到一边，抢过雪倾城手里的鸡腿，问：“乖徒儿，你可是受了什么刺激了？”

雪倾城一见到小药王，倒像是见到亲人一样，眼泪哗哗地便落了下来，那一双油乎乎的小手伸手就要去扯小药王的袖子，被眼疾手快的小药王给躲开了。

“乖徒儿，你说吧，到底发生了什么事，为师一定帮你讨回公道！”

“前几日，我见到了玲珑公主。”雪倾城一抽一抽地说，“玲珑公主好凶啊，就连太子妃都被她骂得抬不起头来，听说太子都因为她被皇上打了板子。呜呜呜，我骗了玲珑公主的亲弟弟，肯定会被她剥皮抽筋的！”

雪倾城这次是真的被吓得不轻，那日从东宫回来之后，她就一直在做噩梦。梦里，玲珑公主知道了她是在装傻骗萧煜，大发雷霆，亲手拿了刀子，要剥了她的皮。

雪倾城当时就被吓醒了，满身是汗。

她曾想过要不干脆和萧煜坦白算了，但是一想到玲珑公主骂太子妃时那个狠劲儿，她就害怕，所以这两天，她连萧煜都不敢去见了。

“所以，这和你暴饮暴食有什么关系？”

“呜呜呜，我都要死了，还不允许我多吃一点啊！”

安宁劝她：“王妃你要想啊，如果玲珑公主真的发火，能劝住她的人还有谁？”

雪倾城抬起朦胧泪眼，看着安宁，不解：“什么意思？”

“玲珑公主可是出了名的天不怕地不怕，连皇上都镇不住她。不过这次她肯为了六王爷出头，就证明在公主的心里还是在乎六王爷的。所以啊，您就更应该多亲近六王爷，把自己打扮得漂漂亮亮讨王爷欢心。只要王爷喜欢你，就算玲珑公主真的想惩罚你，不看僧面看佛面，她也得顾着六王爷的面子，对您网开一面不是。”

雪倾城如醍醐灌顶，顿时恢复了精神。

“你说得也是哦！”

恢复了精神的雪倾城再看浑身上下油腻腻的自己，顿时就没法接受了，嚷嚷着要沐浴换衣。不过，嚷嚷到一半，她想到什么，转头去问安宁：“这些道理，你怎么不早告诉我？”

安宁嘟囔：“王妃您之前也没说您怕玲珑公主啊！”

小药王看着雪倾城要去忙了，很识趣地放下书，退出房间，不再打扰。

只是走到一半了，他突然想起来，他这次特意过来，除了给雪倾城带几本医书，最重要的事是教雪倾城在六王爷中毒的病根发作的时候，应该如何处理。上次在定国寺，他也是想和雪倾城说这事来着，不过被雪倾城一搅和，他就给忘了。

他把这事交代给雪倾城而不交代给六王爷身边的侍从是有用意的，这样六王爷就离不开她这个小徒弟了，小徒弟有把柄在手里，也不用每天都提心吊胆，担心自己小命不保了。

“哎哟，我这脑子。”小药王拍了自己的额头几下，转身就要往回走，又想到雪倾城刚才说要去沐浴更衣，此刻他去有诸多不便。

罢了，反正六王爷这一两日也不会发病，下次再告诉她也不迟。

第七章

吃醋

雪倾城这两日有意避着萧煜，就是连祁都问不到她的消息了。萧煜反倒不习惯了，在书房里和太子下棋，眼神却不住往门口瞟。太子都看不下去了，忍不住出声问道："六弟，您在等人吗？"

萧煜呵呵笑一声，道："哪有，我这不是活动活动眼睛吗。"

太子毫不犹豫地戳穿他："这开局以来，六弟你都活动了数十次了。"他将手中的棋子一丢，"说起来，这下棋也的确没什么意思，还不如蛐蛐好玩。"

萧煜笑着将棋子捡回棋篓里，笑着提醒太子："大哥，最近你还是别提那蛐蛐的好，父皇正在气头上呢。"

看太子百无聊赖，萧煜提议道："不如我陪您去花园练两下，活动活动筋骨？"

太子一听，也来劲了。

"也好，皇宫里规矩太多，这不许那也不许，把我憋出一身毛病来了，我们可说好了，谁也不许让！"

“那是自然！”

萧煜取下墙上的宝剑，丢给太子一把，两人便一路打到了花园。

难得看到萧煜在家里练剑，还是和太子练剑，花园里渐渐围满了一堆看热闹的丫鬟，雪倾城也没闲着，听说花园里有好玩的，也不管安宁和安瑞的劝阻，拔腿就往花园里跑。

可赶到花园一看，她就后悔了。原来是打架啊，这有什么好看的。

雪倾城可是从小打到大的，什么样的阵势没见过，她讨厌这种假惺惺的舞刀弄枪，在她看来，既然是打架，那就不应该借助什么兵器，拳拳到肉那才叫一个刺激。

萧煜和太子激战正酣，余光瞥到了雪倾城，胸腔中顿时充满了斗志，手中长剑挥舞，出招时更多了一些动作，惊得在一旁看的丫鬟们纷纷拍手叫好——

“王爷这剑耍得真好看。”

雪倾城的白眼翻得更厉害了，打架，好看有什么用。

萧煜到底常年在沙场上混的，虽然耍帅加了很多花架子，到底还是比太子更胜一筹，酣战一番下来，还是胜了两招，太子打得气喘吁吁，萧煜却是连面色都没怎么变。

太子丢下剑，摆摆手：“不来了，不来了。”

打到这一地步，萧煜才想起安询交代过他的，要藏拙的事来，忙向太子道：“多谢皇兄相让。”

“这分明是你凭自己本事赢的，要说也就和你打架最痛快了。”

上一次兄弟两人打架还是在十几年前。

萧煜笑了笑，不答话。

很快有人递了毛巾过来，萧煜接过毛巾的空当儿往人群中扫了一眼，正好对上雪倾城的眼神。

雪倾城看到他，一下子就想到了玲珑公主，虽然理智告诉她要多讨好萧煜，但是身体却自动避开眼神准备开溜，只是没成功，被萧煜叫住了。

萧煜三两步上前，牵着雪倾城的手来到太子的面前。

看两人这亲昵的样子，太子也能猜出来了，笑着打招呼：“想必这位就是弟妹了。”

雪倾城忙给太子请安：“倾城见过太子殿下。”

她抬头见到太子的脸，被吓了一跳，连忙像一只惊慌的小鹿，把头低了下去。

她的心里已经在狂跳了。

这个人，不就是那日她在东宫里帮他斗蛐蛐的人吗？怎么会在这里见到他，还变成了太子？

雪倾城猛然醒悟过来！敢在东宫里光明正大斗蛐蛐的人，除了太子，还有谁？

她真是恨不得一巴掌扇死自己——让你没事喜欢瞎凑热闹！

惊鸿一瞥间，太子也认出她来了，看着她颇为惊喜。

“你不是……”

“不是！”雪倾城斩钉截铁地否决他，拉了拉萧煜的手，“王爷，我有点累了，我可不可以先回去休息？”

萧煜本来就是故意的，但是看着太子盯着自己的小王妃看，他心里多少也是有些不舒服的，他将雪倾城护在身后，叫了两个丫鬟来，把她送回房里去了。

直到雪倾城走远了，太子还一直盯着她的背影，嘴中还喃喃念着：“我之前怎么就没想到呢！”

萧煜的脸色已经非常不好了，问：“皇兄没想到什么？”

太子这才回过神来，想起萧煜还在身边，笑着道：“六弟呀，我和你说，你这王妃可是个妙人儿。”

萧煜的脸色顿时不好了，有种被人戴了绿帽子的感觉是怎么回事。

看着萧煜绿油油的脸，太子这才意识到自己说错话了，忙将那日斗蛐蛐的事说给萧煜听。

萧煜听完，做出一副不敢相信的样子：“你是说，那日，我的王妃帮你赢了四弟？”

“是啊，那赢得可叫一个精彩。就是可惜了，那几只蛐蛐最后都被父皇一把火烧了。”

“皇兄您确定您没有认错人？”

太子一听这话，就不太乐意了，道：“六弟呀，你皇兄我平日里是不大爱管事，但是认人的本领还是有几分的，我敢保证，我那日见到的就是你的王妃没错了。不过话说回来，不是说你的王妃是个傻子吗？我怎么看着一点都不傻啊。”

萧煜干笑着圆场：“她若不是个傻子，也不敢冲撞皇兄您，在东宫里帮你斗蛐蛐了。”

太子倒也好糊弄，萧煜这般说，他便也点点头：“倒也是，可能她在斗蛐蛐一事上天赋异禀。等父皇气消了，允许我斗蛐蛐了，你可要记得把你的王妃带进宫来，陪我斗蛐蛐啊。”

萧煜扯了扯嘴角，无奈地应付了几句，便将太子送出了府。

目送太子离开之后，萧煜转身，就往内宅走。

而另一边，知心阁内，回房后的雪倾城第一件事就是收拾细软。

安宁和安瑞在一旁劝她：“王妃，您快想想办法呀。”

“我的办法就是：三十六计，溜为上计。”

安宁拦住她：“王妃，您就这样走了，雪家怎么办？”

雪倾城愣住了，她只道自己的身份要被揭穿了，倒是没想过这么多。要是早知道当一个王妃会有性命之忧，她是无论如何不会同意代嫁的。

“可是，我不走，又能怎么办？”

这下，两个丫鬟也被问住了。

“王妃准备走到哪里去？”

门被人从外推开，萧煜赫然站在门口，吓得雪倾城打了个哆嗦。

萧煜扫了一眼房里的众人，对安宁和安瑞吩咐道：“你们先下去，我和王妃有话要说。”

安宁正想下跪向萧煜求饶，求萧煜饶了雪倾城，被安瑞拉住了，两人出了房间。她们刚走，房门就被人从里面关上了。

“姐姐，你怎么能留王妃一个人，万一……”

“现在不知道王爷是不是真的知道了真相，也不知道王爷准备怎么处置王妃，我们要是现在就为王妃求饶，反倒是害了王妃。我在这里守着，你赶紧回雪家，找太傅和夫人商量对策。”

听完安瑞的话，安宁这才算有了主心骨，点点头，匆匆往府外走。可是才走了没几步，就被人拦住了。

连祁堵在回廊处，冷冷地看着两个丫鬟，道：“没有王爷的命令，谁也不许出府。”

安宁和安瑞面面相觑，心中一惊。两人同时看向紧闭着的房门，忧心忡忡。而房内，雪倾城的心也是七上八下。

“王妃收拾细软，这是准备去哪儿呀。”

雪倾城瞥见萧煜铁青的脸色，心中惴惴不安，一咬牙，一闭眼，索性道：“自然是回雪家。”

“王妃装疯卖傻，骗了我这么久，难道不应该给我一个交代吗？”

该来的还是来了。

她还以为上次她装疯卖傻，骗过了萧煜，只当他是忘了昏迷前说的话。原来他自始至终都是知道的，果然想骗过他，都只是她自己痴心妄想罢了。

雪倾城下意识地摸了摸脖子，一想到自己要是稍微说错话，这脑袋和身体就可能要分家了，咽了咽口水，强打起精神回话。

“什……什么交代，我又没说自己痴傻，都是外界传言。”

萧煜：他竟无话可说。

雪倾城知道自己和萧煜顶嘴也不是万全之策，叹了口气，提起裙摆在萧煜面前盈盈下跪，道：“我小时生病，的确痴傻过，前几年才慢慢好转。但爹爹想要我一生平安顺遂，不想让我嫁入王权富贵人家。但他也知道，以他如今在朝堂上的地位，想让我寻个良人，过普通人的日子十分艰难。是以，在我病好了之后，他依然对外说我是痴儿。只是爹爹没想到，你会向太后求懿旨。”

“如果我今日没发现，难不成你准备装一辈子不成？”萧煜看着雪倾城，一时之间竟也说不上心里的滋味，毕竟她一番话下来，错的都是他了。

若不是他没有经过雪家的允许就向太后求懿旨赐婚，今天也不会被骗了。

他以前倒是没发现，自己这个小王妃，诡辩还是一把好手。

“爹爹说……过段时间就会找个‘神医’过来，‘治’好我……”

雪倾城一边说，一边庆幸太傅大人的老奸巨猾，他早就料到了要让她一直装个痴傻儿迟早会露馅，所以替她将露馅后的说辞都准备好了。

包括神医一计，也确有其事。

她不知道真正的雪倾城去哪儿了，她也没见过真的雪倾城，自从她被接进雪家那一刻起，她就是雪倾城了。知道她身份的，只有太傅、太傅夫人和雪家三兄弟。所有下人都以为她就是太傅之前送出去治病治了一年，病好回来了的雪家大小姐。

若不是太后突然赐婚，雪家全然没有准备，也不用出此下策了。

“你们这计划还真是周全啊！”萧煜咬牙切齿地道。

“谢王爷夸奖。”雪倾城一抬头，看到萧煜铁青的脸色，这才意识到萧煜说的是反话，忙低下头去，“我们无意欺骗王爷，王爷若实在生气，就拿倾城一个人出气，要杀要剐，倾城都愿意受着，还请王爷放过雪家。”

“我什么时候说过要杀要剐了？”

“什么？”雪倾城诧异地抬头，一脸的不信。

王爷你确定不照照镜子，你刚才那脸色，分明是要杀人的样子！

看着雪倾城那诧异的眸子，不知道为何，萧煜心中的火气竟下去了一大半。他定定地看着雪倾城，问：“可还有其他事骗了我？”

雪倾城一个哆嗦，想了想，摇了摇头。

代嫁的事不算骗吧，顶多算没告诉他。

算了，代嫁的事还是别说了。

雪太傅说了，她只需要代嫁一年，一年之后，雪太傅若是还找不回女儿，他就会安排雪倾城和离，和离不行就死遁，反正能救她出来。

雪倾城腹诽期间，半晌没有说话的萧煜，终于发话了：“起来吧。”

雪倾城一时震惊，心中的话脱口而出：“王爷，您不罚我吗？”

“谁说我……”萧煜看着愣怔的雪倾城，起了逗弄的心思，“不罚你了？”

“什么？”

“成亲以来，我自认对你呵护备至，不曾想你竟然瞒我至此，真是把我的心都伤透了。”

“那……那怎么办？”

“你伤了我的心，欠了我的情，情债就用你自己偿还吧。”

“用我自己偿还？”看着萧煜带着邪笑的脸，雪倾城的内心都是崩溃的，“不……不要吧。”

“现在才说不要？”萧煜带着邪笑，步步紧逼，“太晚了！”

第二天，雪倾城揉着酸痛的腰从床上爬起来。安宁和安瑞在外面守了一夜，得到允许进门之后，看着疲惫不堪的雪倾城，眼睛都红了。

“没想到王爷竟是这种人，怎么可以这么欺负小姐！”

雪倾城揉着酸痛的腰，连连附和：“是啊，是啊，简直不是人。”

“小姐，您初经人事，王爷也不知道怜惜一二，您等着，我去替您打水，您泡泡澡，会舒服一些。”

“初经人事？那是什么？”雪倾城胸无半点墨，对这种文绉绉的话都是一知半解。

“就是……昨晚王爷对您做的那些。”

“哦——”雪倾城点点头。

她明白了，原来给王爷做丫鬟就是“经人事”啊。

那她还要经很久的“人事”呢！

想到这儿，雪倾城就头疼。

昨天晚上，萧煜可是使唤了她一整夜，又是捏背，又是捶腰。

王爷大半夜的不睡觉，一会儿说自己口渴了，一会儿说自己热要人扇风，愣是把她折腾了大半夜。

萧煜说了，她骗了他，她要用自己还债。而让她还债的方式，就是让她做他的丫鬟，贴身伺候他，直到伺候到他说可以了，才算完。

萧煜这家伙出尔反尔，刚成亲那会儿他还说“你是我的王妃，不是我的丫鬟。我娶你进门，不是让你来学丫鬟的”，这会儿自己让她当起丫鬟来了。

雪倾城顿觉人生无望。

她对准备去为她备水的安宁摆摆手，道："你们别忙活了，我还要去厨房，为王爷准备早膳呢。"

"这些事让我们来就行了。"安宁眼里满满都是心疼。

"不行，还是我去吧。"她要是敢假手于他人，被萧煜知道了，肯定又要折磨她了。

早膳不用她亲自做，厨娘早就做好了。

这也是萧煜早就吩咐好了的，毕竟雪倾城做的东西，是美味是毒都有待商议，那一碗绿豆汤让萧煜印象深刻，他可不想和自己的胃过不去。

雪倾城端着早膳敲开了书房的门。

萧煜刚练剑回来，此时穿着一身劲装，越发显得他身材挺拔，卓尔不凡。雪倾城有一瞬间，被迷了眼。

萧煜只当她在走神，唤她："看什么呢？既然身为丫鬟，就要有丫鬟的自觉，还不把早膳呈上来。"

雪倾城内心已经骂骂咧咧了，她从小就混江湖，这么伺候人还是头一次。

不过她倒不敢真的反抗，乖乖地将早膳放到桌子，垂手恭敬地站在一旁，准备等他吃完了再收拾。

萧煜扫了一眼早点。

鸽子蛋、瘦肉粥，并一屉水晶小笼包。因是刚出炉的，包子和肉粥都还腾腾冒着热气。

他看着雪倾城，道："这么烫让本王怎么吃？蛋壳是准备让本王自己剥吗？"

雪倾城咬咬牙，忍了！

她坐下来，伸手去剥蛋。

鸽子蛋不过拇指大小，实在是难剥，剥到最后不是碎了，就是坑坑洼洼的。看得萧煜直皱眉头，也不知道这是在惩罚她呢，还是在惩罚自己。最后他实在看不下去了，抢过剩下的两个没有剥完的鸽子蛋，道：

"蛋别剥了，把粥吹冷，包子撕开晾凉。"

雪倾城只能照做。

可是这对她而言，比剥蛋还难受。

她一早起来就来伺候萧煜用早膳了，自己还没来得及吃东西。剥蛋的时候不觉得，可这一靠近肉粥，她就饿了，等她用筷子划开小笼包，那香味更可怕了，直往她的鼻子里钻。雪倾城的肚子开始抗议地唱起空城计了。

那声音之大，连萧煜都听到了。

他置若罔闻，专心剥起鸽子蛋来。

萧煜拿起那鸽子蛋，轻轻在桌上敲了一下，然后一滚，再剥蛋的时候，那蛋壳就若脱衣一般，轻而易举地就剥下来了。

雪倾城看他专注于剥蛋，悄悄地夹了一块包子馅放进嘴里，奈何馅实在是太热了，刚入口就烫得她舌头都卷起来了。她想吐出来，偏萧煜已经看过来了，她只能将肉馅生吞进腹中，只觉得那肉馅就是一团火，一路从喉咙烫到胃里。

雪倾城那点小动作，自然逃不出萧煜的眼睛，他看着雪倾城眼角被烫出来的眼泪，明知故问："王妃这是怎么了？"

雪倾城含泪道："王爷剥蛋的动作行云流水，好看极了，我是被王爷帅哭的。"

对她的无脑拍马屁，萧煜显然十分受用。

雪倾城不装疯弄傻了，居然比以前还要好玩。

有点意思。

萧煜将剥好的蛋放回盘里，这两颗光滑圆亮的鸽子蛋在一堆坑坑洼洼的鸽子蛋里，顿时如鹤立鸡群，格外漂亮。

雪倾城对此不屑一顾，心想着，不就是吃蛋嘛，再漂亮不也得被吃进肚子里去。但是嘴上的漂亮话却没停下过："王爷真厉害，蛋都剥得如此漂亮。"

萧煜憋得双脸通红，才算勉强忍住笑意，他指着桌上的包子，继续板着面孔说："这包子的馅怎么不见了？"

那馅正在她肚子里燃烧呢！雪倾城舔舔嘴角，睁着眼说瞎话：“肯定是蒸包子的丫鬟偷吃了，我回头就去找她们算账。”

萧煜也不戳穿她，道：“抓住那个偷馅的贼了，定要严惩！”

雪倾城也不心虚，跟着点头：“嗯，一定要严惩！”

萧煜拿起筷子，夹起被雪倾城剥得坑坑洼洼的鸽子蛋吃了，看着他那慢条斯理的吃相，雪倾城的眼睛都直了。

一个男人，吃饭都吃得这么好看，真是没天理了。

萧煜看她眼神放光，只当她是饿了，拿起勺子尝了两口肉粥之后就放下了。

“我吃饱了。”

雪倾城一听到这句话，眼睛顿时就亮了：“王爷，不可以浪费食物。”

“嗯？”

“我愿意帮王爷效劳！”

说着，生怕萧煜反对，她抓起碗里还剩下的两颗鸽子蛋——就是萧煜剥的那两颗，就往嘴里塞。

萧煜单手托腮，看着她，问道：“好吃吗？”

雪倾城饿得两眼发昏，点头如捣蒜：“好吃！”

萧煜听到心中要的答案，眼睛笑得都眯成了一双月牙儿：“王妃说得对，不能浪费粮食，那如此，就辛苦王妃了。”

雪倾城塞了一嘴，呜呜咽咽地回着：“不麻烦，不麻烦。”

此时的她像一只可爱极了的小兔子。

萧煜早就发现了，他的小王妃总是能让人联想到各种可爱的小动物，让人忍不住想摸一摸。

萧煜控制住自己想伸手的冲动，站起来，道：“王妃多吃一点，吃饱一些，等一下还要陪我练枪呢，少不得要消耗些体力。”

雪倾城手中的筷子顿时惊得掉到了桌上。

“练……练枪？”

雪倾城会害怕是有道理的。

她打架不喜欢用兵器的另外一个原因就是：这些兵器都做得太重

了！其中尤以长枪最为过分！

练武场。

萧煜单手抽了一把长枪出来，丢给雪倾城。雪倾城双手去接，踉跄着退了好几步，才勉强站住。

萧煜单手持枪，看着雪倾城，道："王妃不把枪拿起来，如何陪我练枪。"

雪倾城深吸一口气，使出了吃奶的劲儿，总算是把枪举起来了。可是这枪头太重了，她是举起来了，却完全没办法控制，那长枪在空中抡了一个圆，带着举枪的雪倾城转了好几圈，最后还是萧煜一枪下去，卡住枪头，才把那枪给稳住了。

雪倾城被长枪震得胸口发麻，跌坐在地上。一抬头，正好对上萧煜看好戏的眼神。

"王……王爷，大早上的练枪不太适合，不如练剑吧？"

萧煜十分好说话，大手一挥，道："拿剑来！"

很快就有人捧着两把剑过来，雪倾城指着其中看上去小一些的那把，说："我要这把。"

萧煜带着戏谑的眼神看着她，问道："你确定？"

雪倾城点点头，那剑看上去要轻许多。只是萧煜这个不怀好意的笑容是怎么回事。

雪倾城正想着呢，侍卫已经将那把小剑送上来了，雪倾城单手去拎，侍卫见她抓住了，也就松了手，这一下差点没让雪倾城的手折了。

这剑也太重了！虽比起长枪已经轻了不少，但是让雪倾城单手拎起来还着实有些困难，她用双手才勉强将这剑抱住。

看着萧煜正好整以暇地看着自己，雪倾城勉强挤出来一个笑容来："王……王爷，这剑，做工精细，挺好的。"

"那是自然。此乃太白山玄铁打造，世间仅此一把。"

"玄……玄铁？"雪倾城的额头已经开始冒冷汗了。而此时，只见萧煜抽出了那柄她挑剩下的剑，很轻松地便抽了出来，定睛一看——竟是木剑！还是双剑合一！

雪倾城抱着剑，踉踉跄跄地走到萧煜的跟前去，眼巴巴地看着她。

萧煜明知故问："王妃这是做甚？"

"换剑吗？我可是让王妃先挑的，怎么，王妃不满意吗？"

雪倾城摇摇头，又点点头，复又摇了摇头。看着她这副样子，萧煜心里已经在偷着乐了，表面上却摆出严肃的神态来："王妃想要换剑，也不是不可以……"

看萧煜一副还有后话的样子，雪倾城忙问道："王爷让我做什么都可以。"

反正她都已经"经人事"做丫鬟了，也没什么好怕的了。反正她这话昨天也说过，如今不过再说一遍而已，不算亏。

萧煜心情大好，单手拎起雪倾城手中的玄铁剑，命人收好，然后才将手中的木剑分了一柄给雪倾城。

雪倾城看着侍卫用锦布和锦盒将那玄铁剑包了起来，顿时诧异。

"王爷不是要练剑吗？何故把那剑又封起来？"

"我向来只爱练木剑，那剑，是我预备送给定北王的寿礼，王妃刚才看过了，觉得如何？"

看着萧煜略带戏谑的眼神，雪倾城就知道——她又被这厮给骗了！

雪倾城气得脸都青了，半晌才回了一句："宝剑配英雄，此剑无敌，自然是极配的。"她咬牙切齿，恨不得把这些字当成萧煜的骨血，一字一字地嚼碎，吞进肚子里去。

萧煜却是笑得更开心了，他挑起木剑，道："来，陪为夫练剑。

雪倾城拖着酸软的身体回到房里的时候，已经日上三竿了，她一回房，就在床上躺着了，任谁喊都不肯起来。

安瑞在一边忙着给她捏揉，看着雪倾城累得眼皮都掀不起来的样子，对萧煜也不免颇有微词："王爷也真是的，明知道小姐您……还让您陪他练剑，也太不知道怜香惜玉了。"

"他哪里是练剑啊，分明是在练我！"雪倾城举起纤纤十指，看着上面已经出现了细细小小的红痕，她就恨不能将那萧煜拖过来打一顿。

“算了，左右不过一年，我就不信了，我还熬不过去了！”

“一年？小姐您在说什么呢？”

雪倾城意识到自己失言了，干笑两声，随便应付过去了。

她这边瘫在床上起不来床呢，外面已经有人在通报了：“王妃，王爷请您过去。”

雪倾城窝了一肚子的火，从床上爬起来，道：“他是离不得我了还是怎么的，这回又是什么事？”

那人被莫名其妙地骂了一顿，吓得直哆嗦，说话也不利索了：“是……是定北王……携郡主来访。王爷……王爷让您也过去见客。”

雪倾城大手一挥，正想说不见，猛然想到了什么，问道：“定北王带过来的郡主，可就是和王爷青梅竹马的那一位？”

“正是。”

“安宁，安瑞，更衣，见客！”

雪倾城出现在会客厅的时候，直把萧煜看呆了，她一袭红裙，轻点脂粉，浑身退掉了少女的娇憨，多了几分妩媚妖娆，偏又不至于失去端庄，失了礼数，真真好看得紧。

雪倾城喜欢简单，平日里最烦的就是那些胭脂水粉了，萧煜唯一一次见她盛装打扮，就是陪他进宫面圣那次，因为是去皇宫，穿衣着装不如如今活泼。

是以这样的雪倾城一露面，愣是让萧煜心头一热，似有一股热流流遍全身。

雪倾城扫了一眼。

会客厅里人不多，但是该来的都齐了。

安询站在萧煜的身后，一个蓄着胡子的中年男人，带着一个背对着她，看上去年纪和她差不多大的少女。

想来就是定北王和昌平郡主了。

很好，安询，她这个假王妃还有未来的侧房都来齐了。

雪倾城抓起裙摆，萧煜已经起身相迎了，他抓着她的手，在她的耳边悄声问道：“怎么穿成这样就来了？”

雪倾城亦耳语回他："听说昌平郡主从小和王爷青梅竹马，我自然要隆重以待。"

其实，她是想让昌平郡主看到自己锦衣华服，用过来人的身份，告诉昌平郡主——虽然六王府有安询这个人在，但是在王府混日子真是极好的，吃好的穿好的，别犹豫了，快嫁进来吧！

只是萧煜心中想的却完全是另一回事——这丫头平日里素面朝天，一听说郡主来了就做如此打扮，怕不是在吃醋。

萧煜愣了一下，旋即有丝丝甜蜜从心头涌上来。他笑着将雪倾城牵到定北王和昌平郡主面前，介绍道："这是贱内。"

定北王和昌平郡主自然赶紧起身，双方互相行礼之后，才落座。而此时，雪倾城也终于看清了这位传说中的昌平郡主的真面目。

只一眼，吓得她赶紧展袖遮面，不敢再看。

长安城也太小了吧，昌平郡主竟然就是那日她在福满楼遇到的那个异域女子。

"王妃这是怎么了？"定北王最先发现雪倾城的反常，问道。

萧煜看了眼身边遮遮掩掩的小王妃，又看了一眼坐在王妃对面的昌平郡主，心里已经想出一出"王妃这是怕自己不敌情敌，故掩面遮丑"的争风吃醋的大戏来了。

他捏了捏雪倾城的手，试图将她的手拿下来，却没想到这小姑娘练剑的时候软趴趴的，这时候反倒很有力气。他不得不低声对她说道："世上女子千万，在我心里，都不及王妃一人好看。"

雪倾城实在不懂他突然说这话是什么意思，但看他这做派，想必是在嫌弃她在客人面前失了礼数，她深知遮遮掩掩到底也不是办法，只能闭眼咬牙拿下袖子来。

没有预料之中的惊呼，四周风平浪静。定北王甚至还在夸她："王爷与王妃真是郎才女貌，天造地设的一对啊。"

萧煜那厮笑得嘴角都快咧开了。

雪倾城见周围没动静，才敢掀开眼皮来偷偷瞅了一眼，发现昌平郡主压根儿就没看自己，她此刻正盯着屏风上的彩蝶，思绪已经不知道飘到哪里去了。

看来，这也是个爱走神的主。

雪倾城这才算放心了，胆子也大了，安心地做着背景板。只是好景不长，萧煜和定北王聊得正欢，不知怎地注意到了正在走神的昌平郡主，问了一句："郡主这是怎么了？"

雪倾城狠狠地掐了他一把。

这家伙，是老天爷故意派过来与她作对的吧，人昌平郡主走神走得好好的，他干吗横插一脚。

萧煜被莫名其妙地掐了一把，他揉着被捏得作痛的地方，看着气呼呼的雪倾城，先是愕然，忽而反应过来，心中又有了几分甜意——

她莫不是在吃醋吧，因为他在关心别的女人？

定北王叹了口气，回道："小女失礼了，还请王爷恕罪。"

"定北王此话严重了。昌平可是遇到了困难？有没有小王能帮上忙的地方？"

"哎，这丫头前些天险些丢了荷包，被一个神秘公子所救，这不就惦记上了。"

萧煜一惊，问道："那人找到了吗？"

"一不知家世，二不知名姓，问了周围的食客，都说从没见过那人，想必只是过路人罢了。"

"那真是可惜了。"萧煜啧啧叹着，为定北王的杯子里再添了一杯茶。等添完茶再偏头去看，发现身边的小王妃也学了昌平郡主，早就神游太虚了。

雪倾城内心是崩溃的，她不用想都知道，被昌平郡主惦记上的那个神秘公子就是她！

她一个女人，居然被另一个女人惦记上了，这叫什么事。而更让雪倾城崩溃的是，她发现昌平郡主对男装打扮的她动了春心！那昌平郡主嫁入王府做侧妃的事岂不是不可能了。

意识到这一点，雪倾城恨不得给自己一巴掌，让你嘴馋！

这下好了，到嘴的鸭子飞了！

雪倾城是个“傻子”，这是众所周知的事，是以她走神了，萧煜只当她是受刺激了，也没去叫她。

等他和定北王聊完，已经是半个时辰之后的事了。

定北王此次进京，还有许多要事要处理，萧煜也不留他，带着雪倾城一起亲自送定北王父女二人出了府。

临走时，定北王还拉着萧煜的手，喃喃感叹：“哎，女大不中留啊。其实我最中意的女婿，还是你。”

萧煜吓得冷汗都出来了，连说了几句“抬爱，可惜”之类的话，才总算把定北王给送走了。

定北王走远之后，他才赏了自己小王妃一个栗暴，问她：“我看你一直在走神，可是因为知道昌平郡主不会嫁给本王，所以喜得不知如何是好了？”

雪倾城懵懂地点头：“我的确是不知该如何是好了！”

雪倾城不知道萧煜是抽的哪门子风，当天晚上，居然破天荒地夸她的表现不错。

雪倾城挠破了脑袋也没能想明白她到底哪里表现得好了——剥蛋，失败；陪练，失败；甚至还一不小心破坏了他的姻缘。

“王爷不用我再‘经人事’了，可是认真的？”

萧煜的脸顿时绯红了。

“经人……人事？这话是谁告诉你的？”想不到他这看上去比白水还要单纯的王妃，居然是这样的人！

“安宁和安瑞啊，他们说王爷昨晚对我做的就是‘经人事’。”

明白过来的萧煜脸上顿时青一片红一片。

于是，当天晚上，安宁和安瑞就被人从被窝里拖了出来，拎到佛堂去抄了一整晚的佛经。直到第二天烈日高照，两个人抄到手都要断了，还不知道自己是哪里没做好，惹得王爷生气了。

雪倾城也不知道萧煜为什么生气。她只觉得，萧煜这厮，脾气阴晴不定，还真是难伺候啊。

昌平郡主在全城寻人的消息，很快就传遍了朝野，就连深居内宅的雪倾城也收到了消息。

安宁和安瑞是知道来龙去脉的。

安瑞听到这消息之后，也颇为吃惊："郡主为什么这么着急寻找我家小姐，难不成是想治小姐那日的轻薄之罪？"

安宁反驳了她："事急从权，郡主又不是那等蛮横不讲理的人，更何况，花重金找一个男人，闹得满城风雨，郡主甚至都顾不上自己的清誉，这只有一种解释——"

"啥？"

"郡主……喜欢上了小姐，所以掘地三尺，也要把小姐找出来当她的'郡马'。"

雪倾城可是见过昌平郡主的，自然知道安宁说得不假，是以在安宁分析到这里的时候，她都吓得打了一个哆嗦。

安瑞也被吓得不轻，喃喃地道："可是我家小姐是女儿身啊，这又如何能娶郡主？"

"这两日，小姐您还是乖乖待在府里，别出去吧，昌平郡主不可能在长安城久待，她找不到您，自然只能乖乖地回藩地了。到时候，什么困难都迎刃而解了。"安宁道。

安瑞听完，也点头如捣蒜："是的，王爷也不喜欢小姐您往外跑，小姐您安生些时日就好了。"

偏偏雪倾城一弹而起，二话不说就否决了安瑞的建议："我要出府！"

萧煜已经将府中全面戒严了，安宁和安瑞还是飞鸽传书求助了雪大少，让雪大少以和王爷论剑为由把萧煜骗出府了，她们把雪倾城塞进装白菜的车里，才得以出府。

虽然已经出府了，安宁和安瑞的心里还一直惴惴不安。

她们倒不是怕王爷发火。俗话说一回生，二回熟，那次雪倾城偷跑出去，王爷那般生气也没有对雪倾城如何，可见王爷心里还是在乎雪倾城的，让她们觉得不安的，是雪倾城死活也要出府的理由——

雪倾城居然要去见昌平郡主，要主动送上门！

难不成，她还真想当昌平郡主的郡马不成。

但是她们不知道的是，雪倾城急于出去见郡主是有理由的——她当然不是为了当什么劳什子的郡马，但是她也不能让郡主就这么回藩地。好不容易来了一个要当侧妃的人，她说什么也得为萧煜把人给留着！

像她这样为王爷纳侧妃操碎了心的王妃，真不多见了。

另一边，昌平郡主正带着人巡街。

福满楼已经被她的人团团包围了，那天凡是在福满楼用过餐的食客早就被她盘问过好几遍了，福满楼所在的街道，隔壁的街道，隔壁的隔壁街道，她每日都会来走个好几遍，就是想看看有没有那日惊鸿一瞥的少年。

昌平郡主的手下都在劝她："郡主，我们都找了这么久了，还没有那人的消息，只怕那人并不是长安人士。"

"'人过留名，雁过留声'，我就不信了，他还能是凭空出现的不成。"

"要我说那人长得也并不怎么好看，我定北王府人才济济，郡主没必要为了那么个小白脸……"

昌平郡主回头，狠狠地瞪了说话的那人一眼："谁说他是小白脸了！那日那个小贼在你们眼皮子底下偷我的东西，你们一个个去哪儿了！还好意思说人家是小白脸！"

昌平郡主嘴硬，知道自己这两日闹出来的动静不小，这个时候才想起来要挽回颜面，于是说道："再说了，我哪里是喜欢他了，那人众目睽睽之下解我的腰带，我自然要和他好好算账。"

昌平郡主的手下被主子一顿骂，正沮丧间，偶然抬头，突然眼前一亮："郡主，您快看！"

昌平郡主顺着手下的手望过去，一眼就看到了人群中的那个翩翩白衣"少年"。

郡主的嘴角不自觉地咧开一个弧度，她伸手招呼道："走！"

于是，黑压压一群人，跟着她朝前走去。

雪倾城是听说昌平郡主一直在这附近，所以特意寻过来，这一路上算是见识了郡主的本事了，几乎哪里都能看到定北王府的人。只是当她自报家门，说自己就是那日救了郡主的人，定北王府的人反倒嗤之以鼻，说她一看就是贪图郡主的美貌冒充的。

这让雪倾城很委屈。

她就长得这么像那种贪图人美貌的小人吗。

他们不肯带她来见郡主，她就只能自己来找了。正在街上漫无目的地闲逛呢，就听到一阵轰隆隆的声音传来，地板都跟着震动了。再抬眼一看，嗬，好大的阵势！

足有上百人，正朝她冲来。为首的，不就是那日她多管闲事救下的郡主吗。

还没等她反应过来，郡主已经骑马奔到她跟前，一声令下："给本郡主围起来！"

郡主这动作，吓得一向胆小的安宁直往雪倾城的后面缩，一边缩，还一边问："公……公子。她这是找恩人，还是抓仇人啊？"

雪倾城是没空回她的话了，因为她已经被郡主一鞭子给卷到了马背上。雪倾城被郡主横扔在马背上，一路颠簸，差点没被颠吐了，好不容易，马儿停了，抬头一看，却是驿馆。

因为定北王进京，这待遇自然不一般，于是整个驿馆都为定北王腾出来了，也算是一个临时的定北王府了。

雪倾城一路上被颠簸得只觉得五脏六腑都挪了位，如今一看到驿馆，更是双腿打战了。

"郡主，还请您容在下说句话。"

"本郡主已经让你跑了一次，断不能让你跑第二次，有什么话，我们关起门来了，慢慢说，随你说。"

雪倾城听得冷汗直滴。

这郡主，竟然这么剽悍！

眼看着，郡主底下的人就要围上来捉她了，情急之下，她只能道："在下知道郡主在找在下，未免郡主误会，这才特意赶来见郡主。我来是想告诉郡主，其实，我已经有家室了，还请郡主不要执着于我。"

"没关系，我不介意做平妻。"

"可是我和夫人感情很好，没有娶平妻的打算。"见郡主眼神还是十分坚定，于是赶紧补充，"也没有纳妾的打算。"

昌平郡主挥挥手，底下的人自动散开了，也算是给两人一个谈话的空间了。

"那就只能委屈你的发妻了，你休妻吧，我会替你给她出一笔可观的补偿费，保管她此生无忧。"

雪倾城今儿个也算是头一次见识到了，什么叫作蛮不讲理、无法沟通。她看着昌平郡主，小心翼翼地问："哪怕在下一点儿都不喜欢你，你也不介意吗？"

郡主点点头："我喜欢你就行了呀。要我说啊，你们京都人就是矫情，这世界上哪有那么多你喜欢我，我也喜欢你的好事啊。天天拘在一起过日子，时间久了，自然就喜欢了。"

雪倾城：她说得好有道理，我竟无言以对。

"实不相瞒，其实郡主……我……不举。"

后面两个字，她声音压低了，确保只有她和郡主两个人能够听见。毕竟虽然她不是男儿身，但是说这种自毁清誉的话，还是需要很大的勇气的。

昌平郡主的眼神终于有了变化，看着雪倾城的眼神一开始有一丝震惊，而后又有了几分无奈。

"我们可以去领养孩子。如果你不介意后继无人的话，我们就这么过着也行，反正我也不喜欢那些小鬼头，看着挺讨厌！"

她是真不知道自己何德何能，就一面的工夫，就让郡主对她死心塌地，非她不嫁了。

"在下实在不知道在下有哪里好，值得郡主如此执着，不如郡主告诉在下，在下改便是了。"

“我昌平郡主长这么大，还没对人动过心，既然已经认准你了，那轻易是不能改的，不管你是否婚配，还是‘身残志坚’，只要你还是个男人，我都要定你了。”

“那如果，我不是男人呢。”雪倾城咬咬牙，狠下心说。

“咦——”昌平郡主鄙夷地看了她一眼。

雪倾城当即知道她肯定想到除男人和女人之外的第三种人去了，连忙摆手解释道：“郡主您误会了，我并不是公公，我是个女人！”

昌平郡主脸上的鄙夷更深了，而且明显带着几分不信。

雪倾城也不知道该如何解释，她总不能在大庭广众之下宽衣解带吧。倒是郡主，也是个直来直往的性子，不用雪倾城解释，自己已经伸手探上了雪倾城的胸，虽然有她的宽大披风遮挡，在众人看来，这不过是一个比较亲密的拥抱而已，但是雪倾城的脸却是顿时就红了。

她居然在大庭广众之下，被一个女人轻薄了。

郡主抓了一把之后，就收回了手，道：“好吧，我信你了。”

雪倾城抹了一把冷汗，总算是把这个误会搞定了。岂料，郡主接下来又来了一句：“真小！”

雪倾城下意识地看了一眼郡主傲然挺立的大胸，“嘁”了一声。

哼，胸大才不方便呢。胸小多好，她扮成男人的样子，瞬间迷倒万千少女。

郡主这时候倒是知道嫌弃她了，想当初还不是拜倒在她的裙下。

昌平郡主虽然在知道雪倾城是女儿身之后，对雪倾城万分嫌弃，但到底没有惹出什么事来，只是让人撤了兵，对定北王的解释也是她发现那人有了婚约，就不再执着了。

尘埃落定之后，由雪倾城做东，请郡主去福满楼吃两人那天无缘吃到的水晶肘子。

郡主倒也不傻，看着雪倾城身后那两个急得眼珠子都要掉下来的女扮男装的丫头，夹起一块肘子肉，问道：“你这是自己想吃了，拿我做个由头吧？”

雪倾城没有一点被戳穿的慌乱，塞了一口肘子肉到嘴里，吃得满嘴油腻，一脸满足。

她这吃相，看得坐在对面的郡主眼睛都直了。

“我心想着你出门都要女扮男装，又见你穿着打扮不凡，想必是出哪家的闺阁小姐。但你这吃相，啧啧，怕不是饿死鬼投胎吧？”放下筷子，郡主意味深长地看着她，“说说，你到底是何方神圣？”

雪倾城当然不敢对她自报家门了，想了想，回道：“我还真不是什么大户人家的小姐，其实我和他们一样，也是丫头，出来为主子办事来着。因为有些事需得装点一下门面，所以才这样打扮。”

昌平郡主看着她的样子，半信半疑，问：“不知道你是哪户人家的丫头？”一想到自己居然对一个丫头一见钟情，郡主这心里就堵得更严重了。

“我……”雪倾城眼睛一转，“六王府！”

安宁和安瑞一听她这么说，都急了，赶紧去扯她的袖子。

雪倾城这般送货上门，差点被郡主扣押做郡马已经够让人胆战心惊了，如今居然还自报家门，这要是传到王爷耳朵里，知道她一天到晚在外面闲逛，招蜂引蝶，少不得又要惩罚一顿了。

昌平郡主听到后，也很是吃惊：“竟然是萧煜那厮府里的。不过他府里不都是男人吗，哪来的丫头啊。”

雪倾城没有管那两人的拉拉扯扯，继续说道：“我是伺候王妃的。”一边说，还一边看郡主的反应。

昌平郡主倒是没什么过激的反应，只是平平常常地说了一句“哦”。

这倒出乎雪倾城的意料了。

不是说郡主一直很想嫁给萧煜吗，如今大好的机会摆在她面前，她怎么不利用。

快来收买她啊，让她提供情报啊！

雪倾城看见昌平郡主这样，有些急了，直接问：“听闻此次定北王带郡主您进京，是为了替郡主求婚的。”

雪倾城只是试探性地问了一句，没想到郡主反应却十分激烈，连连摆手：“你莫不是听到了传言，以为我要嫁给萧煜吧。”

雪倾城眨眨眼睛，那表情分明在说：“难道不是？”

郡主长叹一口气，感慨万千：“谣言害人不浅啊。我实话告诉你吧，在不知道你是女儿身的时候，你不知道我有多高兴。因为嫁给你，总比嫁给那个弱不禁风的王爷要好。”

“弱不禁风的王爷？郡主指的是六王爷？”雪倾城缩了缩脖子，想起萧煜若是听到这话，震怒的画面。

“除了他还能是谁！父王还一直想让我嫁给他。别说笑了，小时候我一鞭子都能把他撂倒，连我都打不过，算什么男人！”

雪倾城瞟了瞟昌平郡主的鞭子，心想：郡主你也不看看自己，这世界上打得过你的人，寥寥无几吧。

“王爷可是令敌国闻风丧胆的战神，郡主您若是连王爷都嫌弃，只怕是……”

“嫁不出去是吗？”昌平郡主倒是不以为意，一口饮尽杯中酒，豪气干云天，“怕什么，嫁不出去，绑一个回家就是！”

雪倾城：这天没法聊了。

雪倾城拜别了昌平郡主，一路往王府赶。

安瑞见她心事重重的样子，凑上前来安慰道：“王妃莫不是被那昌平郡主吓到了，也是，郡主的行事风格，的确异于常人。”

安宁也跟着帮腔：“是啊，王妃，好在咱们确定了，昌平郡主对六王爷没有感情，这样，我们也不用担心她会嫁进王府了。”

雪倾城长叹了一口气：“这才是我担心的地方啊！”

现在萧煜的恶趣味开始凸显了，已经开始把她当一个丫鬟来折磨了，还不给萧煜找个新人进来分散注意力，她怕是不会有安生日子过了。

雪倾城这一次出府倒是有惊无险，原路返回，换上女装，也没有人发现。跑去书房一问，才知道萧煜和雪轻墨出去练剑，至今未回。

雪倾城打听到消息，转身往回走，在路上，却迎面撞上正往这边走的安询。

几日不见，安询的脸色越发不好了，看上去脸上就像是被人刷了一层白漆，可怕得很。

想起那日跟在安询的马车底下，听到的他和大夫的对话，雪倾城关切地问候道："安先生一定要注意身体啊。"

岂料安询只当她是在挑衅，捂着手帕，狠狠地咳嗽了几声，而后道："我不需要你假惺惺的怜悯，你等着，我迟早会戳穿你的真面目！"说完，就满含怨气，气呼呼地甩手走了。

莫名其妙被骂了一顿的雪倾城一头雾水，诧异地看着安宁和安瑞："我刚刚说错话了吗？"

安宁和安瑞也茫然地摇摇头。

安宁想了想，问道："是不是安先生知道了小姐您在装傻，所以才这么说？"

雪倾城捏着下巴想了想，如果说"真面目"的话，应该就是指的这件事了。只是以安询和萧煜的关系，既然萧煜已经知道了她是在装傻，安询怎么可能会不知道啊。

难不成，萧煜和安询两个人之间产生了嫌隙，萧煜没有告诉安询她的事。

想到这里，雪倾城突然能够理解一脸哀怨的安询了。

被抛弃了，就成了"怨妇"。

哦，不，是"怨夫"。

真惨。

日暮时分，萧煜才回来，一回来，澡都没洗，直奔雪倾城的房间，满心兴奋。

"若不是今日比武，我还不知道大哥武艺竟这般高超。"

雪倾城难得捧场，问："那结果如何？谁赢了？"

萧煜的话说到一半，戛然而止，转身过来，看她："你希望谁赢？"

雪倾城脱口而出："自然是……"但一看萧煜的脸色，很圆滑地继续说下去，"希望夫君您赢了。"

萧煜的脸色这才好转，嘴角咧得更开了。

而雪倾城已经在心里默默地擦冷汗了——这家伙真难伺候，太自恋了，她这辈子的好话都快在这两天说尽了。

雪倾城满心吐槽，岂料反倒让萧煜来了兴致，他的话匣子一下子就打开了——

“还算你有点眼光，不是我吹，想当年我征战沙场的时候，真真叫无人能敌。有一次，我用一千人愣是拖住了敌人一个万人大部队，那一场打得一个激烈啊……”

雪倾城听了没几个故事，就开始昏昏欲睡了。

不怪她不捧场，主要是这萧煜讲故事的水平太差了。

和一般女子很反感打打杀杀不同，雪倾城从小可是打架打到大的。所以，若萧煜说的是战略战术，雪倾城还能联想到当年在小巷里挥洒汗水的时光，多少能抱着学习的态度听个一二。

只是这萧煜在战术部分都是匆匆略过，从头到尾讲的都是他如何杀敌的过程。若是他说得精彩倒也罢了，偏偏他讲故事没有半点技巧，一上来就揭开了大结局。

全程以自夸的姿态叙事，其中“令敌人闻风丧胆”“打得对方屁滚尿流”等词语重复出现，带来了最直接的催眠效果。

雪倾城睡过去之前还在想，得亏萧煜是出身皇家，不用担心温饱问题，否则就他这水平，只怕去天桥底下说书，也不会有人爱听。

萧煜兀自说了大半夜，回头一看，自家小王妃笔直坐着，可那眼皮，却早就已经合上了。

萧煜又恼又好笑。恼的事他铆足了劲儿在小王妃面前表现一番，可小王妃却早就去和周公神游了。好笑的是，他这小王妃的睡姿也太可爱了吧。

他长这么大，还是头一次见人坐着就睡着了，睡着了倒也罢了，主要是睡着还不倒，就和入定了一样。若不是他偏过头来看她，还真没发现她已经睡着了。

萧煜伸手去推雪倾城，本想把她叫醒，让她上床去睡。

岂料雪倾城却直直地倒了下去，眼看着头就要磕着软榻的扶手了，萧煜眼疾手快，忙伸手去挡，这才赶在雪倾城的头落在扶手上之前，勉强护住了她的好梦。

被这么一磕，萧煜的头也有点疼，他单手护着雪倾城的头，另一只手去扳她的身子，本来是想将她的身子扳正，好抱着她回床上去睡，岂料睡梦中的雪倾城却翻了个身，一条大腿大大咧咧地横在他的腰上，两只手很自然地抱着他的手臂，脸在他的胳肢窝里蹭了蹭，然后甜甜一笑，满意地又回到了梦乡。

若是萧煜想动一动，她就抱得更紧了。

萧煜就这样，像身上粘上了一块牛皮糖，一路拖着她回到了床上，可是他刚在床上坐定，雪倾城就不安分了，许是怕自己从他身上滑下去，于是梦中像攀树一样，在萧煜的身上攀来攀去，既然是攀援，自然需要支点，而雪倾城在梦中找到的支点，就在萧煜的下半身！

小萧煜落入敌手，情况千钧一发！

萧煜顿时冷汗直流，动弹不得，最后，不得不和雪倾城一起，倒进了被窝里。

当晚，萧煜遭受了惨无人道的“蹂躏”。

雪倾城不知道做了一个什么样的梦，死死抱着他不放，勒得萧煜差点喘不过气来了不说，一整晚的拳打脚踢就没停过，萧煜想走，她又像牛皮糖一样贴上来，甩也甩不掉。这一整晚，可谓“被子共衣物齐飞”，说是小偷翻箱倒柜也不为过。

安宁推开门，看到这景象，吓得花容失色，当即大喊：“来人啊，王府遭贼了，王爷和王妃不见了！”

安宁的一声惊呼，惊醒了众人，也惊醒了藏在被子和衣物里的萧煜。

他想制止安宁，却已来不及，王府的守卫们实在是太尽职尽责了，不过短短的一瞬，瞬间挤满了人，大家都大眼看小眼，看着凌乱的床铺上凌乱的两个主子。

萧煜黑着脸，拉上被子将雪倾城裹得严严实实，板起脸来对着冲进来的人一顿痛骂：“我让你们进来了吗？滚出去！”

众人面面相觑，眼神相对，很快就心领神会。

“王爷和王妃好情趣，是我等打扰了。”

“滚！”一个枕头朝他们飞过来。

众人都含着笑，退下去了，临出门时，还不忘给他们关上门。

萧煜的脸色，彻底成了一块黑炭了。

看着怀里兀自睡得正香的罪魁祸首，他觉得自己一定是疯了，昨天晚上还怕她睡不好，没有叫醒她。

萧煜一想到这里，就怒从中来，一脚踢开了雪倾城。

雪倾城连人带被，滚了一圈之后，掉到了床底下。终于，乌发凌乱的她，揉着被摔痛的屁股，总算醒过来了。

雪倾城已经不是第一次摔下床了，只当是自己又睡迷糊了，胡乱抱了一个枕头，就往床上爬，结果一摸发现有点不对劲，今天的床怎么硬硬的，还有温度。

她半闭着眼，摸了两下，还没弄清楚这是个什么东西来，头顶上传来声音：“摸够了吗？”

雪倾城当即就吓醒了，半眯着眼间，看到了一张放大的俊脸，还是她十分熟悉的那张。

她就像是被雷劈中一般，当即吓得从床上弹起来，缩到床角。

“王……王爷？您怎么会……”

萧煜经受了她整整一晚的折磨，整个人正处于暴怒状态，他赤裸着上身，捡起地上的衣服就往外走，走了两步又觉得就这样放过雪倾城实在太便宜她了！他又折了回来，对雪倾城狠狠地说了几个“你”却到底没有说出什么来。

此时，听到门外有人来报！

“王爷，昌平郡主来了。”

萧煜正想着怎么和雪倾城算账呢，听到昌平郡主更烦了，挥挥手，不耐烦地赶人。

“让她回去，本王不想见她。”

“郡主不是来见您的，是来见王妃的。”外面那人想了想，补充了一句，“郡主说，是来见王妃身边的一个丫鬟的。”

“丫鬟？”萧煜俊眉蹙起，还没等他想明白郡主怎么和他王府里的丫鬟有瓜葛了，雪倾城就已经匆匆冲出来搅局了："本王妃也没空，让郡主回去吧。"

等那人走后，萧煜才以"你肯定有事"的眼神，像看陌生人一样，上下打量着雪倾城。

"没空？"

"那……那个，托词，托词。"

萧煜看雪倾城一副紧张的样子，突然想到了什么，纳闷儿：这丫头这么怕见到郡主，莫不是还在介意郡主要嫁给我的传闻吧。她这是在吃醋吗？

想到这里，萧煜一整晚的阴郁一扫而空。刚才心里发誓一定要给雪倾城一点颜色瞧瞧的念头，也瞬间烟消云散了。

"王妃既然不想见，那就不见吧。"

那人得到了王爷的命令，这才领命，退下去了。

雪倾城长舒了一口气，心中说了一万句"还好，还好"。

她倒是不怕昌平郡主知道自己的身份，不然那日她也不会自报家门了，只是如今时机不佳，如果郡主现在知道了她就是王妃，估计更不会愿意进府做侧妃了。

还是等郡主对萧煜有了感情，再告诉她这件事吧。

用完早膳之后，萧煜照例要去军营，虽然目前大部分将士已经拆分进庙了，但是还有一小部分仍留守在原地，主要是做一些善后工作，为了凝聚军心，不让大家灰心，萧煜会定期在校场举行比武活动。

今日就是比武日。

若是以前，萧煜匆匆扒两口饭就会出门了，今日倒是反常，他在吃饭的时候，盯着雪倾城看了良久，等吃完饭了，居然命人为雪倾城找了一套男装来。

雪倾城有些愣。

"看你近期表现良好，恩准你跟着本王去见见世面。"见雪倾城没反应，萧煜挑挑眉，作势要收回衣服，"怎么，不愿意？"

雪倾城忙赶在他伸手之前，抢过衣服，点头如捣蒜。

“愿意，愿意！”

雪倾城虽然不知道萧煜为什么起床的时候还是一副很生气的样子，现在一下子又好了。虽然不知道她又有哪里做得对，配得上“表现良好”四个字，但是只要能让她出去，她就开心。

而且她算是发现了，对于表现好或者是不好，萧煜这厮，纯粹是看心情。

看他今天心情貌似不错的样子，等一下出去，或许可以跟他提一提纳侧妃的事。

毕竟一个巴掌拍不响。

如果萧煜自己想纳侧妃，去皇上那儿请个圣旨，比她劳心劳力要强多了。

她当时不就是这样被萧煜拐进来的吗。

春宵苦短

校场在郊区，临着一大片湖泊。此刻，一排排精壮的男人，裸着上身，正围着湖晨跑。一看到萧煜，都停下来打招呼。自然，跟在萧煜身边的雪倾城，也成了众人关注的焦点。

“王爷这是哪里找的小生啊，生得好生标致啊。”

“是啊，我看比起我们王爷来也不差，啧啧，只怕想嫁他的姑娘，已经由城东排到城西去了吧。”

他们是不能轻易进城的，就算能进城，能出入王府，也见不到常年待在内室的雪倾城。

萧煜本想说雪倾城是他的朋友，但一偏头，发现她直勾勾地盯着他的手下光着的膀子看，顿时气不打一处来，恶狠狠地道：“我刚菜收的小厮！”

雪倾城倒是配合，对众人拱拱手，道：“小生雪……程雪，这厢有礼了。”

“原来是雪弟啊！既然是王爷的人，那就是我们的兄弟。”为首的男子，生得倒是白净，上来就要揽雪倾城的肩，那手刚伸过来，就被萧煜一巴掌给拍下去了。

“少动手动脚。”

那人看萧煜生气了，反倒没有一点怕的意思，只是声音里颇有了几分委屈的味道：“大哥你这是怎么了？”

“你们练功就练功，脱衣服成什么样子！还不快去把衣服穿起来！”

这下，众人都有反对意见了。

“王爷，我们一直都是这样练功的啊，这么多年，您也没说什么呀，而且，以前您带着我们练功呢。”

“是啊，王爷您今儿个是怎么了。”

萧煜眉头一皱，道：“你们还当这里是战场吗？这是京都，多少双眼睛盯着你们呢，传出去说你们没有军仪！还不快回去穿衣服。”

听到萧煜这么说，众人这才心不甘情不愿地往帐篷里走。

刚才那个和雪倾城打招呼的白净男子在临走前，还不忘报名字：“我叫张崇，雪弟记得啊。”

萧煜没好气地，对着他的屁股就是一脚。

“滚开！”

终于把那一队人给打发了，萧煜低头，凑近看得鼻血直流的雪倾城，问：“看够了吗？”

雪倾城点点头，又摇摇头，一抬头，发现萧煜能吃人的眼神，立马点头。

萧煜心中藏着一团火，他就不应该带她出来！

“擦擦鼻血，跟我来！”

雪倾城闻言，伸手擦了擦，发现自己真的流了鼻血。

她也算是明白萧煜为什么生气了。

真是丢人丢大发了。

今天的主要项目是比武，萧煜做裁判，雪倾城因为被萧煜定位为“小厮”，所以只能站在一旁帮他端茶递水。

刀枪剑斧都比过了之后，接下来就是不借助任何武器的肉搏。

雪倾城原本都昏昏欲睡了，一听说要肉搏，顿时来了精神。

这次上场的是张崇，他一上来，就对雪倾城丢了一个明媚的笑容。

“雪小弟，你可瞧好了。”

说着，他一把抓住准备趁他不备来攻击他的人的裤腰带，一个高举，直接从头顶扔了过去，那人直接被他扔下了台。

“哇！”

雪倾城不由得惊呼出声，得到的自然是萧煜的鄙夷。

“这点雕虫小技就把你唬住了。”

雪倾城撇撇嘴，认定萧煜就是见不得别人比他好。

“张崇可是直接把那人扔出去了呢！这还不厉害，怎样才厉害？”

“空有一身蛮力，没有战术章法，不出三局必败。”

三十局后，张崇仍立在台上，底下一圈都是被他打趴下的人，他倒是脸都没红一下，还有力气叫嚣：“还有人敢来挑战吗？”

雪倾城都忍不住为张崇拍手叫好。

萧煜的脸色更冷了。

他脱下披风，随手扔在雪倾城身上，只道了一句：“拿着。”

雪倾城只觉得一大片黑色朝她扑来，她被萧煜的披风给严严实实地盖着了，披风里尽是萧煜的味道，还挺好闻的。

她将披风从头上拿下来，再看战局，发现萧煜已经上场了。

看来是一场强者之战，有好戏看了。

雪倾城忙给张崇打气：“张崇，加油，我看好你。”

她突然感受到一股冷风，原来是萧煜正瞪着她。

雪倾城这才缩了缩脖子，对萧煜也做了一个加油的手势。

“王爷也加油。”

萧煜没理她，眼皮一翻，伸手朝张崇攻去。

棋逢敌手，打得难解难分。

张崇力大无穷，萧煜灵活有谋，两人在场上你来我往，直把雪倾城看直了眼睛。

雪倾城之前看过的那些街头巷尾的群殴和这个比起来，简直差远了。

最后，力大无穷的还是输给了有智谋的。

萧煜在张崇扑过来的时候，反身绕到张崇身后，同时掐住了张崇的脖子。

胜负立分。

张崇一点都没有失败了的气急败坏，反倒笑嘻嘻地认输："王爷宝刀未老。"

张崇看主子的脸色不太好，意识到自己用错了成语，改口："老当益壮。"

萧煜不忍心听下去了，挥挥手打断了他："你还是别用成语了。"

张崇不好意思地挠挠头。

"就是，王爷您真厉害，我等是如何也比不过王爷的。"

"让你平时多看一点书，空有一身蛮力，有勇无谋，迟早要在战场上吃大亏。"

张崇却不以为意道："我等跟着王爷，定不会吃亏。"

正聊着呢，雪倾城蹦了出来，拍了拍张崇，不吝夸赞之词："张崇大哥，你真厉害，力气真大！"

"那是自然。雪小弟，你刚才看到没，我那一下……"

雪倾城和张崇聊得正火热，突然感觉周身寒冷，抬眼一看，发现萧煜正冷冷地盯着自己，雪倾城忙开启舔狗模式："当然了，最厉害的还是王爷。"

萧煜的脸色这才雨过天晴，总算好看了一些。

而另一边，突然传来了一阵吵吵嚷嚷的声音，一对父女正朝他们走过来。

哦，准确地说，是女儿正被当爹的拖着往这边走。待他们走得近了些，雪倾城认出了来人——这不正是定北王和昌平郡主嘛。

雪倾城下意识地就往萧煜的身后躲。

"爹，我都说了，不想过来。"

"听说王爷在军营，你过来看一下，相信爹，王爷已经不是当年的王爷了，定不会让你失望的。"

"爹你为何……"昌平郡主正闹着脾气呢，却看到了躲在萧煜身后的一抹熟悉的白色身影，嘴角顿时咧开了。

"爹你说得对。"

昌平郡主突然改口，倒把定北王吓得不轻。

"爹你先回去吧，既然已经到军营了，我自己去见王爷就好了。"

刚才还死活不肯的女儿突然改变主意，定北王怎么看怎么觉得蹊跷。可是昌平郡主压根儿没给他探究的机会，一边说着，一边把他往外推。

"爹你快回去吧，别碍着女儿了。"

定北王只当昌平郡主是突然抽风，长进了，感动得老泪纵横。

"想清楚了好，想清楚了就好，那爹就先回去了。"

送走定北王，昌平郡主含着笑往萧煜这边走。

雪倾城下意识地就想逃，却被萧煜像捉兔子一样给捏住了衣服拖回来了。猛一个转身，就见昌平郡主已经走过来了。

萧煜冷着脸，下逐客令："军营重地，岂容女子随意进入，守门将士何在？"

昌平郡主刚想说萧煜身边的雪倾城不也是女人嘛，但一看她的打扮，又看她正在对自己挤眉弄眼，心下明白了几分，道："如今又无战事，何必纠结于这些细节。再说了，我在定北王府，也是带兵的一把好手，我们正好趁此机会切磋切磋，不是更好？"

萧煜之前进宫面圣的时候，皇后就有意无意地提起皇帝不满雪倾城做他的王妃，要他纳昌平郡主为侧妃的事。

萧煜"恨屋及乌"，连带着对昌平郡主都不待见了。是以听到昌平郡主这么说，直接不留情面地说道："我不想见你。"

岂料，昌平郡主丝毫没有伤心，反倒大大咧咧地揽上雪倾城的肩膀，道："看来我和王爷在这件事上达成一致了，正好，我也不是来见你的，我是来见她的。"

萧煜皱着眉头，看着雪倾城。

他想不明白，两个只有一面之缘的女人，关系怎么就这么好了。

昌平郡主来了之后，就没有萧煜什么事了。自然，更不会有张崇什么事了。两个被抛在一边的男人，面面相觑，看着正在湖边携手散步的两个人。

张崇喃喃叹息，语气中还有几分可惜："想不到雪小弟居然有心上人了。"

而萧煜却眼神阴鸷，在心里默默纳罕：这两个女人，是什么时候背着他勾搭上的？

在萧煜和张崇看起来是一副浓情蜜意的画面，但是对雪倾城而言，这就是煎熬！

她是为了防止昌平郡主在萧煜面前说漏嘴，这才赶紧抓着昌平郡主来湖边散心的。

昌平郡主倒是心情大好，道："别说，你扮起男子来，还真是别有一番风情，哪怕知道你是女儿身，我这心啊，一看到你，还是忍不住怦怦跳。"

雪倾城吓得连连摆手，道："郡主您可千万别，您的爱意，在下无福消受。"

被嫌弃的昌平郡主，撇撇嘴，道："你当我真的还喜欢你不成，其实，我那日是被你蒙了眼，我真正喜欢的，是顶天立地，武功高强的大英雄，你这种弱书生，若搁在平时，我是绝对不会放在眼里的。"

"顶天立地，武功高强，眼前就有一个啊！"雪倾城连忙开始向昌平郡主推荐起来，"六王爷，郡主您不考虑一下吗？"

"他？顶天立地？武功高强？你确定？"

雪倾城忙不迭地点头："郡主你是没看到王爷刚才比武时的神勇。"

雪倾城说得激动，都没有注意到萧煜正往这边走过来。

萧煜听到雪倾城在夸他，就像嘴中含了蜜，一路甜到了心里，甜得他的嘴角都咧开了，再也合不上了。

昌平郡主听到雪倾城一直在夸萧煜，打断她，问道："你莫不是仰慕你家王爷吧，怎么一提起他，你就极尽溢美之词？”

昌平郡主这一问，让萧煜都停住了脚步，他敛息屏神，紧张地看着雪倾城，生怕自己打扰了她们，生怕自己听不到雪倾城的答案，或者是她的答案，不是他想听到的那个。

雪倾城倒是十分坦然，很快就回答了：“当然啊。”

昌平郡主撇撇嘴，道：“那你喜欢就行了，为什么要一直在我面前说他的好话。”

雪倾城有点急了，道：“光我喜欢不够啊！你不是要做他的侧妃吗？自然要提前知道王爷的优点啊。相信我，你要是认识到全部的王爷，你也会喜欢他的。”

“侧妃？”昌平郡主显然在状况外，“谁说我要做他的侧妃了？”

哎？

早在定北王和昌平郡主进京之前，就有传言说定北王这次带着女儿进京，就是为女儿解决终身大事，还说不给郡主招个郡马，便不会回去。

是以那日雪倾城在知道郡主居然将一颗痴心放在她身上的时候，才会不顾萧煜的禁令，慌忙出王府去见昌平郡主，告诉昌平郡主真相。

而且——

“不是京都盛传，皇上有意为你和王爷赐婚吗？”雪倾城可不会打无准备的仗，她可是特意向她那狐狸老爹，也就是雪太傅打听过了，之前是因为昌平郡主在长安城找“男人”的事，闹得满城风雨，所以皇上才将赐婚一事压下了。但这并不代表皇上不会赐婚啊。

雪太傅告诉她这个消息的时候，还十分痛心疾首，说：“若是萧煜那小儿敢娶侧妃进门，爹一定帮你出头！”

雪倾城见雪太傅都这么说了，还以为这事已经板上钉钉了，所以这才急着撮合两人。因为她算是见识过昌平郡主的脾气了，若是她不喜欢的，只怕真的会抗旨不遵。

毕竟一个对只见过一面的人，连是男是女都还没弄清，就敢倾心，还要绑回家做郡马的郡主，她会做出什么事来，还真不好说。

岂料，她这句话刚问出口，就得到了两个人的齐声反对——

昌平郡主："我不会嫁的。"

萧煜："我不会娶的。"

昌平郡主和萧煜一对眼，两人都恨不得用眼神杀死对方。

昌平郡主拉住雪倾城的左手："如果让我嫁给他，那我还不如嫁给你呢。"

雪倾城吓得顿时说不出话来了，惊诧地看着昌平郡主，内心在狂喊：我不是男人啊，郡主！

萧煜拉着雪倾城的右手，同时对昌平郡主说道："昌平郡主要嫁给谁，我不管，但请你放开我的王妃。"

"你的王妃？"昌平郡主惊讶地看着雪倾城，"你不是丫鬟吗？"

"丫鬟？"萧煜只愣了一瞬，当即就明白是怎么回事了，抱胸，意味深长地看着雪倾城。

雪倾城吐了吐舌头。

她也没想到，有生之年，她会遇到谎言被当面戳穿的情况。

真尴尬啊。

昌平郡主在确定了雪倾城就是萧煜的王妃之后，整个人都快崩溃了，在帐篷里走来走去，心情久久无法平静。

"我居然在三天内被同一个人骗了两次，还是一个傻子！"昌平郡主突然意识到什么，捧起雪倾城的脸蛋，上看下看，狐疑道，"哎，外界传言，萧煜娶的不是一个傻子王妃吗？你怎么看上去一点都不傻。"

雪倾城不知道怎么回答了。

萧煜一掌拍开昌平郡主的手，冷冷地道："这就不是你能管的事了，而且我劝你一句，这事你出了这里，就给我烂在肚子里，若是我发现你有半句泄露，别怪我不客气！"

昌平郡主看到这形势，顿时明白了。

"我知道了，你们夫妻俩联起手来骗我！"她指着雪倾城，控诉，"幸亏我没听你的花言巧语，幸亏我没嫁进你们王府，不然我肯定要被你们骗得团团转！"

想到这里，昌平郡主更着急了。

“不行，我要去找皇上收回成命，我死也不会嫁给萧煜这个混蛋！”

昌平郡主嚷嚷着就冲出去了，雪倾城还想拦住她做最后的挣扎，却被人抓住了。

“王妃，我想你还欠我一个解释。”

“什……什么解释？”

“为什么要把我推给郡主？嗯？”

“我……”

“雪倾城，我只当你迟钝，事到如今，才发现你简直是愚钝至极！我待你如何，你难道没有半分感念？为何总把我往外推，而且不论男女！我且问你，你每日用那种奇怪的眼神，看着我和安先生是何用意？”

雪倾城嘟嘟嘴，小声辩驳：“那……那不也是你和……”

“如何？”

“好啦，好啦，我下次不八卦就行了嘛！”

只怪萧煜和安询站在一起太登对了。

“这是重点吗？”萧煜真是恨不得敲开雪倾城的脑袋，看看里面都装着一些什么东西！“自古阴阳协调，你倒好，满脑子想的都是些什么东西！”

“什么阴阳协调？我师父说了，喜欢就是喜欢了，爱上就是爱上了，不用管那么多世俗规矩。”

“你师父？”萧煜很是头疼，“可是小药王？”

“才不是呢！”雪倾城的话刚说出口，就碰上了萧煜狐疑的目光，于是她只能噤声，不敢再提师父。

小药王是她半路捡的师父，她人生中的第一个师父，可比小药王厉害多了，他虽然干着不起眼的烤红薯的活，却精通五经六艺，奇门遁甲。

雪倾城能够称霸街头多年，全靠师父的指点。

而且在街头混了这么多年，男女大防这些早就被她抛之脑后了，她不通情事，也不受束缚。

面对萧煜那老夫子一般的观点，雪倾城再次语出惊人：“只要真心以待，管他喜欢上的是什么人。小狗看到自己喜欢的人还会摇摇尾巴舔舔对方求好呢，怎么到人身上就这般扭捏了，喜欢不敢说，还非得猜来猜去，互相折磨！”

雪倾城的话刚落音，那张一直喋喋不休的小嘴就被人堵住了，一个温热的东西撬开她的牙关，伸进来，雪倾城吓了一跳，也不知道哪里来的蛮力，一把推开了萧煜。

“你……你怎么可以……”

“你不是说小狗看到自己喜欢的人还会摇摇尾巴，舔一舔吗，尾巴这东西我是没有了，只能用后者表明心意了。”

“你……”雪倾城的心怦怦直跳，心中似乎有了一个答案，却不敢确信。她抬头，疑惑地看着萧煜，对方却像是已经看穿了她的心思一般，点点头。

“对，就是你想的那样。”

“我……我什么都没想。”

萧煜也不逼她，认真地道：“如此也好，以后便也不要乱想了。你只需要记得，我萧煜，不管世人如何想，我这辈子喜欢的人，只认你雪倾城一个。”

“那安先生？”

“你再敢提他一句试试！提一句我便吻你一次，直到你明白我的心意为止！”

雪倾城吓得赶紧捂住自己的嘴巴。

这时，府里的家丁突然冲进来，满脸着急。

“王爷，今日下午，八百里加急军报进京，皇上急召您进宫。”

萧煜看了雪倾城一眼，也顾不上那么多了，忙随着来人，匆匆往外走了。

逃过一劫的雪倾城拍拍胸口，但是眼神里还是有担忧。

看萧煜这么着急的样子，一定发生了大事。

是又要打仗了吗？

萧煜走了，雪倾城一个人被落下了。好在萧煜临走的时候，把马车给她留下了，自有人伺候她回王府。

直到晚间，皇宫里才有人传话来，说王爷今日要留在宫里陪皇帝议论战事，就不回来了。另外，那个传话的宫人还带走了安先生。

自从王爷和安先生都进宫之后，王府里每个人都神色匆匆，脸上皆露出肃穆又悲壮的表情。

特别是第二天，昌平郡主还特意来向她告辞，说是有急事赶回去。

想来也和战事有关。

雪倾城为她送行，一路送到了京郊的望君亭。

再送就要出京了，雪倾城不好再送，必须和昌平郡主就此别过。

临别之际，昌平郡主劝道："王妃，我看萧煜是真的挺喜欢你的，我虽然看不上那家伙，不过他比起这世界上大多数的男人来说，还是好了许多的。所以你还是好好珍惜吧，可别再张罗给他找侧妃了。"

"所以，你为什么看不上他？"这是雪倾城一直以来十分好奇的事，她绞尽脑汁，费力撮合，却始终没成，不是她这个媒人太差劲，就是萧煜太差劲了。

嗯，一定是后者。

"其实我和萧煜，是不可能的。"昌平郡主叹了口气，"小时候，他养了一只兔子，很是喜欢，我嫌他是个男孩子，还养那种东西实在是太娘了，于是动手把那兔子宰了，剥皮烤了。"

雪倾城附和地点点头。

"郡主干得对，是太娘了点。"

为这事她被她爹骂了这么多年了，没想到在这里还能找到志同道合的人。不过她还是劝道："我当时不懂，不知体贴他的心情。萧煜被皇帝丢到我们家，心里想必是难受的。那兔子对他而言，不是玩物，更像亲人。在我明白这件事的时候，萧煜已经离开我们家了。所以啊，我早就想清楚了，我和萧煜这辈子是不可能的。"

这是雪倾城第一次听人说起萧煜小时候的事。原来，他和她一样，也是从小就寄人篱下。

昌平郡主继续说道："当年，萧煜可是真宠那只兔子，嗯，就跟他现在宠你一样。"

雪倾城似乎明白萧煜总爱戳她的脸，摸她的头，把她当小动物对待的原因了。

送别昌平郡主后，雪倾城就缩在王府里，彻底没事干了。更何况前方战事吃紧的消息也传到了京都，京都上下，人心惶惶。这种氛围让雪倾城也跟着紧张起来，夹起尾巴，乖乖做人，绝对不敢闯祸。

萧煜倒也并不是全然没有消息，时不时会有人从宫里传话来，偶尔是宫侍，偶尔是连祁，大部分时候，还会给雪倾城捎一点精致的小零嘴。

托萧煜的福，六王妃特别能吃的事，很快就传遍了街头巷尾。

雪倾城的饮食天天被萧煜这般惦记，不见长肉，反倒日渐消瘦了。就连安瑞都调侃雪倾城："王妃这是害了相思病了。"

雪倾城翻遍了小药王师父给她留下来的医书，却没有一本是说相思病的，她不满："安瑞你尽诓我，这世上哪有什么相思病？"

"相思病的症状有三，且听奴婢一一道来。"安瑞负手踱步，还颇有几分大夫架势，"王妃您最近是不是觉得饭食无味？"

"那……那是秋日干燥，没胃口。"也就萧煜送过来的小点心还颇合她的胃口，就是少了些，两口就吃没了。

"王妃您最近是不是夜不能寐。"

"那……府中氛围压抑，谁能睡得好？"现在雪倾城每天期盼的，就是宫人能传点萧煜的消息过来，这样她才能稍微安心了。

"王妃您最近……是不是时时刻刻都在想着王爷啊。"

"那……当然不可能了！想……想着他？"雪倾城被戳中心事，吓了一跳，极不自然地干笑着，"呵呵，安瑞你净胡说，他在皇宫好好的，每天吃香的喝辣的，吃剩了才想着给我送一点零嘴出来，这种没良心的，我才不想他呢。"

安瑞一副早就把她看穿了的表情，忍住不笑，只拿着那已经变得宽松的衣服调侃："是，是，王妃没有害相思病，是这衣服啊，它自己长胖了。”

揶揄虽然揶揄，下午连祁来替萧煜送糕点的时候，安宁和安瑞还是拦住了他，趁着雪倾城忙着大快朵颐的时候，她们把连祁拉到一边，问道：“王爷到底什么时候能回来啊。”

“南蛮入侵，边境大乱，圣上如今召集朝臣开会，不只是王爷没回家，三品以上的大臣都不能回家，你们就不要为难王爷了。”

“倒不是我们要为难王爷，主要是王妃日渐消瘦，看着令人着实不忍啊。”

连祁却是一脸吃惊。

“我是觉着王妃看上去像是瘦了些，竟是因为王爷？”

安宁和安瑞：“不然你以为是为什么？”

“我还以为是王爷不在，府中伙食不好，王妃吃不惯。还特意跟膳房交代过，也跟王爷禀告了。”

“所以王爷才每天命人送吃的回来？”安宁听完，白眼就差没翻到天上去了，“你们男人果然迟钝！”

平白无故挨了一顿骂，连祁回宫复命的时候，心里都还是委屈巴巴的——他不过是个跑腿的，他这是招谁惹谁了。

此时萧煜刚从御书房回来，目前他和几位皇子都住在东宫中，方便皇上随时召见。

当然，其他皇子大都是来陪练的，皇上召见最多的，也就是有实战经验的萧煜和虽然没有实战经验，但是也要出场积累治国经验的太子。

特别是萧煜，一天十二个时辰，有八个时辰泡在御书房，每次从御书房议完事出来，他都觉得自己像是脱了一层皮。

安询被特许入宫，如今就住在东宫的客房里，离萧煜所在的住所只有几步之遥。听说萧煜回来了，也披上衣服出门，匆匆往萧煜的房间来了。

萧煜看到他，忙起身相迎：“安先生，你身体不好，就不要奔波了，我去找你就行。”

安询的身体越发不好了，特别是这些天每天都要陪着萧煜讨论战事到半夜，如今身体越看越孱弱，就像风随便吹一吹就会倒。

安询全然不顾自己的身体，一心都扑在战事上："圣上可有决定派谁应敌？"

萧煜忧心忡忡："若只是区区南蛮，本就是我的手下败将，不足为惧。只是我们前日收到了密报，这次南蛮敢卷土重来，就是因为得到了凉国摄政王的支持。若是我们贸然出兵迎战，一旦北方战事打响，朝中将无可用之兵。

"那如今看来，只能分兵了？"

"父皇也是这个意思，只是……"

"只是朝中有可用之兵，却无领兵之将。"安询的语气里满是讽刺。

皇帝登基这些年，亲谋臣，远武将，为人多疑敏感，屠戮了多少忠臣良将。如今泱泱大国，除了萧煜，竟无一人能带兵领将，当真讽刺。

"那些文官你一言我一语，吵得我头疼，我听得烦，只说不舒服就出来了。其实如今大战逼近，他们还在这里讨论来，讨论去，着实令人焦灼得很。"萧煜非常痛苦，这些天，他的耐心都被磨得差不多了。

"王爷，此时你切不可急躁冒进，如今战事逼近，圣上不得不仰仗你，想必他心里必不会舒服，你若再有把柄被他抓住，我们就前功尽弃了。只要这次在战场上，王爷能立下奇功，救人民于水火之中，王爷您民心稳了，威望有了，也就有了依仗，不会再如此被动了。如今战事拖得越久，群情激愤，对我们未必无利。"安询分析完，末了叹息一声，"只是，可怜的是老百姓。"

萧煜的心里被一股气堵着，他也不知道自己是怎么回事，这些天就是静不下心来。

其实只要皇上一声令下，哪怕让他现在就披甲上阵，哪怕他没有任何好处，只要能保百姓平安，他都是乐意的。偏偏就是如今这般熬着，熬到一腔热血都变凉了。

更何况，他现在无法安心应战，如果他去前线，倾城当如何安置。

萧煜这边刚想到倾城，连祁就回来了。安询见是他，知道萧煜肯定要问连祁关于雪倾城的消息，安询不待见雪倾城，又没办法劝服王爷，是以干脆不听，连祁一进来，他就拱手请辞了。

弄得连祁十分惶恐，心中的小鼓咚咚作响——我这是哪里得罪安先生了？他一看到我就要走。

萧煜和他想的却是完全不同，他看着安询那越来越虚浮的步子，隐约有些担心。

“看安先生近日又消瘦了一些，也不知是不是这东宫住不习惯，要不连祁你安排人送安先生回府吧，如今一切都要等父皇裁夺，安先生在这里，反倒不利于他养病。”

“安先生是个喜欢忧思的性子，送回王府也不见闲得下来，反倒因为担心宫中的情况更加忧虑。别说安先生了，就连一向无忧无虑的王妃，都瘦了不少。”

“王妃瘦了？”萧煜的眉头和眼睛都快拧到一块去了。“不是让你交代了，让膳房格外注意王妃的饮食吗？怎么，还吃不习惯？”

连祁表示十分无辜：“王爷交代的我都交代过了，膳房这些天也是变着法在迎合王妃的胃口，不过听王妃的贴身婢女说，王妃食欲不振，与伙食并无多大关系。”

“那是何故？”

“那是……”说起这话，连祁还有些脸红，想不到他替王爷办事这么多年，如今竟然连王爷和王妃的情话都要传了，这话从他这个大男人嘴里说出来，怎么都有点别扭。

“想王爷您想的！”

萧煜的脸也霍地一下红了。

当夜。

漫天之间，只有一轮秋月高照，竟无半点星子烘托，孤零零的，显得格外凄凉。

冰冷的月光透过窗纱射进来，雪倾城被这白晃晃的月光晃得睡不着，索性掀开被子坐起来，推开纱窗，一阵清风扫进来。

就着月光，雪倾城拉开梳妆台，里面没放多少金银首饰，反倒是被她塞满了宣纸，足足两百多张了。

她在一张空白的宣纸上，写下“两百六十七”。

写了这么多天，她的字明显有了长进，至少能明显辨别出来写的是什么了。

以前写这些的时候，雪倾城都是很高兴的，可是今天不知道怎么回事。不，这些天她都不知道自己是怎么回事。但是雪倾城心里清楚，她心里这样空落落的，肯定和萧煜脱不了干系。

是的，都怪他。

都怪他要对她说那些奇奇怪怪的话；都怪他要对她做那些奇奇怪怪的事；都怪他，在对她说了那些话，做了那些事之后就突然消失了。要不是连祁还偶尔带信回来，她都要怀疑萧煜这个人是否真实存在了。

“你这大半夜的不睡觉，在想什么呢？”

房间里突然多出了一个声音，雪倾城吓了一跳。起身回头就想跑，一转身撞进了一个胸膛里，然后就是一阵天旋地转，她整个人都被人抱起来了。而雪倾城在闻到那熟悉的龙涎香之后，也放下心来，脸却不知为何烧了起来，红得发烫。

“你……你快放我下来，转得我头都晕了。”

萧煜闻言，将她放下来，同以往一样，像摸小狗一般，揉乱她额前的碎发。

雪倾城的脸更红了，躲开他的手。

“我又不是小狗，为什么要摸我头发。”

“你不是说羡慕小狗坦诚嘛，我们就做一对幸福的小狗不行吗？”

“谁……谁羡慕了。”萧煜一句话就把雪倾城的思绪拉回了那天，脸顿时更红了。

萧煜就着月光，盯着雪倾城瞅，雪倾城稍微避开了些，他就又凑上去，不过几天没见，他却像是几百年没见到她一样，眼睛一放到她身上，就挪不开了。

“娘子你怎么这么好看？就是……瘦了些。”这样一看，萧煜想起连祁向他报告的情况，顿时心就悬起来了。

“你最近是不是都没有好好吃饭？”

他伸手，捏了雪倾城已经略显清瘦的小脸蛋，语气里满是怜惜。

“看看，我好不容易养起来的肉，都没了。”

雪倾城心想，她以前怎么没发现这个男人这么幼稚啊。

而且他看她的眼神，对她说的话，怎么让人觉得浑身都在战栗呢，就像有什么东西从身体里经过，催红了她的脸，她只觉得自己的脸都已经烧起来了。

而此时，萧煜的目光瞥到了梳妆桌上那一张张的宣纸，伸手正想去拿，却被眼疾手快的雪倾城用自己的身体挡住了。

萧煜眯了眯眼睛，不过很快还是恢复了原状。

“娘子可是在练字？”

“是……是啊。”雪倾城囫囵应着，背着手将那沓宣纸塞进抽屉，看萧煜一直用探究的目光看着自己，慌乱地转移话题。

“你……你怎么突然回来了？不……不是在议事吗？”

“是啊，不过听说娘子想为夫了，所以我就赶紧自己送上门了。”

萧煜大大咧咧地坐在床上，一边说，一边脱衣服，吓得雪倾城话都说不利索了：“你……你干什么啊！”

萧煜解披风的手一顿，嘴角露出了一抹不易察觉的苦笑，他为了方便从皇宫溜出来，换了连祁的衣服，本就不合身，这会儿不过是想让自己放松一会儿，但是倾城……

听到连祁说她很想他的时候，他喜不自胜，还以为这小丫头终于开窍了，如今看来……

萧煜摇摇头，手上的动作没停。雪倾城见状，从侧边偷偷摸得一个小枕头。

“那……王爷你累了，床……让给你睡，我去……”

她伸手指了指软榻，脚还没动，手腕已经被人捉住了。

她哪里是萧煜的对手，只觉得一股大力将她紧紧地吸了过去，她整个人都栽进了云被里，而男人的身体，已经压了下来，月光洒在他的身后，雪倾城看不清萧煜的脸，但听觉却在这时候变得异常灵敏，两人凌乱的呼吸声，咚咚有力的心跳声，以及自己心里那一点小小的期待，她都听得一清二楚。

“春宵苦短，娘子，我们莫要再浪费时光了。”

萧煜邪邪一笑，吓得雪倾城回话的声音都在颤抖：“你……你想干什么……”

“我想……”萧煜低头，在雪倾城的额头上落下轻轻一吻，“和你睡觉。”

温热的唇，触及她有些冰凉的额头，雪倾城的身体忍不住地轻颤，她觉得自己的骨子里透出一种痒来，让她很想挠，又不知道从何下手。

她这种混江湖的，窑子自然也没少去，不过她虽然见得多，但是亲身实战还是第一次。听人说，那个……都会很痛。

雪倾城一怕死，二怕苦，三怕痛，但是这时候她又像被人施了定身术一样，一动也动不了。而萧煜，却突然长手一伸，将雪倾城侧边的被子拉过来，盖住了两人。

然后，他就顺势在雪倾城侧边躺下来了，雪倾城睡在内侧，他在外侧，她的鞋子也被他褪下了，帷帘被放下来，他替她挡掉了大部分的月光，将她圈在一方小小的天地里。

雪倾城算是明白了，萧煜所说的睡觉，真的只是盖着被子睡觉。

她明明很害怕，可是真到了这时候，心里竟然又有些失落。

旖旎暧昧的气氛突然就消散了，听着萧煜沉稳的心跳声，氛围一瞬间就变得温馨舒心，原本还紧张的雪倾城，竟很快就放松下来，渐渐有了些睡意。

在闭眼之前，雪倾城迷迷糊糊地听到头顶上，萧煜在问她：“娘子，我给你写的信，你为什么一封都不回？”

“信？什么信？”雪倾城含糊地问。

“食盒的夹层，我每次都写了，你却一次都没回过，真是个没良心的小东西！”说着，还轻轻点了点她的额头。

为了躲避这一波一指弹的骚扰，雪倾城往他的怀里钻来钻去，依旧含混地回他：“好，下次，下次一定回。”

萧煜无奈，雪倾城话里的敷衍，他都听出来了，可他实在是舍不得把她从怀里拉出来揍一顿，只能将她抱得更紧了一些。

他觉得自己真是来找虐的，因为连祁的一句“她很想他”，巴巴地送上门来，结果还被嫌弃。

他轻轻抚摸着雪倾城的秀发，像抚摸着一只温顺的小兽。

“倾城，我不怕上阵杀敌，却怕离开你。你……可懂？”

直到这一刻，萧煜突然明白了为什么安询之前会那般针对倾城了。

她是他的软肋，可致命。为了她，别说是丢盔弃甲，便是家国天下，富贵荣华，皆可拱手相让。

第二天雪倾城起床的时候，头一次没有滚下床。

有人在床边加了好几个枕头，形成了一道“枕头墙”，不用想也知道是谁做的，只是萧煜人已经不见了。

雪倾城从被窝里爬起来，半睁着眼问端着水盆、刚走进门来的安宁：“王爷呢？”

“王爷？”安宁笑着将水盆放在架子上，“小姐你真是病入膏肓啦，王爷还在皇宫里没回来呢，你是不是忘了？”

“可是……他昨天晚上明明……”

“一定是小姐你误把梦境当真了，眼下皇上每天都会召集朝臣开会，就连雪太傅都还没回家呢，王爷又怎么可能回得来。”安宁一边说着，一边走过来，就要伺候雪倾城起床。

看到床边那一堆枕头的时候，笑了。

“我就说小姐你今儿个怎么没有滚下床，原来竟是有此妙招。不过小姐，请恕奴婢好奇，这有好好的床不睡，您怎么就偏爱睡地板啊？”

雪倾城以前哪有这么好的大床睡啊，以天为被，以地为席，要是能找到一些稻草，一间破庙，那都是神仙保佑了。

更何况那时候她身边还跟着一堆兄弟，大家都是没什么睡相的，经常半夜不是一个胳膊伸过来，就是一条腿撂过来。为了不在睡梦中被人压死，雪倾城这才练就了一身“一边睡觉，一边滚”的本事。

当然，这些事，雪倾城是断然不会告诉安宁的，她还在想萧煜。她明明记得萧煜回来过，难不成真是梦境？

雪倾城灵机一动，想到了什么，忙吩咐安宁道："安宁，王爷之前送点心回来的那些食盒，你还收着吗？"

"我看那些盒子还挺漂亮的，您也没说要怎么处理，就都帮您收着了，怎么，您要用吗？"

"快快，拿出来。"

在雪倾城的催促下，安宁从柜子里捧出食盒来，竟足足有十多个。因是用来装点心的盒子，所以都不算大。雪倾城随便挑了一个盒子，点心已经被吃空了，盒子里面空空如也。

明明什么都没有啊，哪来的什么夹层啊。

雪倾城对着那个盒子研究了许久，突然发现了不寻常之处。

她将盒子倒扣在桌面上，手捏成拳，轻轻敲了盒子几下，只听"咔嚓"一声，似乎有什么东西掉下来了。

再翻开盒子来一看，底层的木板掉了下来，跟着木板掉下来，还有一张白色的纸条。

雪倾城摊开一看，上面只有两个字："饭否？"

安宁惊呆了，学着雪倾城的样子敲了好几个，竟发现每个盒子都有一个夹层，里面都藏着一个小纸条。

不过说的都是一些无关紧要的小事。

偶尔是吐槽：宫中甚是无聊，不及汝半分有趣。

偶尔是趣闻：大皇兄今日在朝堂上频出虚恭，最后还是兵部尚书顶了罪。

但是最多的，都是一两个字，问一下平安，琐碎无聊至极。

安宁拆开看了几个，都觉得无聊，吐槽："想不到堂堂六王爷，文采也不过如此嘛，还问小姐您饭否，这不是废话吗！人要是不吃饭，还能活啊。"

雪倾城一把抢过安宁手里的小纸条，把她往外推。

"我这里暂时用不着你，你先去帮安瑞吧。"

"可是安瑞那边也没什么需要我帮忙的啊。"

"那……那你就去扫院子吧！"雪倾城说着，将安宁推出门外，二话不说就将房门合上了。

安宁的内心很崩溃，小姐莫不是嫌弃她了。

不然，她一个堂堂王妃的贴身侍女，怎么还要干打扫院子这些粗鄙活计了。

而雪倾城，小心翼翼地打开手帕，将纸条一张张地看完了，然后包起来。

看到最后一张的时候，她愣了一下。

纸条上写着：如我远征，你可愿等我？

雪倾城攥紧纸条，再也坐不住了，起身，冲门外正在找扫把的安宁喊道：“安宁，准备一下，我们去雪家。”

连祁之前来传过萧煜的口谕，萧煜怕雪倾城一个人在家里无聊，所以允许雪倾城出门。是以雪倾城带了一小队亲兵，没遇到什么阻拦就出门了。

马车刚到雪家门口，门卫就迎上来了，看是雪倾城，很是吃惊。

“小姐，您怎么突然回来了？”

雪倾城的表情凝重，也不用门卫通传，拎着裙摆就往里冲。

雪家她也住过好几天，地形还算熟，只是今天的氛围似乎有些不对劲。一路上很少遇到仆人不说，值守的守卫还有很多生面孔。

整个雪家透着一种小心又谨慎的紧张氛围。

家里来客人了吗？

雪倾城正狐疑着，突听到一阵奇怪的声音，像是某种虫鸣，听着却又不太对劲。她顺着声音的方向望过去，在廊柱后面看到了雪轻书。

雪轻书将自己的大半个身子都藏在廊柱后面，对雪倾城招了招手，一边招手，还一边四处打量，生怕有第三个人看到他。

分明是在自己家，可是雪轻书就像做贼一样。

雪倾城狐疑地走过去，雪轻书对她做了一个“嘘”的手势，拉着她到一处花丛里，确定两个人的身体都被遮得严严实实了，才敢小声开口：“你怎么突然回来了？”

“我有事找母亲，这又是怎么回事啊？”雪倾城说着，伸出脑袋就要往外望，被雪轻书给压回去了。

“你就是有天大的事，也不该在这个时候回雪家，听我的，你先回六王府。”

“到底怎么了？”雪倾城更好奇了。

雪轻书见她一副不问个明白不罢休的样子，叹了口气，道：“有人在找倾城。”

“我？”雪倾城指了指自己，她这些天都在王府，安分守己，没惹什么祸啊。难不成是昌平郡主因为觉得她欺骗了她，想了想又觉得不甘心，所以打上门来了。

“不是你……是……雪倾城。”雪轻书自己解释起来都费尽，他略带一点期待的眼神看着雪倾城，“你懂了吗？”

意料之中，雪倾城摇了摇头。

“就是……你是小六对不对，我妹妹是雪倾城对不对。”

“哦。”雪倾城发出一声惊呼。

这声惊呼让雪轻书看到了一丝胜利的希望。

“你懂了？”

“我知道你妹妹是雪倾城啊，所以呢？”

雪轻书在崩溃的边缘，努力组织好语言：“我妹妹，就是真正的雪倾城，不是失踪了吗？前两天，家里来了一个男人，他自称是我妹妹的丈夫，要来接我妹妹回家。他一口笃定我妹妹是回了雪家，还说不等到人不走。那人带了十几个武功高强的高手，我雪府上下竟无一人能敌。如今雪府算是被他半监视起来了，我们本来早就想给你传消息的，但是有他们的人看着，消息一直传不出去。”雪轻书表情紧张，他抓住雪倾城的手，在雪倾城的手里塞了一封信。

“趁着他们还没发现你，你快出去，把这封信带给爹，让他想办法来救我们。”

雪倾城：“那个……三哥……这信……我可能没法带了。”

说话间，雪倾城指了指头顶。

雪轻书顺着她的手指往上看，当即吓得一屁股跌坐在泥地里。

周围不知道什么时候已经围满了人，每个人手里都拿着尖刀，将这一团小小的花丛团团围住，愣是没有半分可以逃脱的机会。

雪轻书和雪倾城很快就被人带到了大厅。

雪夫人一看到雪倾城，就头疼，她拍桌而起，大骂："轻书，你把这个冒牌货带过来干什么？我雪家嫡女，是什么人都能随意冒充的吗！"

雪夫人话音未落，门外就传来了一道男声，不似萧煜那般阳刚，也不像美人公子那般温润，那人明明是男声，说话却阴阴柔柔，让人听起来很不舒服："是不是冒牌的，我自会分辨，就不劳雪夫人您费心了。"

说话间，只见一袭红袍，出现在门口。

雪倾城抬头，往上看了一眼，忍不住喊了一声："妖孽！"

那人显然也听到了，挑挑眉头，顺着声音望过来，一眼就看到了雪倾城，顿时那一双桃花眼都亮了，往前两步，伸手就要去拉雪倾城，却被雪轻书挡住了。

那人这时才想起自己是在雪家，挑挑眉，对雪轻书身后的雪倾城唤道："倾城，过来。"

雪倾城被他喊得一身鸡皮疙瘩都起来了，主要是这人说话的声音实在是让人太不舒服了。

她往雪轻书的背后缩了缩，问："这人是谁啊？"

"倾城，你别以为你装作不认识我，就能蒙混过去。"那人的眼神里闪出几分寒意，他手底下的人也收到了他的指令，一群人汹涌而至，将客厅里的人团团围住，就连原本被软禁在自己房间里的雪轻墨和雪轻剑都被人带进来了。

除了还在皇宫里尚不知情的雪太傅，雪家这一家人，算是齐全了。

"我这个人说话算话，把倾城还给我，我自会把人都撤走，还会亲自上门赔罪。"

"呸！"雪夫人站起来，将她的孩子们都护在身后。

"从我肚子里生下来的女儿，何时竟成为你的财产了？还敢让我还给你？难不成你们凉国人，都不知脸面为何物不成？"

“倾城既然已经嫁我为妻，那自然就是我的人，岳母大人的生养之恩，等我把倾城接回去了，自会送上重金拜谢。”

“呸！谁是你岳母大人，我家倾城怎么可能会嫁给你这种人，休要信口雌黄，坏我女儿名声。”

雪倾城在母兄的庇护下，探出一个小脑袋来，搭腔：“全京都都知道，我是有夫君的！”

岂料雪倾城这话一出口，雪夫人和雪家三兄弟的脸色都惨白了，而那个妖孽般的男人，反倒笑出声来。笑声里，带着满满的讥讽：“哦，我想起来了，我进京的时候听说雪家唯一的小姐，嫁给了祁国六王爷。我倒是纳闷儿了，雪家小姐出嫁时，人明明还在我凉国，不知道是怎么‘出嫁’的。听说你们祁国的欺君之罪，可是要株连九族的。”

雪倾城被这个妖孽般的男人话里的信息惊到了。

他这是什么意思，真正的雪倾城，竟然在凉国？

雪倾城当即去扯在她面前的雪轻书的袖子，本意是提醒他注意那句“人还在我凉国”，但见雪家人的神色都如常，没有半点如她这般的震惊。

就好像他们早就知情了一样。

雪倾城迷糊了。

她不敢再有动作，安心地听着。

只听雪夫人镇定自若地答道：“我不懂你在说什么，我雪家上下，皆对皇上忠心耿耿。我雪家的女儿，断不可能与你凉国有任何牵扯，你别以为这样说，就能污蔑我雪家！皇上乃圣明之君，绝对不会相信你信口雌黄。”

“哦。”男人眯了眯眼，看着躲在雪夫人身后，一脸茫然的雪倾城，脸上是笑着的，可是眼神却十分冰冷，“既然雪夫人敬酒不吃吃罚酒，那就别怪我不客气了。”

说着，他一抬手。

他手底下的人纷纷弓起身子，就像准备扑食的猎豹，只待主人一身令下，就扑上去。

雪家人自发围成一个圈，将雪倾城护在圈内。

男人手一落，他手底下的人全都扑了上来。他们手中都有兵器，雪家人的武器都被他们收缴了，再加上要护着雪倾城，躲起来非常吃力。

雪倾城看得着急，找到一个空子钻了过去，雪轻书先发现了她，刚喊出一句："倾城。"就见白影一闪，雪倾城一个扫堂腿，已经将她面前的男人一腿扫倒了。她一脚踩到那人的脚背上，那人吃痛，手中的兵器落地。雪倾城捡起那剑，万幸那剑不重，她捡起剑就丢给了雪家最擅长舞剑的雪轻剑。

许是因为"妖孽"有命令，雪倾城一钻出来，那些围攻上来的人反倒投鼠忌器，如今雪轻剑得了剑，顿时如鱼儿得了水，一时之间，谁都没法近身。

雪轻书忙跑到雪倾城的身边，想护着她，雪倾城大呼一声："小心！"将雪轻书推开，这才让他免于成为剑下亡魂的命运。

雪轻书惊魂甫定，就看到刚才他还想护一护的雪倾城，却像泥鳅一般，穿梭在敌人中间，再回来时，手上抓着一把黑色的布头。

雪轻书还在想那是什么的时候，就听人群中传来一阵阵的哀号，再一看，那些刚才还如猛虎一般，扑上来就要砍他们的敌人，尽数成了光腿汉。若不是他们的褂子够长，这会儿已经走光了。

原来，雪倾城扯的竟是他们的裤腰带！

雪轻书都震惊了。

这市井流氓才会用的小把戏，雪倾城是从哪里学来的。

亏他刚才还想着要保护她呢，眼下，竟然被一个小女子给保护了。

如今腰带都被人解了，没人能顾得上妖孽男人的命令了，纷纷丢下兵器去扯裤子，就这样，被人团团围住，本无生路的雪家人，竟意外得到了一条逃生通道。

雪倾城一把抓住还愣着的雪轻书，拖着他，带着其他人，一路逃到花园。

也得亏"妖孽"为了抓他们，刚才把大部分的人都喊到大厅去了，这一路偶尔会遇到一两个"妖孽"的手下，但都被雪轻剑解决了。眼看着就要到大门了，门口却突然涌进一小队人来，而且这队人的长相和穿着，都和刚才在大厅里的那些人差不多。

难不成，是那个妖孽男人的手下？

雪倾城急急忙忙地停住，可是，身后的追兵也追上来了。

雪倾城情急之下，想到了腰间的信号弹。

那次她用信号弹救过萧煜之后，萧煜就把这信号弹填好了火药，重新交给了她，以防不时之需。

雪倾城来不及多想，冲到院子里的空旷处，对着天空拉下信号弹。

“倾城，不要！”雪夫人想制止，但是已经来不及了。

而门口的那一队人，竟突然纷纷让步，让出一条路来，而一个身穿黑衣的男人，从路的尽头缓缓走近。

那人一身黑衣，五官深邃，眼睛似黑曜石一般深邃，似乎只要被他看上一眼，就很容易沉沦进去。

雪倾城不算颜控，可这一刻还是被这个男人晃了晃神。

而那人走近来，目光所至，最初还是雪倾城，他似乎读懂了雪倾城眼神里的惊艳，陌生的惊艳。

他竟然露出了一丝受伤的表情。

他收回目光，看向雪夫人，拱手鞠躬：“打扰夫人了，是在下的不是。”

雪夫人明显是认识他的，双眼通红，动了动嘴，似乎有很多话想问，却什么都没说。

而那个妖孽一般的男人，在此时站出来，正好和黑衣男人隔着雪家人对峙。

“夏裴，你倒是来得挺快的。”

“我也没想到，皇叔您不在凉国主持大局，竟然会出现在这里。”

他们说话的工夫，门外由远及近地传来了脚步声，想来是有人看到了信号弹赶来救人了。

妖孽男人不舍地看了雪倾城一眼，又看了黑衣男人一眼，语气里尽是不甘：“夏裴，你等着，倾城我势在必得！”说着，他一挥手，很快就带着人消失了。

雪夫人忙催促着黑衣男人。

“夏裴，你快走吧。”

夏裴又拱了拱手，道：“夫人可否允我带走倾城？”

“她……你……”雪夫人一时不知该如何是好了，听得脚步声越来越近，她忙催促道，“日后我再和你解释，你赶紧走吧。”

“夏裴不走！此事因我而起，是我没有照顾好倾城才会给皇叔可乘之机。”

“你这个木脑袋！都说了事后再说，你非得在这个时候讨论倾城的事吗？倾城难不成比你的命还重要不成！”雪轻书都忍不住骂了，他说着就想去拉他。

岂料那男人竟当下就回了：“是。”

门口涌进来一大堆官兵，一看到夏裴的手下，二话不说地扣押了。

领头的官兵一眼就认出了夏裴并非本国人，他再看了因为大战了一场，颇为狼狈的雪家人一眼。道：“可能要劳烦雪夫人、雪公子还有六王妃跟我等走一趟了。”

雪夫人面色苍白，却扯了扯衣袖，努力稳住了自己，道：“还请前面带路。”

第九章

以我之姓，冠你之名

雪家人还有夏裴，都被押到了皇上面前。

因为雪倾城的那一记信号弹，所有人都知道雪家出了事，遭了贼人，只是，谁都没想到，这些贼人竟然是凉国人。

雪倾城还在状况外，她能感觉到雪夫人和那个叫夏裴的凉国人，分明有很多事在瞒着她。她也不知道，为什么突然之间，凉国的人一个接一个地，都来雪家，点名要带走她。

只有在御书房里，看到萧煜的时候，她才回了神，向萧煜投去一个求救的眼神，萧煜微微摆了摆头，雪倾城只得压抑住自己想跑到萧煜身边，寻求帮助的冲动，跟着雪夫人一起，向皇上请了安。

兹事体大，皇上也没有公开问审，只带了太子、萧煜、雪太傅，刚才押着他们进宫的侍卫长并几个重要的机要大臣在场。

如今战事紧张，雪家却突然蹦出这么多凉国人，让人不多想都难。

也是到了御书房，雪倾城才知道，那个叫夏裴的男人，竟然是凉国太子。

“夏裴，你前脚才送来书信，后脚就光顾了我朝太傅的家，究竟意欲何为！”

雪倾城这才后怕，也瞬间明白了为什么那时候雪夫人会想要拦着她发信号弹了。的确，比起被人威胁，如今这种被皇上怀疑通敌卖国的情况，更为危险！

夏裴的回答不卑不亢：“我此次进京，本是为了面见皇上，商议战事。只是在经过雪家的时候，看到了倾……雪家小姐的信号弹，这才进去帮忙，没想到引起了误会。”

“真是如此？”皇上的目光，说着又投向了雪倾城。

雪倾城不知道怎么回答，感觉那个叫夏裴的，似乎和雪夫人关系还不错。

雪倾城低着头，回道：“我……信号弹是……我放的。”

皇上没想着从雪倾城嘴里问出什么来，毕竟一个傻子，能提供的有价值的信息有限。他问押着他们回来的侍卫长：“你是什么时候赶到雪家的？”

“微臣看到信号弹的时候，离雪家有一条街的距离，中间的确有些间隔。”侍卫长顿了顿，却道，“不过，微臣的人在另一条街，堵到了另一队凉国人。微臣无能，让他们跑了，不过微臣倒是问到了一个有意思的事。”

侍卫长看着跪在地上的雪倾城，道：“那人说他们是来找失踪的凉国太子妃的，据那人的说法，凉国的太子妃，就是如今跪在地上的六王妃，雪倾城！”

不仅是皇上，雪倾城这个当事人都一脸蒙。她……她什么时候多了一个相公了？

她自己都不知道！

萧煜赶紧站出来，道：“父皇明鉴，肯定是那人信口开河，意图污蔑雪家。倾城是我的妻子，我最了解，断不可能和凉国扯上任何关系。”

皇上看着夏裴——这位凉国正儿八经的太子。

大家在等夏裴的答案。

雪倾城突然有点慌张。

想起夏裴刚才在雪家，宁愿冒着被人抓住的风险，也要带走她的执拗劲儿，只怕这个傻子，又会说出什么傻话来吧。

雪倾城都能感受到那人落在自己身上的目光了。

她闭着眼，不敢去看。

她觉得自己真是冤，明明什么都没做，却要背上通敌叛国，一女嫁二夫的罪名了。

夏裴开口前，雪倾城的心怦怦直跳，只听他道："我并不认识雪家小姐。"

雪倾城长舒了一口气。

她觉得自己就像是走在悬崖峭壁上，稍有不慎就会掉下去。

她的心脏，都快被他们吓得蹦出来了。

没想到，侍卫长竟突然从怀里掏出一张纸来。

"微臣还从那人的身上搜出了一张画像，是他们为了寻找太子妃准备的。"说着，侍卫长将画像呈了上去。

皇帝看了画像一眼，顿时双眼瞪圆，一掌将那画像拍在桌子上。

"混账！"他喊着雪太傅的名字，龙颜大怒。

所有人都被吓得跪了下去，只有夏裴，还直挺挺地站着。

"我凉国男儿有血性，断不会做那种卖主求生的事。"

他这是在为雪家求情吗？在暗示皇上，侍卫长抓住的那个人，其实是在污蔑雪家。

雪太傅也很会顺竿往上爬，忙道："皇上明鉴，凉国迎娶太子妃的时候，也是我家倾城备嫁的时候。倾城怎么可能一边在京都备嫁，一边在凉国出嫁呢。"

"那这画像是怎么回事？"

"必是有人嫉妒我得皇上器重，故意勾结凉国人，利用我的女儿，意图使我们君臣离心。"雪太傅哀号，"还请皇上明鉴啊，我对皇上一向忠心耿耿。"

不仅是雪倾城，就连萧煜和夏裴，都被雪太傅急中生智的本事给震惊到了，若不是还在御书房，他们肯定要竖起大拇指，赞一句：好一个能说会道的太傅！

但是很显然，雪太傅的说辞，并没有说服皇帝。他将画像压下，看着夏裴。

“既然凉国太子说雪倾城和你没关系，那我如何处置她，想必你都不会有意见吧。”

夏裴的神情隐忍，沉默了片刻，拱手鞠躬，权当回答了。

“这是我祁国的事，既然和你凉国太子无关，那就不劳你费神了。”皇上一声喊，立马有带刀侍卫走进来，“带凉国太子下去，好好伺候。”

一句“好好伺候”，摆明了就是要软禁的意思，带刀侍卫领命，押着夏裴，就往外走。在经过雪倾城身边的时候，夏裴的步子稍有停顿，吓得雪倾城都不敢抬头。好在最后他到底没做出什么事来，乖乖地跟着侍卫们走了。

接下来，就轮到处置雪家了。

皇上看着在场的其他大臣，问道：“今日之事，你们怎么看？”

大臣甲：“凉国太子尚可说巧合，只是这画像，着实蹊跷。”

大臣乙：“是啊，要说他们想利用六王妃污蔑雪太傅，到底是牵强了一些。”

大臣丙：“但是凉国太子迎娶太子妃的时候，雪家的确是在为女儿备嫁，如果说六王妃就是凉国太子妃，这时间就解释不过来。”

雪倾城看着大臣们你一言我一语地讨论，将目光投向了萧煜。不知道是有意还是无意，萧煜刚才回话的时候，正好跪在她身边，此刻，萧煜悄悄地伸手出来，握住雪倾城的手，两人挨得近，又有袖子挡着，倒是也没人看到。

雪倾城的心，竟突然安定下来。她似乎听到萧煜在她耳边说：“有我在，别怕。”

这时候，大臣们的讨论也进入了白热化阶段，直到有个人提出来：“除非那位凉国太子妃和六王妃长得很像，导致凉国人认错了人。又或者，真的雪小姐已经被雪太傅秘密送到凉国嫁给了凉国太子，现在在我们眼前的，只不过是一个和雪小姐长得十分相似，被雪太傅拿来应付皇家的假小姐。”

雪倾城的力气瞬间就像是被人抽尽了。

那人的话，就像是在她耳边敲响了一个很响的金锣，震得她两耳轰鸣，大脑发昏，脸色发白，整个人都快晕过去了。

萧煜也察觉到她的异样，抓着她的手又紧了紧，身子甚至还悄悄地往她这边靠了靠，让她能够支撑着自己的身体跪稳。

而那个大臣的提议却对了皇上的心思，只听皇伤一拍桌子，道:“来人，端水来！”

这是要滴血认亲?

惨了，惨了。

最后一丝侥幸被人生生打碎，雪倾城已经什么都听不到了，面前见到的，是她因为欺君被推上断头台的画面。

她到底是没撑住，两眼一黑，昏了过去。

萧煜被她吓了一跳，忙伸手抱住她，急得就要去掐她的人中，却见他怀里的小妻子，眼珠转了转。

他顿时明白过来，又好气又好笑。

这个家伙，当这是在哪里呢，还想用昏倒蒙混过去。

不过，该配合王妃演戏的他，还是要尽力配合的。

萧煜将雪倾城抱紧，向皇上求饶:“父皇，倾城心智不全，又陡然被这么多人逼问，都被吓成这样了。请父皇允许我带倾城先下去休息。”

岂料皇上却挥挥手，命人去请了太医来，道:“让太医看看再说。”

太医很快就过来了，他替雪倾城诊了脉，片刻后回皇上:“禀皇上，王爷，六王妃是惊吓过度，没有大碍。”

“既然没有大碍，那就取了血再去休息吧。”

太医领命，说着就从自己的药箱里掏出一套针具来。

雪倾城听到皇上命令的时候，吓得抓紧了萧煜的手，萧煜看着她吓得脸色惨白的样子，将她抱紧。

雪倾城的态度实在是太反常了。

这还是他那个天不怕地不怕，敢上房揭瓦的小王妃吗？难不成……

萧煜的眼神闪过一丝震惊！

想明白后，他没有责怪，只是有一些无奈，这小家伙的胆子也太大了吧，在皇上面前装病。

但是这点小情绪很快就被他隐藏好了。他将雪倾城抱得更紧，在心里默默地道：倾城，你放心，不管你以前是谁，现在你都是我的王妃！

内侍端了一碗清水来，太医取针，正想伸手去抓雪倾城的手，雪倾城虽然一直闭着眼，但是一直听着，太医的袖子一动，响起了一阵衣料的摩挲声，她紧紧地抓着他的手，眼睛紧闭，僵直地躺在萧煜的怀里。

她的力气明明那么小，小到连一把剑都抬不起来，可是此刻她抓着萧煜的手，却那么用力，抓得萧煜都有些痛了。

萧煜看着怀里的雪倾城，眼神里满是怜惜，他没空去想她瞒着他什么，他此刻只想，抱着她，逃出去。

而此时，太医已经伸手过来，却被萧煜一掌拍开了。

“谁敢碰我的王妃。”

按照规矩，太医这些外男，是不能和王妃肌肤相触的，他拿出锦缎，想隔着锦缎取血，遇上萧煜能杀人的眼神，他还是怕了。

皇上似乎有些不悦了，轻咳了一声，也不知道是在提醒太医，还是在提醒萧煜。

就在这个僵持的时候，就听到雪太傅道：“先来取我的吧。”

萧煜抬头，震惊地看着雪太傅，却见他泰然自若，甚至主动配合着挽起了袖子。而萧煜在看他的时候，雪太傅的眼神也看过来了，他微微摇了摇头，算是回应了萧煜眼神里的疑惑——不要轻举妄动。

萧煜自然知道，就算他拦着，今日滴血验亲也是板上钉钉的，看雪太傅那般，他因为担心雪倾城早就离家出走的理智，如今也回笼了。

他拍了拍雪倾城的手。

也不知道雪倾城是真的放松了，还是已经知道就算她如何挣扎，也免不了被扎这一针的命运了，索性放弃，她抓着的萧煜的手陡然失去了力气，颓然松开。

她的手还没松开，就被萧煜抓紧。

这次，换他紧紧地握着她的手，哪怕是太医来取血，他也没有松开。

那碗滴了雪太傅和雪倾城的血的清水，很快就端到了皇上的面前，他面无表情地扫了龙案上的瓷碗一眼，突然捏了捏小胡子，闭眼似乎在思索着什么。

众人都好奇那碗水里的情况，却没一个人敢问。

最后皇上挥挥衣袖，对底下跪着的黑压压的一群人道："雪瑞留下，你们都先下去吧。"

众人伸长了脑袋都看不到结果，只能怀着满肚子疑问退下去了，一出宫门，就议论纷纷——

"你说那血到底有没有相融啊？"

"是啊，也不知道皇上是怎么想的，如果真的证明六王妃是假的雪小姐，那六王爷该怎么办？"

"还能怎么办！当然是休掉再娶啊！现在战事吃紧，皇上正倚重六王爷呢，如果六王妃是假的雪小姐，皇上肯定要为六王爷主持公道。"刚才还讨论得起劲的两个官员，突然被人撞了一下，差点没被他撞倒。

"哪个不长……"他一回头，又是一阵疾风吹来，吹得他摇摇欲坠，等他稳住身体再看，那哪里是什么疾风，分明是六王爷抱着已经昏迷过去的六王妃，一路小跑着往宫外去呢。

看此情形，立马就有人毫不留情地讥讽起他来："你不是说六王爷一定会休妻嘛，我看，人家伉俪情深，你怕是猜错了。"

说着，同僚们笑着扬长而去，徒留他一个人在原地郁结。

且说萧煜抱着雪倾城，一路往皇宫外面跑，在宫门口的时候，被人拦下了。

拦着他的不是别人，正是安询和连祁。

安询身体越发不好了，脸色苍白，此番听说雪家出事了，这才匆匆赶来，看到萧煜又是一路小跑，生怕慢了片刻，是以这会儿已经喘得连

话都说不出来了。

其实不用他开口，萧煜也知道他要说什么，率先开口："安先生若是来劝我的，大可不必。"

"适才我听宫内议论，说王妃……可能是个假的……雪小姐，既然是假的，那自然不存在……报恩一说，王爷……你又何必如此执着。"安询说话还是有气无力，断断续续，却一记一记，如重锤一般，砸在萧煜心里，砸得萧煜双眼圆睁，不敢置信地看着安询。

"你竟然……全都知道？"

"我知道王爷您娶雪小姐，并非因我的提议，而是因为雪太傅当年对您的生母有恩，您是为了报恩。如今既然已经知道她是假的，您是被蒙在鼓里的那个，圣上肯定怪不到您的头上来，王爷您做得已经足够了。雪家犯了欺君之罪，您护不了，更护不得，若惹得龙颜大怒，后果不堪设想。"

"我当日娶她，的确是因为报恩。我今日护她，与报恩无关！"萧煜字字掷地有声。

安询抬头，诧异地看着萧煜，心如死灰一般。

两人就这样僵持着，谁也没有让步，连祁看这样也不行，这时候官员正陆陆续续地往这边赶过来，三人就这样在门口杵着也不好。

"弟妹这是怎么了？"突然传来声音。

众人抬头一看，发现萧玟坐在软轿上，正由宫人抬着往这边来。他双脸酡红，浑身还散发着酒气，想必是刚喝了不少酒，不然这会儿也不至于被人抬着出来了。

安询和连祁看到他，忙请安，萧煜梗着脖子，也打了一声招呼。虽然他心里着急，却不好表现出来，可是那焦虑不安，脚尖都朝着宫门口的表现，已经出卖了他。

"六弟你这般抱着弟妹，她也不舒服，不如坐我的轿子吧。"

说着，他命人落轿，他一走近，就有冲天的酒气扑来，萧煜也被熏得皱了皱眉，但是看向萧玟，他虽然浑身酒气，脸色酡红，可是他的眼神清明，却不似一个醉酒之人，让雪倾城坐他的轿子，也不像是醉言。

萧煜不是那种扭捏的人，他干净利落地道了谢，将雪倾城放在软轿上，不得不说，萧玟对自己还是很不错的，软轿很大，还铺着羊绒软垫，将雪倾城放上去，刚够侧躺，倒也还舒服。

“倾城她受了惊吓，我这就带她出宫，改日再来拜谢。”

萧玟拱了拱手，道：“无妨无妨，弟妹要紧。”

萧煜点点头，挥手道：“起轿，出宫。”

安询上前来相劝：“王爷，您还没获旨，按……”

“我担心王妃，不亲自送她回去，我不放心，我相信父皇也会理解我的。”

安询着急，猛咳了几声，萧煜却看都不看他一眼，跟在软轿旁，一路疾步出了宫。等安询恢复力气，萧煜已经跑出好远了。

安询只能在连祁的搀扶下，脚步虚浮地跟上萧煜。

而另一边，落轿之后，就只剩下一个贴身侍卫伺候的萧玟，看着软轿消失在宫门口，露出一抹满足的笑容。

他身边的侍卫却不太痛快。

“王爷，这前朝才出这么大的事，你在这个关头酗酒，肯定又要被皇上批评了。其实，您若是真关心六王爷，直接派人送软轿来就可以了，又何必这样大费周折，还要装作喝醉了，给自己找麻烦。”

萧玟心里的回答却是：我如此大费周折，并不为他，却为她。

若是他不装作喝醉了，他这轿子就送得名不正言不顺了，萧煜或许会为了雪倾城服软接受，但日后回想过来肯定会不舒服。

他不怕别的，就怕这个六弟生疑，去伤害她。

毕竟那日，他特意带着雪倾城去他门前，是何用意，他很清楚。

这个六弟，比他想象中的还要护食呢。

萧玟就像是吃了一片黄连，从嘴里到心里，都是一片苦楚，脸上却是笑意盈盈的。

“我被父皇骂得还少吗，反正出错也是被骂，不出错也是被骂，兴许父皇骂骂我，能解开他因国事心生的郁结呢。我这皇子，也算是没白当了。”

侍卫叹了一口气，一切都是主子的选择，他也不敢多劝了。

软轿一路将雪倾城抬到了王府，安瑞和安宁一看她竟然是被抬回来的，吓得花容失色，安宁更是直接被吓哭了。

“从王妃出府，却不让我们跟着的时候，我就有不好的预感，王妃，你怎么就躺下了，奴婢还要一辈子伺候您呢！”

萧煜将抬轿的人都打发出去了，看着兀自伤心的安宁和安瑞，只觉得头疼。

他看着还瘫倒在软榻上的雪倾城，威胁道：“你还想装到什么时候？难不成真要我让你这两个丫鬟给你陪葬了，你才肯醒过来？”

雪倾城一个鹞子翻身，从软榻上弹起来，张开双臂，像保护小鹰的母鹰一样，将两个丫鬟紧紧地护在身后。

“今日之事，和她们没有半分干系，你怎么又要拿她们出气，莫名其妙。”

被骂莫名其妙的人也不理她，只对地上跪着的两个丫鬟道：“赶紧替你家小姐收拾东西。”

两个丫鬟面面相觑，不明白王爷一回来就发布这一道奇怪的命令是何缘由。雪倾城也是一头雾水：“收拾东西干什么？”

“跑路！”

亏她在御书房里还把萧煜当救命稻草，因着他抓住了她的手，她又有了一点信心，还以为他会有多好的计谋呢，结果比她的装死也好不了多少。

不，应该说比她的装死要差多了！

“普天之下，莫非王土”，她能跑到哪里去？

萧煜却像是她肚子里的蛔虫，一眼就看穿了她的心思。

“去绢城，我会派人护送你过去，那里的人知道你是我的王妃，就算是违抗皇命也会保护你。你放心，你过去之后，最多三个月，我就会去接你。”

萧煜的话还没说完，就被一声怒斥打断了——“愚蠢！”

原来是赶回来的安询，他站在门口，一边往内走，一边说："愚蠢至极！"

雪倾城附和着点头：是的，她也这么觉得，萧煜这馊主意，实在是太蠢了，这智商，是怎么统领三军，做将军的？

而安询还在骂萧煜："当初绢城遇到王爷，见王爷仁厚，还以为遇到了明主，却不想王爷也是会被狐媚迷心的昏庸之辈。王爷你把王妃送去绢城，无异于给绢城百姓送去了灭顶之灾。"

雪倾城一开始还不住地点头，越听到后面越不对劲了。

你骂谁是狐媚子呢，还说她是灭顶之灾，这不摆明了欺负人嘛！

不过她再傻，也知道萧煜想把她送出去，是想保护她。

既已当着皇上的面滴血认亲，那她是假六王妃的事，自然也瞒不过去了。萧煜肯定也是猜到了这一点，所以才这么着急，想把她送出去。

与其这样，倒不如……雪倾城主动站出来，道："我有一个法子。"

安询和萧煜都睁大眼睛看着雪倾城，只见她蹦蹦跳跳地跑到梳妆台边，在里面翻了翻，终于翻出来一个不足一握的小香囊来。

雪倾城当着众人的面，打开小香囊，里面装着一枚拇指大小的黑色药丸。

萧煜看得直皱眉头，他家小王妃什么时候在家里藏了药。

"这是什么？"

"这叫'起死回生丸'，是我师父教我做的，不过我喜欢叫它'死遁丸'，顾名思义就是人吃下之后，没有心跳，没有呼吸，就跟死了一样。但是一段时间之后，药效消失，人就会清醒过来。"

萧煜一听却黑了脸："小药王每天都在教你一些什么奇奇怪怪的东西！"他一甩袖子，"我不许！"

雪倾城刚想说她这起"死回生丸"并不是小药王教的，但是下一秒，听到萧煜说不许，她顿时就急了。

"为啥不许啊！这个方法比你那个逃跑的方法靠谱多了，我死了，你们就可以把过错推到我一个人身上，我反正迟早要……"后面的话，雪倾城没有说出来，因为萧煜那双红着的，含盈着泪水，在极力隐忍着

什么的双眼，吓到她了。

“你知道那意味着什么吗？如果那个药出事了呢？如果你以后再也醒不过来呢？”

雪倾城倒的确没有想过这个事，因为她很小就认识了师父，曾亲眼见过师父把濒死的人从鬼门关拉回来，她对师父有绝对的信心，甚至从没想过要去怀疑这个药。

“师父说能醒，那就一定能醒！”

“我不许！”

“你凭什么不许！”

“凭我是你的夫君！要是你醒不过来，谁赔我的王妃！”

雪倾城也被逼急了，也不知道萧煜这会儿犯什么抽，要是皇上想起来发落她了，她想死遁可都来不及了，欺君之罪那可是死罪！

因为着急，说话也不经过脑子了。

“你是王爷，肯定有大把人想做你的王妃。”

“我谁都不要，我只要你雪倾城！”

“我不是雪倾城！”雪倾城怒吼，震得所有人都是一惊，特别是被在场唯一被蒙在鼓里的连祁，虽然已经听到了传言，但是也没有这一刻从正主嘴里说出来震撼。

而萧煜在御书房的时候就已经猜到，哦不，应该是已经确定了这个结果，此刻他没有半分听到真相的震惊，而是脱口而出一句：“不管你是谁，从你嫁给我的那一刻起，你就是我的王妃，我这辈子，只要你！”

雪倾城整个人都怔住了。

她呆呆地看着萧煜。

以前，她没少打量过这个男人，他是英俊的，帅气的，迷人的，好看的，可是不管看他多少回，都没有哪一回，像现在这样——他的身上仿佛发着光。

他说“只要你”的时候，身上仿佛有光，那阵光照得人睁不开眼睛，照得一直在欺骗着他的她卑鄙自私，还无所遁形。

不知道什么时候，屋子里的人都退下去了，只剩下雪倾城和萧煜两个人，两人对望了许久，对望到雪倾城觉得，必须说点什么了。

结果却是萧煜先开口了：“在御书房，你害怕得抓着我的手的时候，我就猜到你不是真正的雪倾城了。”

“对……对不起……之前答应了你，不会骗你的。”

“你反正也不是第一次了。”萧煜的语气里带着几分哀怨。

雪倾城听得心里酸楚，抬头看他，想解释，却发现自己压根儿就无力解释。萧煜上前，伸手抚摸着她柔滑的脸蛋。

“反正我已经原谅过你一回，也不怕再多一回。”

雪倾城听得心里一酸，哪怕她是铁石做的心肠，这会儿也化成一摊铁水了。

“可是，我不值得你对我这么好。”

萧煜却没有丝毫犹豫，斩钉截铁地回她：“值不值得，你说了不算，我说了才算。”

他伸手，将雪倾城搂在怀里，听着他胸膛里怦怦有力，甚至有些急促的心跳声，雪倾城的心跳竟然也跟着加速起来。

“倾城，安询说得对，我不能把你送出去，我不能把你托付给别人，我自己的娘子，我必须自己守护。”他抓住雪倾城的手，十指相扣，“所以，倾城，不管这次父皇发布什么旨意，别怕，有我。”

为了一口剩菜馊饭，从小和乞丐抢食的她；为了一方立足之地，从小与地痞拼命的她；为了一丝生存资格，从小扮男人混迹江湖的她，习惯了听人说“除了你自己，没人帮得了你”“你不拼命，命要拼你”“你一无所有，只有你自己”，人生中，还是第一次，有人和她说“别怕，有我”。

雪倾城红了眼眶，她埋在萧煜的怀里，心满意足。

“我不走了，哪怕真的要死，我也甘愿。”

萧煜扣着她的那一只手，更紧了。

“你放心，我不会让你死的。”

萧煜此刻，甚至还有几分庆幸。

此番战事吃紧，竟让他有了护她的机会。哪怕要和父皇签军令状，哪怕要在战场上拼命才能换得她的一丝生机。

为了她，他都愿，拼死一搏！

房门被人敲响，连祁去而复返，站在门外。

“王爷，宫里来人了。”

萧煜这才放开雪倾城，替她将泪痕一一抹去，眼神里尽是柔情。

“准备好了吗，倾城？”

雪倾城点点头。

有他在，她竟然没有那么怕死了。

当雪倾城和萧煜携手出现在大厅的时候，来传话的内侍倒是吃了一惊。看到内侍的表情，雪倾城的心里更紧张了。

他这个表情是怎么回事，是没有想到她会自己出来接赐死自己的圣旨吗。

雪倾城一进门就撩开裙摆准备下跪。

她也是接过圣旨的，接圣旨要下跪的常识，她还是知道的。

她这举动把内侍吓得不轻，就差没给她跪下了，口中念着“使不得，使不得”，忙将雪倾城虚扶起来。

萧煜和雪倾城面面相觑，雪倾城一时间跪也不是，不跪也不是。

萧煜问道：“陈内侍不是来传圣旨的吗？”

陈内侍扯出手帕，擦了擦被雪倾城吓出来的一头冷汗，露出一抹尴尬的笑。

“王爷真会说笑，皇上不过是赐了几样滋补的药材，命咱家给您送过来，哪里用得着圣旨。”

雪倾城一听到没有赐死的圣旨，眼睛一亮，原本还沉郁的小脸立刻恢复了生机，也顾不上礼节了，惊喜出声：“滋补药材？”

“是的，皇上念着六王妃，知道您这次肯定受了不少惊吓，特命咱家前来慰问。不过……”陈内侍上下看了雪倾城一眼，啧啧感叹，“王爷府里的大夫竟然比宫里的御医都要好，这一会儿工夫，居然就让王妃醒过来了。”

听到陈内侍这么说，萧煜和雪倾城都算是放下心来。

原来当时陈内侍看到雪倾城，露出吃惊的表情，只是因为诧异她这么快就苏醒过来了呀。

雪倾城的心情在短短的一天里，经历了数次的大起大落，这一会儿听说自己不会死了，突然泄了气，脚步倒真有点虚浮，眼看着就真的要晕过去了。

萧煜忙扶住她，又喊了安宁和安瑞过来，命她们将雪倾城送回房，他则留下来，接待陈内侍。

陈内侍不敢多待，命人放下东西之后，就要告辞，萧煜送他出门，打听道：“陈内侍可知那碗里的结果？”

陈内侍人精一样，自然不肯直说，只道：“皇上如今派我给您送东西过来，这结果是什么，王爷这么聪明，肯定能猜到。”

萧煜自是再三道谢，送陈内侍出了门，内心的狐疑更加深了。

雪倾城在听说要滴血认亲之后的反应，再加上她刚才自己说的那些话，让萧煜确定了她的确是假冒的。但是雪太傅在御书房让他不要轻举妄动，又似乎早就料到了这个结果。

假冒的雪倾城的血，如何能够与雪太傅的血相融？

这到底是怎么回事？

送走陈内侍之后，萧煜就去知心阁找了雪倾城，屏退了下人之后，他直接问起雪倾城代嫁的原委来。

雪倾城倒也不隐瞒，和盘托出：“我没有名字，大家都叫我小六。我本是弃女，从小在街头长大，直到一年前见到了雪太傅。他说我长得像她的女儿，要收我做义女，好好照顾我。起初他没把我带回雪家，只是给我租了一个别院，又请了丫鬟来伺候我。我在别院里住了一年多之后，他和雪夫人来看我，说是太后突然下旨，封雪倾城做六王妃。但是他们的女儿雪倾城在这个关头逃婚失踪了，问我愿不愿意帮忙，帮雪家渡过这个难关。事后……”说到这里的时候，雪倾城顿了顿，她想了想，还是将雪太傅答应她，一年后就安排她死遁的约定给按住了没说。

她想好了，她不要走了，萧煜对她这么好，还不嫌弃她的身份，她自然是要和他过一辈子的，那个约定不作数了，她不说也罢。

萧煜看着她，问："事后如何？"

雪倾城继续说："事后，他肯定会重重报答我。当然，怎么报答他也没说清楚，我想着雪太傅好歹是一国太傅，应该不至于骗我，于是我就这么嫁给你了。"

好一招李代桃僵！

他早该猜到了，是雪家一家人联合起来欺骗他的！

萧煜的内心五味杂陈。

他怀着报恩的心娶雪家小姐，结果却被雪家联合欺骗，他是不爽的。可是一想到若是没有雪太傅这一招李代桃僵，他这一辈子可能都遇不到他的小王妃，他又觉得庆幸。

雪家人，还真是有一种让人又爱又恨的神奇本领啊。

雪倾城没察觉到萧煜内心的起起伏伏，继续说着："我是假的雪倾城这事，只有雪太傅，雪夫人和雪家三位哥哥知道。听说那位雪家小姐体弱，很早就被雪太傅送到山上养病去了，所以雪家人见过雪倾城的不多，再加上我和那个雪倾城似乎真的长得挺像的，所以在雪家待了一个月，竟然也没人发现我是假冒的，就让我这么蒙混了过去，不过连滴血认亲都能蒙混过去，我就不知道为什么了。"

直到这一刻，雪倾城都是蒙的，她始终没想明白，自己是怎么死里逃生的。

萧煜安慰她："岳父大人那么聪明，肯定是他的主意，你别多想了。"

雪倾城想了想，点点头。

雪太傅的确一副老谋深算的样子，肯定是他在水里搞了什么小动作，蒙混过关了。不过，雪倾城还是诚恳地道歉："不好意思，我不是有意要骗你的，你的王妃本不应该是我。"

"为何不能是你？"

"什么？"

"你原本叫小六，我排行第六，我们难道不是天生一对？"

好像很有道理，雪倾城瞬间就被说服了。

“好了，看在你认错态度诚恳，为夫要奖励你一个东西。”萧煜扳正小王妃的身子，让她乖乖地面对自己坐好。

一听说他要给自己奖励，雪倾城就想起了以前他说这些话时的情景，脸顿时就通红了。

这么快吗？

她刚从鬼门关走一圈回来，萧煜就不能给她一点适应时间吗。可是，隐约中还挺期待的。

然而萧煜却在她复杂又期待的目光中，走向书柜，取下文房四宝，蘸墨，摊开宣纸。

“你要送我什么？一张纸吗？”雪倾城被他弄糊涂了。

萧煜摇了摇头，道：“你不是说你没有名字吗。”

当从她嘴里听说她从小在街头长大，没有名字的时候，萧煜就有了这个主意，道：“我要奖励你一个名字，不是雪倾城，也不是小六，是真正属于你的名字。”

雪倾城倒是没想到这一茬，她不好意思地挠挠后脑勺：“那个……一定要换吗？我觉得倾城还挺好听的。而且，被大家叫了这么久，我都已经习惯了。”

其实有个原因，她没有告诉萧煜。

虽然她是雪太傅捡回来的，但是从见到雪家人的第一面起，她就觉得格外亲切，就好像他们就是她的家人一样。所以她才会愿意代嫁，所以她才会格外珍惜“雪倾城”这个名字，哪怕这个名字一开始不属于她。

其实只要是为了雪家人，别说是代嫁了，哪怕是要拼命，她也会二话不说，撸起袖子就上。

她这一辈子，得到的温暖不多，别人对她好一分，她便能记一辈子。

对她师父，是如此。

对雪家人，是如此。

对萧煜，更会如此。

萧煜听完，倒也没反对，在白色的宣纸上写上“倾城”二字，他的字迹雪倾城见过，龙飞凤舞，颇有气势，但是此刻他却一笔一画写得非常认真，虽然不如他书房里的那些字飘逸，但是端端正正的“倾城”二字，端正有力，十分好看。

雪倾城这些天跟着萧煜学了不少字，第一个学会写的就是自己的名字，是以“倾城”二字，她自然是认得的，但是“倾城”前面的这个字她就不认得了。

“这个字是什么？好像不是‘雪’字。”雪倾城指着第一个字问。

“萧。”萧煜像是一个教童子念书的先生，颇有耐心，“萧倾城。”

“萧倾城？”雪倾城张大了嘴，看着萧煜，问道，“我的名字？”

“嗯，你可喜欢？”

“可是‘萧’不是国姓吗？我……我能用吗？”

萧煜的眼睛里就像是有星星一般，闪闪发亮，他用那样迷人的眼睛望着她，一字一句地郑重申明：“不是国姓，是夫姓。以我之姓，冠你之名，你可愿意？”

“可是……用这个名字，皇上不会怪你吗？”雪倾城再不通人情世故，也知道萧姓不是谁都能用的，特别是她这种市井混混，能够成为萧家儿媳，就已经是天大的运气了。

雪倾城一看萧煜的脸拉下来了，似乎十分不满她在这种浓情蜜意的时候煞风景，忙改口道：“我喜欢，我很喜欢，萧倾城，我以后就叫萧倾城了。”雪倾城小心翼翼地讨价还价，“不过这个名字是我们俩的小秘密，我不想让别人知道，对外，我还是叫雪倾城好不好？”

她倒不是不喜欢，只是她再喜欢萧煜，也做不到真的和雪家断了联系，她还是很喜欢雪家的。另外，她也很害怕自己这个名字，会给萧煜带来无妄之灾。

萧煜听到她连说了好几个“喜欢”，一颗心早就被她哄得服服帖帖了，自然没什么异议，点了点头。

萧煜执笔，在“萧倾城”后面，写上自己的名字。

以前他很讨厌“萧”这个姓，讨厌这个身份。所以以前教雪倾城写字的时候，他刻意略过了这个字没有教，但是此刻看着白纸上的两个“萧”

字，却觉得这两个字格外赏心悦目，就是天生一对。

雪倾城见萧煜写完了，很有眼力见儿地将那纸拿过来，仔细把那墨迹吹干，小心地叠好，一边叠，还一边念叨："我要收好，以后每天都要对着念，这样给你写信也方便。"

萧煜颇为无奈：这丫头，怎么就不想一点好事。

他搁下笔，郑重承诺："倾城，你放心，我不会给你写信的机会，我会把你天天绑在身边，让你想走都走不了！"

雪倾城可是见过他"绑"人的本事，心里跟吃了蜜一样甜，嘴上还是不能表现得太明显。

"绑在一起？你要天天看着我，不会腻啊。"

"如果是别人，我自然会腻。如果是你，不会。"

雪倾城心里乐开了花，别开脸去，不想让萧煜看到自己控制不住上扬的嘴角，嘴上却忍不住别扭地酸他："师父说了，男人的话多半不可信，你以后肯定也会喜欢上别的小姑娘，对她说这样的话。"

萧煜拿话逗她："那倒也是，有一个小姑娘，我以后肯定会很喜欢。"

雪倾城一张脸顿时鼓得像一只蛤蟆，转过头来质问他："是谁？"

萧煜眼角含笑，他喜欢看她在乎他的样子，道："那个小姑娘会叫你娘，会叫我爹。"

果然，在斗嘴这件事上，她永远都比不过萧煜。

还是吃了读书少的亏啊！

雪倾城被吓了一天，天刚见黑就犯困了，萧煜见她睡着了，便披了一件衣服，直往安先生那边赶。

有些事越想越不对劲，他要问个明白。

父皇怎么会突然想起要滴血认亲来，而且刚才听到雪倾城自己说自己是假的的时候，安询并没有半分惊慌。

他好像早就知道了这件事，但是为何没有告诉他。

刚走近，就传来漫天的让人闻了就嘴中发苦的药味儿，跟着药味儿传过来的，还有一阵阵咳嗽声，那咳嗽声急促且沉闷，咳了许久才消停片刻。

安先生的病已经这般严重了吗？

萧煜心中狐疑，脚下的步子却没有停，往前走两步，就听到房里有人在说话，似乎是小药王的声音。

他什么时候过来的？

小药王在劝安询："我说师弟，你都病到这个地步了，也该跟你那个王爷告假了。过慧易伤，你也是学医的，这点不用我教你吧。"

安询的声音听起来比之前还要弱许多，气若游丝："如今战事吃紧，王爷正是用人之际，我如何能走？"

"所以你连命都不要了！"小药王的声音里，已经蕴含着愤怒了。

"我这条贱命，是王爷捡回来的，若没有王爷，我早就死在绢城了。师弟，我这病，就拜托你了。"

萧煜突然没有勇气上前了，安先生的一声声咳嗽，就像是一记闷锤，砸在他的心里。

顿了顿，他还是转身，往回走了。

萧煜刚转身，房间里的门就被人从内打开了，小药王手里拿着一把蒲扇，朝外望了一眼，回头对安询道："人走了。"

安询身上披着一件厚厚的裘毛大衣，自从他病得越来越重，身体也越来越不耐寒，如今还没入冬，他已经是大衣不离身，火炉不离手了。

小药王折返回来，拿着蒲扇扇着小灶里的炭火，灶上放着一个黑色的药盅，黑色的药汁在里面翻滚。他一边盯着药，一边和安询搭话，无非是苦口婆心地劝他："师弟，刚才我说的那些话，都是真心的。"

安询想也没想，就回道："我也是真心的。"

"罢了罢了，你要辅佐萧煜，你不要命，那是你自己的选择，但是你说你怎么就不能放放手呢。军事上你出主意就算了，人家王爷和王妃感情好好的，你为什么非得插手啊。瞧，弄得王爷和你离心，今天你可以故意让王爷知道你的病情，让王爷顾念旧情，不对你问责，但是这招能用多久？"

"我不需要多久，我的时间不多了。只要我能撑过这次战事，辅佐王爷执掌三军军权，王爷有了倚靠，我这个做谋士的，便也死而无憾了。”

小药王知自己劝不住他，也不再劝，丢下蒲扇站起来就往外走。

安询以为他要走，问：“你干什么去？”

“去拿碗，给你这个半死不活的家伙倒药！”

小药王背着药箱从安询的房里出来，由侍卫带着他往外走，正经过长廊时，却听到有人在喊他：“小药王，请留步。”

小药王回头，看是那日在定国寺见过的，似是王爷身边的得力侍卫，而且那日这侍卫居然还怀疑他的医术，这场面一回想起来，就让小药王不能忍了，别过脸去。

连祁也不待见他，在他眼里，小药王就是个沽名钓誉，不顾病人死活的庸医。他语气冰冷，道：“王爷有请。”

人在屋檐下，不得不低头，看着连祁和他身后带着的两个精壮的侍卫，再看看自己这小胳膊小腿，小药王纵然心中有一千个不乐意，在实力悬殊的情况下也只能生生地忍了下来，跟着连祁去了书房。

于是，萧煜就发现这两人一起出现的时候，气氛十分怪异，谁也看不惯谁，在他面前一向十分恭敬的连祁，更是第一次摆了冷脸，将人带过来之后，就拱拱手，也不等萧煜吩咐，自己退下去了。

连祁走了之后，书房里就只剩下萧煜和小药王两个人了，因此，小药王的胆子也大了，对着萧煜就开始嚷嚷：“六王爷，我觉得，你这王府里的人可得好好管管了，我好歹也算是你半个救命恩人，有这么对待救命恩人的吗？”

萧煜自然不会让他得了便宜还卖乖。

“你不是用我的命，换了我的王妃做你的小徒弟吗？既然救命恩情要还，那这笔账我是不是也该和你算一算？”

萧煜自然知道当日他中毒是怎么回事，小药王救他，多半是受安询所托。

“呵呵。”小药王尴尬地圆场，“我不过是开个玩笑，开个玩笑。”

说完，他的内心已经开始打鼓了。

收个徒弟还要被人威胁，他估计算得上史上最惨的师父了。

萧煜将小药王迎至茶榻前落座，问道："小药王想必也知道，我这次来找你是为何事吧。"

小药王将药盒往旁边一丢，直接道："劳心所致，无药可医，只可续命不可根治。精心修养尚余一年可活，如此劳神，快则一月，慢则三月，就要去阎王那儿报到。"

萧煜心里已经做了最坏的打算，听到这里的时候还是一惊，他只知道安先生体弱多病，不承想……

"王爷，安询辅佐你多日，念在他没有功劳多少也有苦劳的分上，你就不能让他休休假吗？"小药王是真的担心，他从小无依无靠，在师父身边长大，如今师父云游四海，不知去向，他身边算得上亲人的，也就安询这个师弟了。

"你觉得，我若是让他走，他便能安心养病了？对安询而言，死在战场，才是归宿。"

虽然安询常年在幕后替他出谋划策，可是萧煜心里比谁都清楚，安询十分想上战场杀敌，若不是他的身子骨在那场差点要了他性命的战争中毁损大半，他也不至于做谋士，出奇策了。

"得，你们主仆还真是一个脾气，我谁也不劝了，乖乖熬药去吧。"小药王说着，拎起药箱就准备往外走，却听萧煜突然说道："小药王若是不嫌弃的话，我已经命人备下了厢房，您就在府里住下吧，安先生病情凶险，也免得你来回奔波。"

"哎，如此倒也不错，不仅能看着师弟，还能去看看小徒弟。"小药王倒是巴不得这样。

一听到他提起雪倾城，萧煜就猛然想起那个看样子就十分奇怪的"起死回生丸"了，顿时觉得满头黑线。

"倾城今日在宫中受了惊，需要静养，小药王若是没有什么事，还是不要去打扰了吧。"

小药王嘟嘟嘴，一脸不快："哼，小气！我可是大夫，小丫头生病了，我去看看还不成吗？"

“我相信您的医术，可对您的教人之术不敢苟同。日后你给倾城带的所有医书，我都会过目，以免你教坏了我的王妃。”

小药王一听这话，暴脾气顿时就上来了：“今天你要把话给我说清楚，我教小丫头什么了，怎么就把她教坏了？”

萧煜抬眼，淡淡地说出一个名字：“起死回生丸。”

小药王听完愣住了：“这是什么东西？”

萧煜却笃定他在演戏：“倾城说是她师父教给她的，她的师父就你一个，你敢说你不知道？”

小药王很笃定地摇头：“不知道。”

小药王这个人没别的好，就是发散思维还不错。

“难不成我那个徒弟天资聪颖，凭着我带给她的那几本书，就悟通了医理，自己研发出了新药？只是怕别人不相信她的医术，所以才说是我教的。哇，没想到我的徒弟这么厉害！”

萧煜突然感到一阵后怕，幸亏当时，他拦住了雪倾城。

不行，他得赶紧把那个该死的“起死回生丸”销毁才行！

当天晚上，萧煜趁着雪倾城睡着了，偷偷找出她藏在柜子里的“起死回生丸”，亲手丢到池塘里去了，看着那药丸“咕咚”一声没入水中，没了踪影，他这才放心。

第二天，雪倾城就发现药丸不见了，追问安宁和安瑞，都说没有拿。

萧煜见她没怀疑到自己头上来，也放了心，安慰道：“那药丸虽然稀奇，到底凶险，反正也用不上，丢了也好。”

雪倾城点点头，道：“也对，反正我又不是不能配，丢了就丢了吧。”

当天中午，王府就多了一条奇怪的命令——禁止在王府进行制药、配药等一系列危险活动。

滴血认亲一事到底是什么结果，除了皇上谁也不知情，雪倾城大大咧咧的，既然没生什么事，也就懒得去刨根问底了；倒是萧煜，一直念念不忘。

这件事闹出来之后，皇帝体恤，放了萧煜和雪太傅几天假。

其实所有人心里都清楚，皇帝现在有凉国太子这个筹码在手上，信心倍增，是以没有刚闻战事时那般焦灼了。

萧煜带着雪倾城去了雪家。

雪家的下人之前都被人绑了扔在柴房里，关了足足两日，出来的时候一个个都没人形了，雪夫人体恤他们，就给众人集体放了一天的假，是以萧煜和雪倾城登门的时候，就看到了这样的一副场面——

雪家大门敞开，门口放着一张书桌，桌上放着文房四宝，雪轻书就坐在桌后，捧着一本书读得津津有味。

雪倾城好奇，上前问道："三哥，你怎么在这里？门卫呢？"

"门卫放假一天，今天是我代班。"雪轻书头都没抬，只伸出一只手来指着面前的桌子，"主人目前不方便见客，二位把拜帖放下，请回吧。"

这个书痴！

雪倾城一把夺过他的书，在雪轻书暴跳如雷就要上来抢的时候，问他："三哥，我回自己的娘家，没带拜帖，这可如何是好？"

雪轻书这才终于回了神，看到雪倾城，喜不自胜，拉着她就往门内走："哎呀，你怎么才回来呀，娘可担心死你了，一直嚷嚷着要去看你呢。"

雪倾城被她扯得有些踉跄，问他："三哥，你不是代班门卫吗？你走了，谁看门？"

雪轻书这才想起自己的职责来，他一路小跑到大门前，将两扇大门一拉，插上木栓，拍拍手："好了，门卫可以休息了。"

雪倾城心想，她三哥绝对是史上最任性的门卫了。

第十章

夫妻同心

眼下雪家半个伺候的人都没有，传话的活儿只能雪轻书自己来了。

雪倾书扯开嗓子，对着内房就是一声喊：“爹，娘，倾城回来了！”

他的话喊出没多久，一个略有些发福的红色身影就冲了过来——不是雪夫人是谁。

雪夫人拎着她那把菜刀，气势汹汹，不知道的还以为她这是要赶去杀猪呢。

雪倾城每次看到这样的雪夫人就心有戚戚焉，亏她见雪夫人第一眼的时候，还以为她是全天下最善良最温柔的女人。

哎，都怪她当年少不经事，眼还瞎。

萧煜也被雪夫人这霸气侧漏的样子吓到了，看着她似乎是朝着他冲过来的，忙握紧了雪倾城的小手。

“岳……岳母大人……您这是干什么？”

雪夫人道：“没什么，你们怎么来了。”说着，还晃了晃手中的菜刀，言下之意就是让他小心说话。

萧煜显然没收到雪夫人的“恐吓”，反倒是被那菜刀晃得眼睛疼，抬手遮了遮眼睛，连雪夫人那威胁的表情也没看着，只听他泰然回道：“关于滴血……”

他的话还没说完，就听雪夫人嚷嚷起来了："滴什么血，滴什么血！倾城是从我肚子里钻出来的，我还能弄错了不成！"

但见雪倾城躲在萧煜身后，一直在对她摇头，雪夫人顿时明白过来了，双手叉腰，看着这个很不争气的女儿："你都坦白了？"

雪倾城低头，她事后想起来也是极为后悔，都怪当时被美色所迷，乱了分寸。

雪夫人一看她这样，就知道已经无力回天了，顿时仰头无语。

"我怎么就生了你这么个蠢女儿。"

不过雪夫人做太傅夫人这么多年，什么大风大浪没见过，很快就收拾好想砍死雪倾城的心，盛气凌人地对萧煜道："货已售出，概不接受退换！"

萧煜被弄蒙了，问："什么货？"

雪夫人伸手，指着他身边的雪倾城，道："我女儿清白的身子跟了你，你现在想退婚？我手上这把刀，第一个不答应。"

雪倾城的脸顿时通红了，她扯着衣角，小声道："那个……我们还是清白的呢。"

雪夫人刚想说"大人说话，小孩别插嘴"，听清雪倾城说的内容之后，顿时吓得菜刀都掉到了地上。

"都成亲这么久了，你居然还没……我给你塞的那些书，你一本都没看吗？"

这下轮到雪倾城疑惑了："什么书？"

她大字不识，对什么书都不感兴趣，雪夫人给她的那些嫁妆，一抬进王府就被管家清点进了仓库了，她从没过问。

雪夫人一看她那表情，就明白了，转头去看萧煜。

萧煜自然是知道那些书的，也是他怕教坏了小妻子，命人把那些书收起来的。

这会儿雪夫人大大咧咧地问起他们夫妻之事，他一个大男人，也忍不住脸红了。万幸他常年在外打仗，皮肤不似雪倾城那般白皙，是以这会儿哪怕红到耳根子了，面色看上去还是如常的。

“岳母大人误会了，倾城既然已是我的妻子，那便就是一辈子的。至于……那件事，我们以后会努力的。”

“谁……谁要跟你努力了！”雪倾城耳朵红得都能滴出血来了。

萧煜见雪倾城似乎生气了，一解释起来，也慌了：“那我一个人努力！”

雪倾城：天啊，给她一个地洞钻下去吧！

雪倾城又羞又臊，挣脱萧煜的手就往内室跑，雪轻书怕她想不开，跟了上去。

萧煜看着雪倾城离开的身影，眼神里盈满宠溺柔情。

雪夫人也是过来人，看到他这眼神，深知他对雪倾城是认真的，那颗悬着的心，算是彻底放下了。她弯腰，捡起地上的刀，竟然也有心思调侃起萧煜来：“六王爷还真是厉害，我家这假小子，都被你调教得有女人味儿了。”

萧煜对这夸奖照单全收：“这是小婿应该做的。”

雪夫人也是明白人，当然知道萧煜这次为什么而来，所以也不等他自己开口问，直接指了指书房的方向，道：“你岳父大人在书房里，你有任何疑问，都可去问他。”

萧煜点点头，往书房那边走，就听到身后雪夫人又说：“六王爷，无论我们做了什么事，都和那孩子无关，那孩子吃了很多苦，心眼又实。我这么多年没求过人，今天在这里求你了，对她好点。”

萧煜步子顿住了，雪夫人是全城出了名的脾气倔，不好惹。没想到她竟然也能说出这么柔软的话来，柔软到让人的心都跟着软了下来。

“岳母大人，倾城不仅是我的妻子，还是我的心上人。”

她吃了多少苦，余生，他就补偿她双倍的甜。

萧煜和雪太傅聊完，已经是月上西楼了。

他步履沉重地从书房走出来，抬头看着天空上挂着那一轮残月。

他想到了当年，他带着一个百人小队，被南蛮围困，双方拼死力博，拼到最后，只剩下他一个人，站在堆叠成山的尸体上。

天地苍茫，只剩他一个人。

那是人生里第一回，他感到害怕。

他怕自己像底下踩着的那些尸体一样死去，他怕自己就那样死去了，像一阵风飘散，也不会有人记得他。

人生里第二回，感到害怕，在此时此刻，在听完雪太傅说完那些血淋淋的过往之后。他感到脊背发凉，一种深深的无力感，能轻易将他击垮。

萧煜不知道怎么走到西厢的，雪倾城的闺房前面，房间里亮着灯，窗户上印着一个忙碌的小身影，小小的剪影，透着生机活力。

媳妇可真好看！

萧煜看得入了迷，心想哪怕就这样看一辈子，他也心甘情愿。

没有往事烦扰，只有她，只要有她。

萧煜正走神，房门突然被人从里面打开了，雪倾城朝门外望了望，似乎在找人，她没看到站在黑暗中的萧煜，兀自嘀咕："他不会迷路了吧。"

她在找他？萧煜心里一暖，主动从黑暗中走出来，披着月色和灯光，向雪倾城走近，道："你以为我跟你一样傻啊。"

雪倾城看到他，眼睛瞬间就亮了，满心的欢喜都写在眼睛里，像天上的星星，好看极了。

她扑过去，抓住他的袖子，问东问西："爹都跟你说了些什么啊？"

"他什么都跟我说了。"

"啊！"雪倾城嘴张得都能吞下一个鸡蛋了，"那我在街上和人打架的事，他也说了？"

萧煜皱眉看她："你还和人打架？"

雪倾城看萧煜这表情，就知道她一不小心又把自己给卖了，吞吞吐吐地做最后的挣扎："也……也就偶尔。"

萧煜颇为头疼，一副听天由命的样子。

"算了，我也只能'妇唱夫随'了。以后有打架这种事，叫上我。我的王妃，自然不能让别人欺负了。"

要欺负也只有他能"欺负"。

雪倾城的眼睛更亮了，道："真的可以吗？哇，以后有你撑腰，我可以在我们那块儿横着走了！"

哪像以前，即便当了老大，也是个窝囊老大，还时时刻刻担心别人来抢地盘。打架的时候，动脑子比动手还多，很少能痛痛快快地干一场。

想想，也是遗憾。

雪倾城能不能在她说的那个地方横着走，萧煜目前还不知道。只是当他发现她就是张牙舞爪的样子，他也很喜欢的时候，他就明白了——

在他心里，她已经在横着走了。

张牙舞爪的雪倾城，在晚上睡觉的时候，继续将霸道风格发扬光大，一整晚“拳打脚踢”。

萧煜心事重重，临天亮时就醒了，再也睡不着了，他索性起床，在院子里练剑。

雪倾城难得起了个大早，睁着惺忪睡眼看过来的时候，被眼前的“美景”给震住了。

哇，一大早就是裸身练剑，肉体诱惑，这么厉害吗？

她的鼻血都快流出来了！

雪倾城一出现，萧煜也无心练剑了，索性将利剑收入鞘中，拿着汗巾，一边擦掉额头上的汗，一边向雪倾城走近。

雪倾城还在发愣，猛然回过神来，萧煜已经披着外衣，胸膛大敞，魅力无限地朝她走了过来。

萧煜见她盯着自己，伸手在她面前晃了晃，这才让她回过神。

“见你神思恍惚，怎么？没睡好吗？是我练剑吵到你了？”

“没……没有……”雪倾城脸红到不敢去看他，只敢朝他伸出手去，本意是想着他练剑肯定累了，想接过他的剑，帮他收好。

结果萧煜看到她这样，却会错了意，还以为她要抱抱，直接大手一揽，将她往怀里带。

雪倾城愣了一下，还没回过神，就被萧煜放开了：“我刚练完剑，一身汗，莫熏到你。”

雪倾城赶紧抱住他，道：“不会不会，我喜欢。”

小时候，她一直以为自己是个男生，因为身材干瘪从小就被人嘲笑，所以她曾立志练成街头打铁的大牛那样壮实的身材，只是她练了许多年之后，才突然发现自己居然是女的！

这段让她想起来就吐血的经历，直接带偏了她的审美，导致在这个以瘦为美，男的女的都恨不得自己能够瘦到能被风吹走的地步的时代，雪倾城偏偏喜欢高大壮实的。

比如萧煜的身材，她就十分满意。

哎呀，虽然她这辈子是不可能拥有了，但是现在她能肆无忌惮地抱抱摸摸亲亲，想想也开心。

萧煜一大早就被她哄得像吃了蜜一样甜，只是他怕自己熏着她，放下剑，牵着她，在院子里遛弯消汗。

遛着遛着，就到了另一间翠竹环绕的院子前。院子布置得格外雅致，别有一番风味。

“这里是？”

“哦，这是雪倾城的院子。”

雪倾城觉得她这话说得有点绕，想组织语言解释解释，就听萧煜说道：“我懂。”

之前他就派连祁来打探过，这里应该就是那位真正的雪家大小姐的闺房。

突然，萧煜灵光一闪，突然想到了一个他一直忽略了的关键信息——凉国！

雪家小姐的闺房里，有凉国才有的纸，雪家一家老小突然被凉国人劫持，值此两国交恶之际，凉国太子大大咧咧地出现在雪家，还扬言要找回太子妃，而那位凉国的太子妃，还和倾城长得十分相像。

那日在朝堂之上，大家的注意力都被滴血认亲给吸引过去了，所有人都忘了还有凉国这一茬，也没人去追究那位失踪的太子妃，到底是真有其人，还是只是凉国的刻意挑拨。

可是如今一想，似乎前者的可能性更大。

那位太子妃应该确实存在，太子妃失踪，凉国太子甚至还去拜访过定北王府，一路追到了京都。

至于太子为什么会找到雪家，只有一个解释——雪家是他能想到的，太子妃唯一有希望出现的地方。而雪家，是凉国太子妃的娘家。

那位神秘的、没有露面就闹得满城风雨的太子妃，正是和他的小王妃长得十分相似的真正的雪家大小姐，雪倾城！

这个想法让萧煜一惊。

“不行！”他兀自想着事，突然爆出了这么一句来，把雪倾城都吓了一跳。

“什……什么不行？”

萧煜看着满脸担心的雪倾城，将自己如翻江倒海一般的心绪给勉强稳住了，对她露出了一个安慰的笑容，道：“没事。”

当天下午，萧煜就向雪太傅告辞了，雪倾城本来不想跟着他回去的，最后还是被雪夫人给赶走了。

用雪夫人的原话来说就是：“你骗了萧煜，他还能要你，你就要惜福了，赶紧给老娘滚出去。”

雪倾城：“哎，到底是谁骗谁啊，这件事明明是你们……”

雪夫人抽出了菜刀。

雪倾城屈服，道：“我这就滚！”

萧煜命人把雪倾城送回了王府，自己骑着马一路直奔皇宫。

凉国太子夏裴目前就被皇上软禁在宫里，战事吃紧，萧煜又有战神之名，最近天天在皇上跟前议事，正是得宠的时候，因此没人敢拦他。

他一路畅通无阻地见到了夏裴。

对于他的到来，夏裴似乎并不吃惊，他甚至没有一点身为阶下囚的窘迫，在萧煜冲进来的时候，他正捧着一本诗篇，读得津津有味，萧煜进来了，还有闲情和他讨论：“祁国的诗文果然是天下一绝，佩服，佩服。”

“你知道我今天不是来和你说诗文的。”

“那不知六王爷想和我讨论什么？战事？”

“你的太子妃。”

一听萧煜提起太子妃，原本还一副气定神闲的夏裴，明显变得谨慎了。眼神也从之前的平淡，变得凶狠：“六王爷，霸占别人的妻室，你很得意？”

“倾城是我的王妃，并非你的太子妃，她们俩虽然长得像，但并不是同一个人。”

听完萧煜的话，夏裴却是疯了一样，癫狂地笑了起来。

“六王爷，你当我是三岁小孩那么好骗吗？这个世界上，怎么会有无亲无故却长得一模一样的两个人？”

“她们……”萧煜欲言又止，“倾城于年初三月下嫁于我，整个京都都知道。今年三月，不也是你迎娶太子妃的日子吗？”

夏裴顿了顿，似乎在思索着什么，良久后才抬头，瞥了萧煜一眼，似是要看穿他：“你在心虚。”

“我为什么要心虚。”

“你若不心虚，何故特意跑来找我，和我说这番话！”

“我知道你无心挑起两国战事，我也不想再有人枉死战场。如果你能让凉国退出，我保证帮你找到太子妃。”

“找？如何找？你知道她失踪的这半年以来，我派了多少人找她吗？你保证？你凭什么保证？哦，我忘了，你家里不是还有一个吗，你找不到，就拿你的王妃来抵，是吗？”

“夏裴，你别太过分了！”萧煜出离愤怒了。

相比之下，夏裴却十分淡定，一双眼微眯着，似在盘算什么。

“萧煜，我们来做个交易吧，你休了你的王妃，把她嫁给我，我保证凉国不侵犯祁国，如何？”

“啪！”萧煜一拳捶在花梨木桌上，那桌子顿时裂开了一个缝，从中间断开了。

“我萧煜，宁愿战死沙场，也不会卖妻求和！”

“六王爷，一人可抵千军万马，你刚才也说过，不舍得百姓受苦，怎么，如今就舍得了？”

“我祁国百姓，我来守；我萧煜的女人，我来护！既然太子如此不通情理，那我们就沙场上见了！”

萧煜说完，拂袖而去。

看着萧煜的背影，再看看已经被萧煜劈成两半的花梨木茶桌，夏裴却像是什么都没有发生过一样，淡淡地抿了一口茶，叹道：“是个有血性的好男儿！就是不知道大祁皇帝，是否如你这般有血性了！”

夏裴这番喃喃自语刚落音，就有内侍走进门来，道：“凉国太子，皇上有请。”

早就料到会有这一日，夏裴抖了抖裙摆上并不存在的灰尘，对那内侍道：“请。”

御书房内，只有皇上，凉国太子和一个伺候在皇上身侧的内侍。

此时，皇上正端坐在龙案后，看着底下的凉国太子。见他气定神闲，颇为疑惑：“你心境倒是不错，都沦为阶下囚了，还能如此怡然自得。”

“那是我相信祁国皇上是个聪明人，定不会为难我。”

“我自然不会为难你，你现在是我的筹码，有你在手，我谅凉国也不敢进犯！”

“皇上，如果是这样，那我还是劝您不如现在就杀了我。凉国现在是摄政王苏淼当政，他巴不得我死，你若是杀了我，他还会感谢你送的这一份礼物，他正好能借你祁国谋害凉国太子为由，光明正大地对祁国兴兵。”

“你……大胆！”皇上被他气得胡子都翘起来了。但又因为他说的都是实话，皇上的确奈何不了他。若不是凉国摄政王当政，他早就把抓住凉国太子的消息公之于众了。

“皇上，刚才我与贵国六王爷谈了一个交易，不过六王爷太笨了，没有答应我，不知道您有没有兴趣听听。”

皇上被他气得头疼，招招手，示意他往下说。

“皇上将六王妃作为和亲公主嫁给我，我可以和皇上立下血誓，保证凉国绝不进兵侵犯祁国，如何？”

“荒唐！”皇上一拍龙案，气得双脸通红，“你这是要逼我把儿媳让给你！”

“据我所知，六王妃痴傻，这样一个王妃，本就配不上人中龙凤的六王爷，这样一个痴傻之人，能免两军交战，救千万人性命，也算是她的功德一件了，不是吗？”

皇上没有说话，但火气小了很多，明显是被他说动了，夏裴嘴角噙着一抹冷笑，继续说道：“我既能帮皇上除去眼中钉，让六王爷有机会另觅贤妻，还能免两国百姓交战之苦，江山社稷和儿女私情，孰轻孰重，六王爷拎不清，我相信您一定会以大局为重。”

皇上抬眼，眼神里既有几分疲惫，又有几分算计：“你知道，六王妃并非你的太子妃。”

“我知道。”

“那你为何偏偏要娶她？你若是想要美人，我大祁多的是，哪怕真的要公主和亲，也并非不可。”

“不，如果皇上想要两国停战，和亲公主只能是六王妃。”夏裴说得斩钉截铁。

“为何非她不可？”

“这本是家丑，不过如今这种情况，我也就不瞒皇上了。”夏裴拱拱手，“我那皇叔，当今凉国的摄政王苏淼，看上了我的太子妃，若不是他从中作梗，我的太子妃也不会无故失踪。我自然清楚，六王妃并非我的太子妃，但是我皇叔并不知情。”

听到这里，皇帝也明白了。

“太子果然计谋无双！”

“如此，皇上是答应我了？”

“虽然此举有违伦常，但为了黎民百姓，朕也不得不有所牺牲。不过……”皇帝看着夏裴，认真地道，“朕有一个条件，你必须答应我！”

从皇宫出来之后，萧煜就直奔军营，因为战事一触即发，所以那些本来都被分散在各个寺庙里的士兵都被召集起来，个个都摩拳擦掌，只待重上战场，奋勇杀敌。

安询身体好了些之后，也时常会来到军营排兵布局，他就像是交代后事一样，扯着连祁一遍遍讲兵法，奈何连祁杀人还行，真要他排兵布阵，他一听就头疼，简简单单的一个“一字长蛇阵”，安询讲了一上午了，他愣是一个字都没有听进去。

萧煜冲进来的时候，正好听到连祁求饶的声音：“安先生，求求您饶了我吧，我对行兵布阵，真的一点都不了解啊，而且我不想了解。”

“可是一旦双方交战，王爷事务繁忙，需要一个人为他排兵布阵，为他出谋划策。”

“那不是有安先生您嘛！”连祁拱拱手，就想告退，“我生来就是保护王爷，出谋划策这种事，还是安先生您自己来吧。”

说着就往后退，却意外撞到了一个人，回头一看，发现是萧煜。

萧煜的脸色不是很好，似乎刚和人吵过一架，连祁不敢多问，拱手退出了帐篷。

安询也有点不敢看萧煜，也不知道刚才他和连祁的话，他听去了多少。

萧煜径直走上主座，往那虎皮大椅上一坐，看着沙盘发呆。

安询硬着头皮，关怀他：“王爷可是遇到了难事？”

“安先生，如果凉国出兵帮助南蛮，我们该如何应付？”

“不是已经抓到凉国太子了吗？”安询疑惑地问，“为了他们太子的安危，凉国不敢贸然出兵吧。”

不过，没等从萧煜嘴里听到答案，安询已经自顾自地分析了起来：“不过，听说凉国的朝堂分为两大阵营，一队拥护太子，一队拥护摄政王。而且太子势弱，凉国几乎由摄政王苏淼做主。如果真是这样，那我们抓到凉国太子不仅毫无意义，甚至正中了苏淼下怀，给了凉国一个对我们出兵的理由。”想到这里，安询似乎多少明白了一点萧煜刚才那般问话的用意了，于是打起十二分精神，开始认真分析起来。

“之前我与王爷已经分析过了，如果凉国和南蛮一起出兵，那我国的北部、东部、南部，三面受敌。南蛮凶狠，虽然去年被我军重创过，但仍不可小觑，而且南蛮觊觎我祁国疆土已久，南蛮地瘠民贫，粮食甚少，连年征战，内耗不少，如果此战还不能胜，未来十年，都不会再有机会兴兵，所以，此战他们定会拼个你死我活，对南部的南蛮军，我军必须以强兵应对。”

萧煜点点头，他和南蛮军交过手，他们虽然人少，但南蛮人生在马背上，从小就以游猎为生，个个骁勇善战，的确是一支不容小觑的精兵。

安询见萧煜没有反对，继续往下说：“东部或许会有少许南蛮兵，凉国若是相帮，东部也会出一部分兵力，但绝对不是主力，目的就是分散我们的兵力，让我们首尾难顾。至于北部，凉国虽然国力雄厚，到底不过是个旁观者，他们出兵不为求胜，不过是拖着我们的兵力让我们疲于应对罢了，只是凉国狼子野心，倒也不得不防，所以北路，也需谨慎应对。”

安询的分析和萧煜心中所想差不多，萧煜拿出三面小旗来，分别在北路、东路和南路插上三支，分析道：“以兵力来分，南路最优，东路虽然人不少，但是不成气候，是以最差，北路中等。无论如何，三路都不能放弃，必须分兵！”

安询附议：“是的，定北王骁勇善战，定北王府有雄兵五万，应付北路应该不成问题，陛下那日透露，有意御驾亲征，若陛下率领十万大军攻击南路的南蛮王，虽说不是稳操胜券，但轻易也不会输。只是东路，少说敌方也会有五万大军，如果王爷您前往应敌的话，三万战五万，多少是有些吃亏的。”

在分兵布阵这件事上，萧煜却和安询产生了分歧:“不，这样很危险。我方有胜券的只有南路，而且南路还并不是稳操胜券，尚有败北的可能，北路和东路都十分薄弱。这样打下来，要么就是被敌人攻城略地，要么就是常年内耗，导致国库空虚，无论是哪一条，我们这一仗，都算输了。”

安询不解：“可是敌方分上中下三支分兵，我方最多也只能分出三支来，那自然要上对上，中对中，下对下。”

“不！”萧煜灵机一动，想到了那日，太子与他说过的倾城帮他斗蛐蛐一事。他喜不自胜，另外拿出三面小旗子，分别插在三条路上。

“我们可以让父皇分兵两万出来，给定北王，这样北路就稳操胜券，东路就由父皇率领八万大军，自然不会有任何问题。”

“那……南路呢？”安询眼皮直跳，突然有种不好的预感。

果然，只见萧煜指了指代表他的军队的蓝色军旗，道：“我去。”

“只领我们这三万南征兵？”

“对。”

“那不是以卵击石，摆明了去送死啊！”

虽然安询知道，萧煜这样排兵布阵，会让胜率大增，而且哪怕南部失守，南蛮王想要攻进京都也还需要一段时间，那时候，陛下的八万精兵肯定已经击退了东路的敌人，再赶来南路退敌也完全不成问题。

只是，谁去南路，就是送死啊！

“我们只守不攻，他们想攻下我们也没那么容易，更何况，父皇只要及时赶来支援，我们守住南路，问题不大。”

“王爷，您就没有想过，万一……”

“不会的。”萧煜拿起那面蓝色的小旗子，也不知道是在安慰安询，还是在安慰自己。

“我不会，也不允许自己出事。”他将那面旗子递到安询面前，“此战凶险，请安先生务必保护好自己。”

安询面带苦涩，接过那面蓝色小旗，内心沉重。

论行军打仗，萧煜的勇武远在他之上，可萧煜唯一的缺点就是太过于纯良。就比如这次的三路安排，他完全可以去东路甚至是北路，可他偏偏选了一条死路！

但是他这样舍生忘死，又有几个人会记得他的好呢。就像当年，他在绢城拼命杀敌，维护南境安稳这么多年，可是一回京，还不是要面对皇帝的猜疑，军队的崩解。

安询想到这儿，心绪一激动，忍不住咳了起来，

萧煜担心他的身体，便让他下去休息了，自己则拿出奏折来，将目前的形势和他愿意去南路抗敌的决心，尽数写了上去，只是在最后落笔的时候，他犹豫了一下，补充了一句：若儿此次一去无回，还请父皇为倾城另觅良缘。

奏折写完，封上朱漆的时候，萧煜内心第一次有了不舍。

他只要一想到，他的小王妃，以后可能会跟在另一个人身后喊相公，他就莫名地窝火。

拆掉朱漆，萧煜拿了一张新的奏折出来，将内容都誊抄了一遍，只把最后那句去掉了，重新用朱漆封好，命人呈到宫里去。

他可不想让倾城喊别的男人相公！

倾城的相公，只能是他！

他一定会活着回来！

南蛮正式对大祁宣战了，萧煜所料不差，他们分兵两路，主路攻南，分兵去了东路。凉国虽然没有动静，但根据情报最近也在清点军资，似要大干一场。

凉国太子早就已经被放回去了，至于他那天在御书房和皇上商量了一些什么，没有人知道。

萧煜最近非常忙，脚不沾地，安询跟着他在军营里奔波，身体一日不如一日，最后竟发展到了需要小药王贴身照看的地步。

雪倾城一个人闷在家里，很是无聊，索性以跟着师父学本事为由，也换了一身学徒装，混进了军营里，只是需要避着萧煜。

他看见她了，肯定要撵她走。

伙夫长在她混进来的第一天就认出她来了，从此，雪倾城就多了一个饲主，伙夫长每天变着法儿地投喂她，眼看着脸蛋都圆了几圈了。

就连小药王看到她，都忍不住感叹一句：“你再这样吃下去，王爷该不要你了。”

雪倾城对着铜镜，捏捏小圆脸，点点头，十分赞同小药王的话：“师父你说得对！”

“所谓饭吃七分饱，活到九十九，所以啊，徒弟你……”小药王的话还没说完，就看到雪倾城翻箱倒柜把伙夫长给她做的零嘴小吃都拿了出来，“你这是干什么？”

“‘独胖胖不如众胖胖’，我要给萧煜送过去，大家都胖了，他就不能嫌弃我了。”

小药王眼看着雪倾城真要送过去了，忙拦住她："你忘了，你是偷偷混进来的，你怎么给他送？"

雪倾城偏头认真想了想，然后将手中的食盒交给小药王，道："师父，你去。"

"我去？"

"嗯，不许偷吃哦！"雪倾城说着，如释重负般，高高兴兴地磨草药去了。

这两天，她跟着师父学习如何研制草药，顺带还学了很多字，如今她已经可以不问旁人也能看懂一本医书了。

萧煜现在忙得脚不沾地，小药王自然是没办法随意进出他的帐篷了，所以投喂王爷的重任就落到了安询身上。

安询十分嫌弃地抱着食盒进了帐篷，看到萧煜像是扔烫手山芋一样，赶紧把食盒丢了过去。

"这是什么？"

"王……回王爷话，这是伙夫长看您辛苦，托我带给您的。"

"伙夫长？他什么时候这么关心起我的身体来了。"萧煜狐疑地打开食盒。

水晶糕、蜜饼、盐津果子……口味丰富，但都是零嘴——没有一样是他惯吃的。倒是倾城，平日里最爱吃这些。

萧煜合上食盒，将连祁叫了进来，道："你去把这盒零嘴给王妃送过去。"

安询很是头疼：王妃这会儿就在他帐里呢，连祁一回去，不就穿帮了！都怪师兄，就爱给他惹麻烦！

他只能硬着头皮拦住萧煜："王爷，这是伙夫长的一番心意呢，他把食盒交给我的时候，还特意嘱咐我，要我让你多吃一点。"

"那我把这些送给更喜欢吃更懂得欣赏的王妃，也不算浪费吧。"萧煜放下书，盯着安询，"安先生，你今日，似乎有些不对劲儿呀！以往这些事，你可是从不过问的。"

安询见拦不住，只能"呵呵"干笑两声，道："我也是见王爷您最近事务繁忙，担心您的身体罢了。”

萧煜叹了口气，站起来：“安先生你放心，我心里有底，自然不会让自己在这个关头出事，只是我上次递交给父皇的折子，父皇一直未曾批复下来，如今南蛮那边蠢蠢欲动，还不发兵，一旦真的开战，也不知道能撑多久。”

“可是王爷，您不觉得奇怪吗？南蛮如果真的和凉国达成了协议，为何只是高举战旗，却迟迟不肯发兵呢？兵贵神速，南蛮那边如此拖拉，早就失了先机。”

“难不成……”萧煜猛然想到了什么，“凉国那边出了岔子，南蛮在等凉国的消息，所以不敢贸然出兵？”

“这个我就不知道了，只是我前两天刚收到一个消息，听说……”安先生的话还没说完，就被门口负责通报的守卫打断了。

“王爷，王府来人了。”

守卫刚说完，管家就匆匆走进来，满脸着急。

“皇上召王爷和王妃觐见，奴才找遍了王府都没找到王妃……”

“不在王府？”萧煜冷眼一扫，看向连祁，连祁忙下跪解释：“我也很久没有回过王府了。”

萧煜吼道：“那还不快派人去找！”

连祁刚想起身，就听到缩在角落里的安询，站了出来：“我……知道王妃在哪里！”

萧煜带人气冲冲地往外冲的时候，雪倾城正在磨药草，师父说这种药草有止血的功效，战场上拿来救急最有效了，她想多磨一点，以后万一萧煜受伤了……

“呸呸呸，我刚才是乱想的，坏的不灵，好的灵。”

不过，一想到萧煜，雪倾城手中的动作就放缓了。

也不知道她给他送的那些零嘴，他吃了没有。她其实很早就想去找萧煜，可是一来怕他赶她；二来军中事务繁杂，看他每天忙得脚不沾地的样子，她也不忍心去打扰他。

“王妃。”身后陡然响起一道声音，吓得雪倾城差点切到手指，回头一看，却是熟人。

“陈内侍。”

“难为王妃还记得咱家，王妃，皇上有请。”

萧煜掀帘冲进帐篷，一目了然的帐篷里，却空空如也，跟在他身后冲进来的安询，看到这个场景也是一愣，他一把扯住跟着进来的小药王，问：“王妃人呢？”

“刚才还在帮我磨药来着！”小药王还没来得及弄清楚到底发生了什么事，就面临兴师问罪，他也是冤得很。

这时候，连祁走了进来，拱手道：“王爷，问清楚了，守卫说是看到陈内侍带着一个药童出去了，因为他有皇上御赐的腰牌，所以他们都没敢多问。”

管家听完，面露难色：“爷，你罚我吧，是我的疏忽，是我把陈内侍带到军营来的，他不相信王妃会失踪，所以……本想着向王爷您禀报了就让他来见您的，没想到……”

“现在不是问责的时候。”萧煜的脸黑得像锅底，“陈内侍伺候父皇这么多年，他没有通知我就带走倾城，肯定是父皇的命令。”

“无论如何，我要先进宫，面见父皇再说。”说到这儿，萧煜对连祁吩咐道，“连祁，备马。”

这还是雪倾城头一次一个人进宫，一路上她心里都惴惴不安，忍不住胡思乱想——

是不是皇上发现她在装傻了？是不是上次的滴血认亲结果其实是坏的，皇上发现她不是真正的雪倾城了？是不是……

雪倾城越想越慌，桩桩件件都是要掉脑袋的大事。到了御书房的门口，雪倾城的双腿更是不停颤抖，走不动了。

陈内侍发现她的不对劲，停下步子等她。

“王妃，您这是怎么了？”

“腿……腿软。”

“想必是走了这么久，累着了。”陈内侍说着，叫了两个体格健壮的丫鬟来，命她们扶着雪倾城，“王妃您再忍耐一会儿，还有一段路要走呢。”

“不……不是去御书房吗？”

“去华熙宫。”

“华熙宫？那是哪儿？”

陈内侍还算耐心，回道：“太后宫里。”

雪倾城一听是太后，心里的紧张感一下子就烟消云散了，整个皇宫里，她最有好感的就是太后了。哪怕她没有见过太后，可是她从萧煜那里听到了很多关于太后的事，她和萧煜能够成亲，她能够去赏菊宴，都是太后的恩赐。

雪倾城一下子就有力气了，她推开那两个扶着她的宫女，瞬间变得生龙活虎。

“陈内侍，麻烦您带路吧。”

雪倾城曾不止一次想象过太后的样子，她应该是个慈祥的老人，应该很爱笑，兴许还有些微胖，总归是让人看上去就很舒服的人。

事实上，太后和她想象的一模一样。

太后年逾古稀，身材微微发福，但是保养得宜，一张脸没有多少岁月的痕迹，一看就是非常慈祥温柔的人，想必她年轻的时候一定是个温柔的大美人。

陈内侍把雪倾城带到太后的宫里后就退下去了，太后看着雪倾城，越看越觉得喜欢，心里想着：怪不得煜儿死活要娶这雪小姐为妻，当真跟个小白兔一样，又软又萌，看着就让人喜欢。

太后抬手，将雪倾城召到自己的跟前来：“真真是个可人儿，我煜儿的眼光没错。”

雪倾城快言快语：“太后您也好看。”

“放肆！”太后身边的宫女，闻言厉声呵斥她，吓得雪倾城一个哆嗦。

太后见状，忙拉住雪倾城的手，温柔安抚着，同时对身后的宫女道：“你带人都下去吧，我和我孙媳妇说说话。”

那宫女张张嘴还想说什么，不过太后脸色一变，她就不敢再多言了，带着这屋子里的宫女，足足有十来人，退下去了。

这阵仗，看得雪倾城瞠目结舌。不愧是太后啊，这伺候她的人，都够组一个蹴鞠队了。

太后见雪倾城盯着那些宫女看，安慰道："倾城，吓坏了吧。"

雪倾城忙摇摇头，乖乖地在太后身边站着，任太后拉着她的手。

太后指了指她对面的座位，道："坐吧，陪我说会儿话。"

雪倾城乖乖地照做了，太后扯着她拉家常，拉了半天，雪倾城倒是没忘记自己还是个傻子的设定，有好几次差点被太后套过话去了，关键时候都生生忍住了。

聊了足足一炷香的工夫，太后的声音太温柔，雪倾城听得都有些想睡觉了，突然听到太后问："倾城啊，煜儿有没有跟你说他这两日就要出征去南边啊。"

雪倾城顿时清醒过来了。

南边？

这两天她听安询和小药王讨论兵情，多少了解一些。这次祁国三面受敌，其中以南边的南蛮最为凶狠。

萧煜居然要去啃那块硬骨头吗？

只听太后继续说着："那南蛮军最为凶残，煜儿到底还是年轻鲁莽了一些，此次居然自己和皇帝请缨，只带三万南征军，就要去对抗南蛮的十万大军！"

三……三万？！萧煜是疯了吗！

"那可是南蛮军，为什么不给他多派一些人？"

"祁国三面受敌，必须分兵，煜儿立下军令状，说是一定会拖住南蛮军，等着陛下收拾完东边的敌军之后，再去南边支援。可是你也知道，战场凶险，更何况敌我实力如此悬殊。哎，我听到这个消息，几天都没睡好觉，煜儿这孩子，吃了太多苦了。"

雪倾城脑子里乱麻一般，太后在她耳边说话，她一句话要十句话的工夫才能消化掉，她现在满脑子里想的都是一句话：萧煜要死了。

不……不可以！她不允许！

“太后，求求您，救救萧煜，可不可以不让他出去打仗啊，可……可不可以……”雪倾城急得都要哭了，她第一次恨自己这么没用。

“这次是南蛮和凉国先挑起战乱，也不是我们想不打就能不打的。”太后语气十分沉重，“如果凉国不插手就好了，区区一个南蛮，还不在话下。”

“凉国？”雪倾城的脑海里突然蹦出了那天在雪家门口见到的那两个男子，一个沉稳，一个妖孽，他们好像一个是凉国太子，一个是太子的皇叔。

“凉国太子！”雪倾城激动得蹦起来，“那天，我见过凉国太子，我们可以去找他，让他撤兵。”

“傻孩子，你父皇早就找过凉国太子了。”

“他怎么说？”

“他……”太后面带难色。

雪倾城已经急得像热锅上的蚂蚁了，也顾不上她是太后，她是长辈，抓着太后的手，就差没有跪地了：“太后求求您，告诉我吧。”

“他说，让你嫁给他，他就保证凉国不插手。”

太后的话如一道天雷，狠狠地朝雪倾城劈下来，劈得雪倾城太阳穴突突地跳。

“太……太后，您确定？”

当着雪倾城的面，太后重重地点了点头。

“可是，我已经嫁人了。”

“他不介意。”

“可是……萧煜他……”

“煜儿想必也是知道的，我给你看个东西。”太后说着起身，走进了内殿，片刻后，从内殿拿出一卷画来，当着雪倾城的面摊开。

雪倾城一眼就认出这画来了——南道子的《竹山图》，萧煜很喜欢，后来送给了太后的那幅。

这个关头，她都要急死了，太后把这画拿出来是什么意思。

太后将画搁在桌子上，摊开，一边欣赏，一边喃喃叹道：“不愧是南道子，他的画，画功和意境都是天下一绝，也难怪我和煜儿都会喜欢。

那天，煜儿拿这画来找我，说是想换两张赏菊宴的请帖，我不用问都知道是为你求的，只是他为了你居然舍得把南道子的画拿出来，却是我怎么也没想到的。要知道，这幅画之前皇后也找他求过，都被他拒绝了。不过……”

太后又依依不舍地看了一眼，这才将画慢慢地卷起来，“英雄难过美人关啊。”

太后将画轴系好，交给雪倾城。

雪倾城愣住了。看太后的眼神，她就知道她很喜欢这幅画，明明很喜欢，为什么……

太后也看穿了她眼里的狐疑，笑着道：“这天底下，不是什么事都可以用来交易的，比如喜欢。君子不夺人所爱，这《竹山图》，也该物归原主了。”

雪倾城的眼眶，有些红：“太后……您的意思是？我可以不嫁给那位凉国太子吗？”

她不是说君子不夺人所爱吗。

岂料太后却扫了她一眼，一脸的“果然天真”，然后斩钉截铁地告诉她：“不可以！”

“不过，你是我的孙媳，陛下的儿媳，我们总不至于亏待你，我们帮你向凉国太子要了个要求，你有没有兴趣听一听？”

雪倾城感觉自己进了一个圈套。

萧煜匆匆赶往御书房，在门口，看到了陈内侍。他一个箭步冲上去，挡住陈内侍的路：“倾城呢？父皇召见她，所为何事？”

萧煜这样怒气冲冲地冲过来，把陈内侍吓得不轻，他稳了稳心神，答道：“没什么大事，六王爷不用担心。是今日皇上去给太后请安的时候，太后说起了六王妃，说早就想见六王妃了，但是您一直没有带六王妃去向她请安。皇上听了，这才命我去传召六王妃的。”

一听陈内侍提起太后，萧煜就放下心来了，他只是觉得陈内侍今天的话格外多，像是在隐瞒什么似的。

不过太后向来不问政事，如果皇上真的发现了倾城不对劲，也没必要绕这么大一个圈子，让太后来处罚倾城。

他如此一想，安心了不少，朝陈内侍拱拱手，为刚才自己的无理赔罪。

“不过六王爷，皇上可是在御书房等你多时了，他应是允了你的折子，你还是自己进去和皇上商量吧。”

萧煜又拱拱手，这才往御书房走去。

陈内侍看着他的背影，悄悄地抹了一把额头上的冷汗。

这六王爷，发起火来，还真是瘆人。

萧煜接到允许发兵的圣旨的时候，心中五味杂陈，一时之间也不知道该高兴，还是该失落。

他虽然在父皇面前立下了军令状，但毕竟三万对十万，说是以卵击石都不为过，其实他心里，也没有多少把握。

从御书房出来，萧煜本想去太后宫里找雪倾城，带她一起出宫，却被陈内侍告知，说六王妃一早就出宫了。

难道她不知道我也进宫了？萧煜带着狐疑回到了王府，结果也没找到雪倾城，安宁说雪倾城派人带话回来，说是要去定国寺一趟，晚些时候才会回来。

她一个人去定国寺？萧煜虽然担心，但是如今圣旨已下，他必须立马安排大军出征的事，这个关头实在是无暇顾及雪倾城，只能让连祁去接她。

而另一边，雪倾城失魂落魄地站在定国寺后山的枫树林里，枫叶已经落得差不多了，树干都是光秃秃的，土地上的树叶也远没有初见时的金黄，看过去一片残败。

方丈走过来，道：“阿弥陀佛。王妃可是遇到了难事？”

“方丈，我遇到了一个难题，不知道如何抉择。”

“人活一世，会遇到无数个选择。做选择，说难也难，说简单也简单，全看王妃能不能承受结果。”

能不能承受结果？

她若另嫁他人，萧煜必定会生气，更有可能这辈子都不会再理她；可她若是不嫁，萧煜会死。

“不，不是这样的。”雪倾城一想到这些后果，就很崩溃，“一定还有第三个选择，一定还有！”

方丈做主持这么多年，练得一身洞察人心的好本领，他问道：“王妃如此神伤，可是为了王爷？老衲看得出来，王爷是真心疼爱王妃的，所谓‘夫妻同心，其利断金’，王妃您为何不去和王爷商量商量，兴许会有转机。”

方丈的话如醍醐灌顶，狠狠地将雪倾城浇醒了。

对哦，告诉萧煜。

或许萧煜能够答应也说不定。

“谢谢方丈！”雪倾城想通了，提起裙子就要往外跑，跑了两步又折回来，问道，“对了，方丈，寺中之前有一位解卦的老先生，不知道现在在哪？”

“那位先生，游历四方，居无定所，老衲也不知道他在何处。不知王妃找他有何贵干？老衲下次见到他了，可以代为转达。”

走了？雪倾城皱皱眉。

想起那日那个人给他解的签，自从他说她命犯桃花劫之后，萧煜就遇刺，如今还有生命危险。

“并无大事，方丈找到他了，烦请通告一声就行。”她一定会拿刀，砍死那个乌鸦嘴！

“好的。”

第十一章 我也很喜欢你呀

日暮时分，雪倾城才回到王府里，萧煜因为担心他，把工作都搬回王府来做了，雪倾城回来的时候，他正在书房里和安询讨论粮草运送的路线。

“兵马未动，粮草先行”，这两日军粮就要出京了。

他们讨论得正激烈的时候，连祁来报：“王爷，王妃回来了。”

萧煜一愣，脸色有些犹疑。

安询接过他手里的布防图，道：“王爷您去见王妃吧，这里您刚才已经吩咐得差不多了，剩下的，我来安排就行。”

萧煜很诧异安询居然会如此劝他，毕竟他以前可是很讨厌雪倾城的，讨厌到不惜……

安先生能接受倾城，是好事。

萧煜如此一想，点点头，道：“我去去就来。”

当然，谁也不会信他的那句“去去就来”，众人相视一笑，然后继续研究军情了。

雪倾城的屁股刚坐下，就听到一阵熟悉的脚步声，还没等丫鬟通报，萧煜就已经迈步进来了。

萧煜一看到雪倾城，就觉得她哪里不一样了，却又说不上来："倾城，太后她有没有为难你？"

她摇摇头，拿起桌上的那幅画："太后只是把这幅画给了我，说是要物归原主。"

萧煜没看画的内容，光从那系画的丝巾，就已经看出来了，问："《竹山图》？太后怎么突然让你拿回来了？"

雪倾城摇摇头："太后只说了，这天底下不是什么都能拿来交易的，她说既然是你很喜欢的东西，那就还给你好了。"

她一边将画交过去，一边念叨："你可收好了，下次可不能随便送人了。"

萧煜没有收，心里想着的是：那下次你可别说再要去什么赏菊宴了。嘴上说的却是："这画太后既然给了你，你就收着吧。"

雪倾城想了想："哦，你那天说过，你说你有更喜欢的画了。"

萧煜却摇摇头："不是画。"

"哎？"雪倾城想了想才知道他是在接她刚才那句嘀咕，她疑惑地问道，"那是什么？"

"是人。"萧煜说这话的时候，眼神直勾勾地盯着雪倾城，雪倾城还没脸红，在一旁伺候的安宁和安瑞先脸红了，捂嘴偷笑跑出去了，出门时还不忘替他们拉上门。

"瞧你，把丫鬟们都羞跑了！真是的，说话也不分场合。"雪倾城嘴上虽然埋怨着，心里却跟吃了蜜一样甜。

萧煜却不以为然，得寸进尺："没事，我媳妇没跑就行。"

雪倾城这一天心里都是苦哈哈的，也只有萧煜，能让她开心一点了。

雪倾城抬头，试探着问道："那……如果有一天……我跟着别人跑了呢？"

萧煜的眼神，瞬间变了，变得悲愤，痛苦，还有失望。

成亲这么久，雪倾城第一次看到他这样，吓得她忙抓住他的手解释：“你……你别这样，我只是说如果，如果！”

萧煜冷着脸，道：“与其想着你跟别人跑了怎么办，还不如防着你跟别人跑。”

萧煜上前一步，抓住雪倾城的手：“倾城，你今天突然说这话，是不是太后和你说了什么？”

雪倾城心里一跳，有些话就在嘴边，好像很快就能脱口而出，可是一想到刚才萧煜的反应，她瞬间怕了：“没……没什么。”

雪倾城吞吞吐吐的态度，让萧煜的心里总有些怀疑，他看着她，十分认真地说道：“倾城，不管发生什么，你都要记住，我永远在你身边。”

“嗯。”雪倾城乖巧地点点头。

萧煜看着她点头的样子，没忍住伸手摸了一把。不愧是他喂养了这么久的小媳妇，手感真好。

他这一摸，就没忍住，从头发渐渐地到了不可描述的位置。

雪倾城被脱光了放在床上的时候才想起来——她只是个代嫁新娘啊，拜堂成亲就算了，难不成连洞房都要来一遍。

这个想法让雪倾城瞬间清醒过来，说着就要推开萧煜。

气氛正好，萧煜从她胸前抬起头来，眼神里满是不解。已经这么多天了，他给她的时间难道还不够吗？她还不能接受自己吗？

雪倾城指了指自己，道：“萧煜，你看清楚，我不是‘雪倾城’，不对，我不是你真正的王妃。”

雪倾城虽然没经历过这些，但是她可没少看过，自然知道这事意味着什么。

萧煜眉头皱起：“我以为这个问题我们已经讨论过了。不管你是谁，是‘雪倾城’，还是‘小六’，你都是我心里唯一的王妃。”

“可……可是……你若是要了我，是要对我负责的，一辈子都不许反悔。”

萧煜闻言，笑出声来，他不由自主地从雪倾城身上翻了下去。

雪倾城拉起薄被，盖住自己的敏感部位，看他笑得那样子，很生气：

“你不愿意？”

萧煜在笑得前俯后仰时，竟认认真真地点了点头，气得雪倾城当时连话都说不出来了。

她抓起掉落在床上的肚兜，裹着被子就要下床穿衣，却被他一把拉住，整个身子都不受控制，摔进软绵绵的被子里，头更是被一双大手护住，稳稳落地。

萧煜就在她的正上方，一只手护着她的头，一只手撑在床沿，将她圈在一个小小的空间里。

“谁说我不愿意了。”

“你刚才明明点头了！”雪倾城心里那叫一个委屈。

“点头是代表愿意，我很乐意对你负责。只是一辈子太短了，不够，我想负责你的下辈子，下下辈子，生生世世。”

雪倾城眼眶红了。

他一本正经说情话的样子，真的，让人没办法抗拒，只能沉迷。

在失去理智之前，雪倾城提了最后一个要求：“那……那你不许把娃娃从我的脚底塞进去。”

萧煜决心不理她，用实际行动，让这个小丫头没空想这些乱七八糟的事。不过还没等他行动，雪倾城已经爬到他身上来了。

他瞪大了眼睛看着雪倾城，估计没想到自己身为堂堂王爷，居然也有被人压的那一天。

在萧煜震惊的目光中，雪倾城俯身，亲了下去……

一夜春宵。

雪倾城睡到日暮才起来，一动浑身上下就跟散架了一样疼。

安宁和安瑞早就在外间守候着了，一听到她动了，赶紧进来伺候。

雪倾城浑身酸痛，坐都坐不起来了，两个丫鬟一左一右地帮她揉着手臂。即便这样，她还是觉得自己身上的骨头就像被人抽走了一样，她现在是半点力气都没有。

“这比我打三天架还累，不，比我‘经人事’还累。”她想起以前替萧煜做丫鬟，“经人事”的时候，觉得那就是世界上最痛苦的差事了。

哎，看来，当时的她还是太年轻了。

两个丫鬟看着雪倾城身上的红痕，已经能够猜到昨晚的战况有多激烈了，又听到雪倾城说这样的话，两个丫鬟都顿时羞得满脸通红。

“王……王妃你……这怪不好意思的。”

“不好意思？什么不好意思？”对于从小就出入青楼、相公馆的雪倾城而言，从小到大接触最多的女人就是青楼女子，她们豪放不羁，有时候甚至会将房门大开和人调情，雪倾城在这样的氛围里长大，不觉得男欢女爱有什么不好意思的，自然也不能理解两个丫鬟怎么脸都红得像猴屁股一样。

安宁和安瑞面对雪倾城一本正经的追问，一时之间到不知道该如何回答了。

安瑞年长，觍着脸劝雪倾城：“王妃，这些话您和我们说说就好，对外可千万要谨慎，不然别人会笑话的。”

“什么话啊？”雪倾城还是不明白自己哪里说得不对。

“经……经人事。”

“哦，你是说这个啊！”雪倾城摆摆手，“府里全知道了呀，也没人笑我啊。”

安宁和安瑞下巴都能掉下来：“全……全知道了？”

王府里的人什么时候这么闲了，这么关心王爷和王妃的闺房生活。

“是啊，安先生、连侍卫、管家他们都知道啊，还合着伙来欺负我。”

“合……合着伙……欺……欺负？”

安宁和安瑞两个人的三观都已经快被震碎了，脑子里有各种少儿不宜的画面闪过。

王爷和王妃什么时候玩得这么大，她们近身伺候，为什么什么都不知道！

雪倾城不明白她们一脸崩坏的表情是怎么回事，她很自然地接话：“是啊，让我端茶递水做丫鬟伺候他，晚上还要我给他按摩，可把我欺负惨了。安先生、连侍卫、管家他们都是帮凶！”

安宁、安瑞：王妃您在说什么？怎么我们突然什么都听不懂了。

安宁和安瑞好不容易才弄明白这件事——原来是她们之前没有弄清楚形势，误导了雪倾城，让她一直以为给王爷做丫鬟就是“经人事”，幸亏还没闹出大笑话来。

安宁只能硬着头皮向她解释：“王妃，‘经人事’并不是给王爷做丫鬟。”

“那是做啥？”

“做……”安宁的脸红得都能滴出血来了，“做……你们昨晚做的那种事。”

“你们文化人就是麻烦！”

军中事务繁多，萧煜一大早就去了军营。

许是因为一夜间身心都得到了极大的满足，一晚上没睡觉他竟也不觉得累，不仅如此，整个人容光焕发，精神饱满。

萧玟正好来为他送行，看到他脖子上的痕迹，恨不得自戳双目。他只能强忍住心中的酸楚，对萧煜道：“六弟此行凶险，我和大哥都很担心，其实你完全没必要冒这个险的，你……”

“若是不冒险，我祁国将无半分胜算。”

“可你万一出了什么事，大家都会很担心你的。”

“谢谢四哥的关心，不过放眼整个皇宫，能如此担心我的，除了你和长兄，再也找不出第三个来了。”

“谁说的，倾城她……”萧玟说到这儿的时候，萧煜头一抬，眼神冰冷地看着他，萧玟就知道自己失言了，“不好意思，我只是……只是担心……。”

“只是担心她年纪轻轻，就要为我守寡，是吗？”萧煜冷笑一声，“所以，我一定会活着回来！我自己的妻子，我定会好好护着，就不劳四哥操心了。”

萧玟的眼神黯淡了下来。

其实他一直都是知道的。

雪倾城不谙世事，对男女之事懵懂，他曾看过她的手腕，上面的守宫砂分外鲜艳。

他知道萧煜虽然娶了她进门，却从未碰过她。虽不知道原因，萧玟心中却暗暗生出了一些不该有的期待。

或许，萧煜是不喜欢小六姑娘的，他表现出来的只是逢场作戏，不然为何成亲这么久还不碰她。然而萧煜却偏偏碰了，在他即将出征之前，在他赴死之前。

萧煜明明知道他会死，为什么还要霸占着小六姑娘？难不成真的要让小六姑娘替他守一辈子的寡吗？他就没有为小六姑娘考虑过吗？

萧玟知道，雪倾城既然已经做了他的弟妹，哪怕他再喜欢，这一辈子，他和她也没有可能。可是他也是真心希望她幸福的，哪怕给她幸福的人，不是他。

萧玟捏紧拳头，做了一个重要的决定："六弟，我替你去。我替你，带兵南征。"

萧煜突然听到萧玟这么说，十分诧异，但是一想到刚才萧玟说的那些话，他也能明白是什么事了，脸上的错愕也变成了冷淡，道："多谢四哥的好意，但是我是从死人堆里爬起来的人，我的命，早就交给了战场。更何况，这一次，我有更想守护的人。"萧煜一字一句地说着，像是在宣誓，"我想送给她一个没有纷争战乱的太平盛世。这是我给她的礼物，不想假手他人，还请四哥见谅。"

这一刻，萧玟面如死灰。

他第一次觉得，自己简直就是一个废人。枉他自诩逍遥风流，竟都是白活。

他一直是看不起萧煜的，觉得不论文韬武略，他都比他更适合小六姑娘。可是今天萧煜的一番话，让他切切实实感受到了差距。

原来，配不上的人，一直都是他自己。

他可以为她死。

萧煜为了她，却可以向死而生。

南蛮大军压境，虽然京都偏北方，但是要打仗的消息还是弄得人心惶惶。

街上的酒肆、饭店都纷纷关门了，茶馆里倒是热闹，间或有几个文人聚在一起，作几首豪气干云的酸诗，就好像他们真的在战场上拼过命一样。

雪倾城在二楼雅间，趴在栏杆上听了几首，听着听着就觉得无聊了，乖乖地坐回自己的位子上。

萧煜明天就要出征了，今天居然难得有空来陪她出来玩，两人累了就来茶楼歇脚，没想到茶楼人爆满，还得老板给他们腾腾，才多出一间雅间来。

萧煜的眼神一直搁在雪倾城的身上，看她撇撇嘴，又坐回来了，问："我见你整日里嚷嚷着要出来，怎么了？因为有我在，不好玩吗？"

雪倾城赶紧摇了摇头。

能和萧煜一起出来玩，她自然是开心的，她指了指楼下，道："那些文人，嘴上说着要报效国家，可他们的大腿还没你胳膊粗呢，我都看不上。啧啧，说大话也不害臊。"

萧煜被她逗乐了，其实他是看雪倾城这两天心里装着事，想着带她出来散散心的，结果他反倒成了被安慰的那个。

雪倾城觉得萧煜真是奇怪，一直盯着她笑，她有这么好看吗？

萧煜没回她，笑着问道："那天晚上，你让我不要把娃娃从你的脚底塞进去，你是从哪里听到这些的？"

"畅春楼的姐姐告诉我的呀。"

"畅春楼？"这名字听着就不怎么正经，但愿不是他想的那样。

然而雪倾城从不让他失望——

"是啊，他们都说是男人寻欢作乐的地方，我不觉得那儿有什么好乐的，东西又不好吃。"

萧煜的脸瞬间黑了，道："以后不许再去那种乌烟瘴气的地方！"

雪倾城不知道自己又哪里惹他生气了，看他黑着一张脸，也不敢再和他搭话。

这时候，茶楼下经过一个小贩，举着一串串红彤彤的冰糖葫芦叫卖，雪倾城舔了舔嘴唇，伸手想要，偏头一看，看萧煜还是冷着脸，发现他还在生气，到底不敢张口。

在他气头上还要吃的，的确不太好。可是，她自己又没带银子，不知道那小贩接不接受赊账。

连祁在一边看着着急。

他都看得出来，王妃很想吃冰糖葫芦，萧煜的眼神就没从雪倾城身上挪开过，自然也是知道的。

明明一个想吃，一个想喂，也不知道在这里闹什么别扭。

在连祁看来，王爷这就是在自讨苦吃，如果真的让王妃不如意了，最后王爷又得心疼。

身为为主分忧的好暗卫，连祁主动站出来问："王爷，要不我去买两串吧？"

雪倾城一听，立马转过头来，一双大眼睛，像小兔子一样，直勾勾地盯着连祁，满脸的恳求。

萧煜轻咳了一声。

雪倾城这才赶紧看向他：这位可是幕后大老板，还得他点头才行。

"想吃糖葫芦？"

雪倾城点头如捣蒜。

萧煜双手环胸，故作神秘："那你可有什么补偿我的？"

雪倾城发愁了："我没钱。"有钱她也不会在这里眼巴巴地求他了。

"谁说我要你的钱了。"

"难不成你要人？"雪倾城环顾一下四周，虽然是雅间，但是这大庭广众之下，还有连祁在场，"这里？不……不太好吧。"

内心最崩溃的要数连祁：王爷、王妃，你们说情话的时候，能不能先让我出去，我还是个连初恋都没送出去的纯情男孩呢。

雪倾城最后还是如愿以偿地得到了糖葫芦，还是萧煜带着她亲自下去买的。

卖糖葫芦的人认出是六王爷和王妃，说什么也不肯收萧煜的银子，说萧煜保护他们，是英雄。要不是萧煜拦着，那卖糖葫芦的能把所有糖葫芦都塞给雪倾城。

而卖糖葫芦的就像一个开端，越来越多的人加入了，有送零食的，送鸡蛋的，最过分的是有个大妈直接拎了两只老母鸡过来。

“我家这鸡，可能生蛋了，王爷您拿回去补身子，要是它不生蛋了，您和王妃还能补补身子。”

那老母鸡的鸡爪子凭空蹬了两下，可怜无论它如何挣扎都没用，这辈子是被安排得明明白白了。

为了避人耳目，萧煜和雪倾城特意换上了便装，萧煜出门前还像模像样地贴了一撇小胡子，出门时也没带多少侍卫，因此他们突出重围的时候颇费了一些功夫。

连祁最惨，浑身上下挂满了热情群众塞过来的东西，脖子上挂蒜，腕上挎篮，腰间还塞着一大把红枣花生——他们做属下的，总不能让主子拎着这些东西吧。

三人一路跑到城郊，这才算是摆脱了众人，雪倾城一回头，就看到了打扮新奇的连祁，笑得差点直不起腰来。

萧煜见状，吩咐道：“连祁你先回去，叫人过来接我们。”

“那这些东西？”

“带回去，晚上给王妃加餐。”

被迫成为苦力的连祁一时语塞。

连祁都看不见影了，雪倾城还在笑。萧煜手上拿着替她买的两串糖葫芦，在她眼前晃了晃。

“不吃了？”

雪倾城这才收住笑声，伸手去抓糖葫芦，吃了一口，想到了什么，将糖葫芦递到萧煜嘴边。

“吃一个，甜的，可好吃了。”

萧煜一笑，伸手从她的腋下穿过，将她朝自己拉近，唇附上她那张沾满了蜜糖的小嘴，舌尖轻轻滑过，瞬间将雪倾城全部的力气都抽走了。

良久，他才放开她，甚至还意犹未尽地舔了舔唇，感慨：“你说得没错，很甜。”

雪倾城羞得不敢去看他，还想装作什么都没发生的样子，努力保持镇静：“这可是糖葫芦，肯定很甜了。”

“我说的是你。”

萧煜和雪倾城最后还是连祁派了马车来接，才顺利回府的。他们刚下马车，就见门口除连祁外，还有一个人在等着——正是安询。

如今虽然已经是深秋，但是最近天气都还算不错，雪倾城多穿了一件里衣都觉得热，安询穿着一件狐裘披风，从里到外把自己裹得严严实实。即便裹了这么多，他整个人看上去也像是风一吹就能倒一样。

安先生以前就已经很瘦了，这才几天没见，怎么就感觉他更瘦了。

萧煜也看到了安询，连忙上前，呵斥伺候在安询身边的两个丫鬟：“你们都是怎么伺候的，不知道先生身体不好吗？还带他出来吹风？”

“不关他们的事，是我自己想出来走走。王爷，这一次，我不能随您出征，您万事三思而后行。”安询的眼神里，满是关心。

雪倾城听到这里，却是一怔。

安询这次不随萧煜出征吗？可是他不是军师吗？

怎么会这样？

难不成他真的病得这么严重了？

只是萧煜明显不想让她知道太多，命连祁把她送回去了，他去安询的房里坐了半天，晚膳的时候才回知心阁来。

用晚膳的时候，雪倾城忍不住问道：“安先生这次不随您去吗？”

萧煜回道：“他身体不好，需要休养。”

“那……那你……”

萧煜知道她担心什么，摸摸她的头发：“怎么？不相信你夫君？”

“那倒不是。”

“那不就得了。”萧煜坐正，继续吃饭。

满桌子的珍馐，雪倾城却一口都吃不下去，脑子里都回响着那天太后和她说的那些话。

萧煜看她心不在焉的，放下筷子，认认真真地许诺：“倾城，你放心，我一定会平安回来的。”

“你……不会骗我？”

“我什么时候骗过你。”

“那拉钩！”

看着雪倾城伸过来的小拇指，萧煜失笑，竟也配合她玩起这个幼稚的游戏来，伸出小拇指钩住她的手。

“拉钩。”

“拉过钩了，可不许反悔，你若是做不到，我就……”

“你就如何？”

“我就再也不理你了！”

果然孩子气。

她的威胁虽然幼稚，对萧煜而言却很有分量，他十分配合她。

“我们还要做生生世世的夫妻，你若不理我，那我不是生生世世都要打光棍了。”

雪倾城被他逗乐了。

原本因为离别在即，免不了的伤心氛围，缓和了不少。

“那说好了，你可不能让我担心，要记得给我写信回来。”

“好，写家书。”

“嗯，一定要你亲自写的。”

雪倾城突然有些想闹小孩子脾气了，萧煜也陪着她，他将她抱到腿上来，环抱着，将头搁在她的肩膀上，轻声回答：“嗯，给我媳妇的家书，自然不会假手他人。”

“哼，说得好听，你若是让别人代笔，我又怎么知道。”

“房间里有我抄录的兵书，你可以对笔迹。”

“我又不识字。”

“那你可以指派一个你信任的送信员，每次由他监督。”

“那送信员也可以被你收买呀。”

萧煜没辙了，举手投降：“那娘子你说怎么办吧，为夫照做就是了。”

“我要你落款写‘最爱倾城的萧煜’。”

萧煜满脸黑线：“这才是你最终的目的吧。”

这么幼稚的落款，他真的很想拒绝呢。

“那你是不愿意吗？”

小媳妇要生气了，后果很严重。

事关后半生幸福，萧煜忙不迭抱紧她，道：“最爱倾城的萧煜，非常愿意！”

天还没亮，萧煜就要起床了。

大军子时就已经整装待发，现在三军只待他一声令下就可以出发。

他看着安稳躺在他身边的雪倾城，小心地把她的头从自己的胳膊上挪到枕头上，穿衣下床，动作轻得像是踩在棉花上一样。

连祁和几个副将早就在院子里候着了，见萧煜出来了，拱手就要请安，被萧煜制止了。

萧煜回头，对站在门口的安宁和安瑞吩咐道：“王妃睡觉不老实，每隔半个时辰一定要去看一下，免得她踢被子着凉了。”

“是。”

“还有，以后让王妃少吃点甜食。”

虽然两个丫鬟腹诽：昨天不知道是谁，给王妃买的糖葫芦。不过表面上还是唯唯诺诺：“是。”

“还有……”

连祁在一边听他絮叨，实在是听不下去了，提议：“王爷，要不让她们把王妃叫起来，您亲自交代王妃吧。”

“还是不要了，晨间露重，她会着凉。”他又回头，对那两个丫鬟吩咐道，“记住了？”

安宁和安瑞也是头一次见萧煜如此啰唆，却还是认认真真地答道：“记住了。”

在安宁和安瑞的注视下，萧煜终于一步三回头地走出了王府。安宁和安瑞这才松了一口气，推开房门走了进去。

王爷和王妃在的时候，她们是在丫鬟们住的厢房睡的，眼下王爷走了，她们要伺候在外间，以防王妃起夜需要人伺候。

两个丫鬟刚坐上外间的软榻，准备躺下，就听到内间似乎传来了窸窸窣窣的声音。

“许是王妃又踢被子了，我去看看。”

安宁执了一盏小油灯，走进内室，发现床上的人躺得好好的，被子也是服服帖帖地盖在她的身上，并没有什么不妥。

就在她转身准备往外退的时候，又听到了一阵声音。这次她是听真切了，声音是从床上传出来的，并不是什么衣物翻动的声音，倒像是极力克制住的呜咽。

安宁皱眉，低声喊了一句：“王妃？”

没人回。

难不成是她听错了？可是她分明看到，被子在微微抖动啊，被子下的人压根儿就没睡着。

“王妃，您哭了吗？”

被子里终于传来回答：“谁哭了，我睡着了！”

鼻音浓浓，这话可没什么说服力。

只是安宁也不知该如何安慰，看雪倾城似乎并不想被打扰，只能留了一盏油灯在桌上，自己退出了房间。

两个丫鬟抱着被子坐在软榻上，听着里间的哭声，陪着主子，一夜未眠。

第二天雪倾城起床的时候，一双眼睛肿得跟核桃一样大。

太后知道萧煜出征了，怕雪倾城一个人在家里寂寞，于是命宫女送了几样新奇的玩意去王府。宫女很快就回来了，她回宫的第一件事就是向太后复命。

“奴婢今日问过王妃的意见了，她说她相信六王爷。”

太后闻言，闭上眼，道：“都还年轻，以为爱情能战胜一切，罢了，煜儿才出征，让她缓一缓吧，日后她会来求我的。”

萧煜走后第二天，雪倾城就开始疯狂想他了。

以前还不觉得，他这骤然一走，雪倾城竟觉得处处都有他的影子，扰得她茶不思饭不想。

就在安宁和安瑞看着着急，劝她多少吃点东西的时候，小药王却突然出现在知心阁门口。

安宁和安瑞看到他，如见救星，正想让小药王帮忙劝劝，就听到小药王面色沉重地对雪倾城说着：“徒弟，安询想见你。”

雪倾城一直都知道安询生病了，只是没想到他突然病得这么严重，就在一天前，她还见过安询站在门口和萧煜说话，如今却是躺在床上，连说话都困难了。

“其实他早就油尽灯枯了，一直靠药吊着。本以为至少能撑三个月，但是这家伙还死性不改，前两天连日熬夜，累到旧病复发，真是神仙也难救了。”

雪倾城突然明白为什么安询会没跟着萧煜出征了。

安先生脸色蜡黄，勉强睁开眼过来，看着雪倾城，眼神里尽是不甘心，道：“没想到……我算计一生，最后……输给了你……这个傻子。”

雪倾城：安先生你语气这么哀怨，确定不是对萧煜有什么非分之想？

哦，不对，因为她的到来，萧煜最近好像确实和他疏远了很多。

这么一想，雪倾城心里不免有些愧疚：“你并没有输啊，萧煜心里肯定还是有你的，我……我不会抢你的位置的。”

眼看着还吊着一口气的安询，就快被雪倾城气死了，小药王看不下去了，出面把话题拉了回来：“师弟，你不是有话要和倾城交代吗？快说吧。”说着，又劝雪倾城，“你就看在他都这样了的分上，别说话了。”

她一说话，正常人都能气死过去，更何况是安询。

雪倾城点点头。

安询这才又开口了，声音非常虚弱，雪倾城要支起耳朵，才能听清：“我……知道你一直在……装疯卖傻，你不仅不傻，还非常聪明。抽屉里有我……编著的一本兵法，你……可以拿去看，日后辅佐……王爷，君临天下。”

这是要让她接任军师吗？雪倾城的嘴张得能塞下一颗鸡蛋了！

安询还在说：“王爷……此次出征，凶险重重。我知……太后找你，定是为了……凉国太子求娶你的事，如今……这是救王爷的唯一方法了，桌子里还有……书信一封，是我给王爷的。我在信里说了，是我……以命相逼，让你去和亲的。你这么聪明，肯定能找到脱身之法，日后……日后……王爷也只会怪我，不会怪你的。”

“不好意思，我不能答应。”雪倾城再也忍不住了，出口打断了他，“我不会去和亲的。”

“王妃……”安询一双眼睛瞪得都快要从眼眶里蹦出来了，他伸出那只枯柴一般的手，就要来抓雪倾城，“你……难道就忍心……看着王爷去死吗！”

“不，他不会的，他答应过我的，他和我拉过钩，他一定会活着回来，我相信他！”

这是如今雪倾城唯一的动力，是她活下来的信念。

安询不敢置信地看着她，他眼神里的复杂情绪，雪倾城读不懂，她只是觉得害怕，不是害怕面对安询的眼神，而是害怕面对那些她不想面对的、可能会发生的事。

她不想再待下去了，转身就往外走，身后，传来安询撕心裂肺般的吼声，声音不重，非常沙哑，却是安询用尽最后的力气吼出来的，句句击中雪倾城的心：“你以为王爷不知道和亲这件事吗？你以为他是为什么要铤而走险，用三万大军拖住敌方十万强兵？王爷不是傻子，这场仗有多难打，他不是不知道！雪倾城，你不能这么没良心，是你，是你把他推上绝路的！”

“不，不是我，不是我！”雪倾城泪流满面，“我只是一个傻子王妃，我只有萧煜一个夫君，我不想和亲，我……”

“王妃，王妃，你快醒醒，王妃！”

安宁的声音在雪倾城的耳边响起，雪倾城在噩梦中睁眼，看到安瑞和安宁就在她的床边，窗外大亮，她身陷噩梦中却浑然不觉，意识甚至还停留在安询死的那一天，脑海里一遍又一遍地回响着那天安询对她说的话。

安宁看着这样精神恍惚的雪倾城，十分担忧："王妃，您又做噩梦了吗？"

"今天是第几天了？"

雪倾城每天醒来都会问，安宁每次都不厌其烦地回答她："今天是王爷走后的第三十天了，按照行军速度，王爷应该早就抵达绢城了，这两天就会有家书送过来，王妃您先起来吃点东西吧。"

有家书？

一个月来萧煜音讯全无，前线战事如何，也没有任何消息，不只是雪倾城担心，外面的人也纷纷在猜，是不是战败了，否则为何朝廷要隐瞒消息。

安询的话每天都在她的耳边折磨着她，她每天都提心吊胆，很想收到来自前线的消息，又很怕收到来自前线的消息。

她一听说可能有家书，又有了点信心，撑着疲软的身体坐起来，让安宁替她梳妆打扮。

用完早膳，雪倾城在院子里走了走，不知怎么地，逛到了小竹屋附近。

安先生走后，他那个小院子也空置了，上面还挂着白灯笼，看上去十分瘆人。

雪倾城对这个地方是有些后怕的。

安瑞看穿了她的心思，指使正在扫洒的两个家丁："把这些灯笼都取下来。"

府丁正想行动，却听到王妃发话："不必了。"

"王妃。"安瑞不解，"寻常人家走了人，最多也就挂一个月，况且，这种……多少会不吉利的。"

"安先生为王爷鞠躬尽瘁，他是王爷的知己，如今人走了，只剩下这灯笼了，就挂着吧。"

萧煜如果知道安先生已经走了，指不定要难过成啥样呢。

雪倾城一想到他会难过，心里就难受得紧。

“我要替他向你说声对不起。”小药王不知道什么时候出现在雪倾城身后。

“是为了他曾经刺杀我的事，还是他走之前说的那些话？”

“你果然什么都知道。”小药王叹了口气，“他把你当作敌人，你还这么顾着他，也是不容易。”

“我知道安先生对我有敌意，是因为他在乎王爷。换成我，可能会做出和他一样的选择。安先生这次没有随军出征，也是怕自己在路上出事，拖累王爷吧。我喜欢萧煜，他又是真心为萧煜好，我其实是想和他好好做朋友的。”

“他这个人太偏执了！”小药王感叹道。

这句话惹得雪倾城忍不住看了小药王一眼。

小药王没有了往日的玩世不恭，自从安询走后，他成熟稳重了许多，也不知道是不是雪倾城的错觉。

也有可能是小药王本身就是这样的，只是以前有安询在，安询太过于理智沉稳了，所以才衬得其他人都十分幼稚。

两个人都没有再多说话，各怀心思对着白灯笼叹气，直到管家来报，说是宫里来人了，请雪倾城进宫。

宫里的人专门派了马车过来，而且交代了只能雪倾城一个人去，安宁和安瑞都不能随侍。

安宁在雪倾城上车的时候，偷偷给她塞了一把糖果，还给她打气：“王妃，一定是王爷有信回来了。”

安宁提醒了雪倾城，让她原本如一潭死水的脸上，焕发出光彩来。

一路上，雪倾城都怀着紧张又期待的心情，当初她嫁给萧煜的时候，都没有这么紧张过。只是在得知接她进宫的人竟然是太后的时候，雪倾城的眼皮跳了跳。

难不成太后又是来劝她和亲的。

雪倾城很快就被带到了太后宫里，皇上也在，宫里的每个人都一脸沉重。

雪倾城走进去，给太后和皇上请安，他们没有吩咐，她就跪在地上，也没敢起身来。

太后一看到她，就不忍心地别开脸去，皇上冷着脸，拿出一张信纸来："煜儿来信了，你自己看吧。"

雪倾城本来满怀期望，但是看到他们的表情，又觉得恐慌，接过信纸的手都在发抖。

她识字不多，只能认出大概意思：萧煜他们一行人在去绢城的路上被凉国军队困住了，凉国说只要祁国答应和亲，就放了萧煜。信里，萧煜还说为了祁国百姓，愿意写休书，休了雪倾城，让她再嫁。

落款是：萧煜，还有他的公章。

"煜儿的意思，信里已经说得很明白了。你一直说你相信煜儿，无条件地支持煜儿，这既然是煜儿的决定，后天就是良辰吉日，为了煜儿的安全，你收拾收拾，早点嫁了吧。"

雪倾城大脑一片空白，有些蒙："这……这家书真的是他写的吗？"

皇上回了她的话："落笔有他的签章，这还能有假不成？你若不信，就让人取萧煜的手稿来，核对字迹不就知道了。我是皇帝，是天下之主，难道还能骗你不成！"

皇上的话里透着严厉，吓得雪倾城抖了抖。太后实在是不忍心，走下来扶住雪倾城，对皇上道："好了好了，倾城还是个孩子，陛下你吓到她了。"

太后将她从地上扶起来，掏出手帕替她擦了擦眼角的泪花。

"好孩子，我知道委屈你了，不过你也不想煜儿出事对不对。听皇祖母一句劝，就当是为了天下苍生，好吗？"

雪倾城捏着信纸的指尖都泛白了。

她抬头，含着泪光看着太后："皇祖母，我……我答应就是了。"

闻言，太后和皇上都松了一口气。

皇上站起来，对太后道："母后，儿臣还有要事，这里就交给你了，你找几个宫女，好好替她打扮打扮吧。"

雪倾城却在这时突然开口，拦住了他："父皇，我想回府，我还有些东西想收拾，可以吗？"

皇上和太后都面露难色。特别是皇上，那表情明显有几分不耐烦。

太后还勉强有一些耐心，问道："你还有什么东西？我派人去帮你收拾就成。"

见雪倾城沉默着不说话，太后又解释道："你别误会，只是时间不等人，我们也是在为煜儿争取时间。"

雪倾城知道，自己今天是不可能出宫了。

"那……那我把我要的东西写在纸条上，麻烦太后您命人带回去，交给我的丫鬟，她们会帮我收拾好的。"

闻言，皇上和太后这才算满意了，也没为难，只让她写好带回去就行了。

雪倾城写的都是一些小玩意，抽屉里的零嘴啊，小风筝啊，她最喜欢的香囊和小钱包啊。

宫女从雪倾城那儿拿到纸条之后，给太后过目，太后看了看没有什么问题，又给皇上看了一眼。

皇上皱了皱眉，又看了雪倾城一眼。

这时候宫女正在给她量体裁衣，要赶制和亲礼服。看上去是个安静的孩子，亏他还费尽心思安排这一出，看来还是高估她了。

皇上看完，也点了头，交给宫女去办之后，自己也向太后告辞了。

太后跟着出了门。

在门口，太后问："我看煜儿非常在乎这个王妃，你真不怕煜儿知道了，弄出什么惊天大祸来？"

"再怎么在乎，也不过是个女人罢了，大不了到时候我许他权势地位，他如今拼命地杀敌，不也是为了这些东西吗！"

"煜儿和其他孩子不一样，他未必……"太后心里终归不放心。

"母后，当年我是怎么登上帝位的，您忘了吗？我也曾想过做个干净纯良，与世无争的人，但是我生在了帝王家，享尽世间的荣华，就要面对最血腥残忍的宫廷。这个道理，我懂，我相信煜儿比我更懂。"

太后不说话了。

其实这么多年以来，皇上这个皇帝做得也的确是尽心尽力了。

他哪怕不那么喜欢皇后，也和皇后相敬如宾，而且从不做宠妃灭后的事，后宫和睦。皇子们也是，哪怕太子资质愚钝，他也按照祖宗规矩，早早立了太子，不给其他皇子任何奢望。

这些年来，后宫和睦，朝堂安稳，皇帝以一己之力，努力维持着这一份平衡，的确不容易。只是，萧煜会不会理解皇帝的不容易，她就不敢确定了。

“罢了罢了，就当是救了我大祁将士，一人能换千军万马，这个买卖不亏了。”

皇上知道太后这是妥协了，道：“谢母后，那宫里就交给母后了，朕要御驾亲征，去灭了那些觊觎我祁国的宵小之辈！”

说完，便一个人顶着风往御书房走去，背影看上去，很是孤寂。

“皇帝，万事小心啊。”太后喃喃念着，而后抬眼，看了一眼死气沉沉的天空，叹道，“天凉了。”

祁国鼎元十五年，腊月十四，吉，宜嫁娶。

一顶装饰非常豪华的轿子，在一队浩浩荡荡的送亲队伍中，于凌晨，天还未亮，街上人迹罕至的时候，从宫里出发了。

雪倾城就睡在那顶轿子里。

身边伺候她的，是太后宫里的两个宫女，一个叫采莲，一个叫碧荷。和亲的队伍还有一个领队，好像是凉国太子的人。整个队伍里，也就这三个人有说话权。

送亲队伍出了城之后，采莲登上马车，掀开轿帘看了一眼。

雪倾城依然在熟睡。

采莲这才放心地落下帘子，对马车外候着的碧荷点了点头。

碧荷也放心了不少，道：“太后的药果然管用，只怕她这几天都不会醒过来。”

采莲对她做了一个“噤声”的手势，掀开帘子又往里瞅了一眼，确定人没醒，这才放心。

碧荷笑着说道：“你这么紧张干什么。”

“隔墙有耳，我们还是小心一点。”

“就算她知道了，又能如何，不过是个傻子罢了，还能弄出多大动静来？”

“碧荷！”采莲斥道，“那是和亲公主，你放肆了。”

碧荷撇撇嘴，内心不悦，却没表现出来。

两人停止讨论，而马车内躺着的人，却在这时候，睁开了眼睛。

她的手里，紧紧地攥着一个小香囊，香囊里面装着的，并不是什么香草，而是一粒药。

萧煜之前把她的药丢了之后，她自己又偷偷配了一粒，以备不时之需，没想到真的用上了。

雪倾城将香囊往兜里藏了藏，这是她最后的希望，她绝对不能让其他人发现。

其实她早就知道，太后和皇上那天召见她，不过是在她面前演一场戏而已，当看到那封家书的时候，她就已经怀疑了。

最明显的是落款，落款不对，不是他们当初约定的落款。

况且，以她对萧煜的了解，萧煜绝对不可能给她休书的。

安先生说过，萧煜早就知道和亲的事，而萧煜为了保护她，宁愿选择以卵击石。如果萧煜肯给她写休书，一开始就写了。她也不会这么纠结，不至于在萧煜面前，对和亲这件事，连半个字都不敢提了。

自然，那种愿意放她自由，让她另嫁的鬼话，雪倾城是一个字都不会信的。

萧煜只会说：“你生，是我的人；死，是我的鬼。”

蛮不讲理，霸道至极！

才不会像那封家书里写得那样，一副磨磨叽叽的伪善样子呢。

但是当看到那封家书的那一刻，雪倾城也很明白了，皇上和太后已经不打算放过她了，她甚至还要感谢他们，愿意为她煞费苦心地安排这一出戏，算是保全了双方的颜面。

所以她没哭没闹，顺从接受。只是从那一刻起，她对皇上和太后就多了一分戒心，哪怕饿死，也绝对不会吃他们送过来的东西，每次她都会偷偷倒掉。

还好，安宁在她进宫之前塞了一包糖果给她，之后她写纸条让宫女出去帮她取东西，又带了很多零嘴来，勉强果腹，暂且还不成问题。

她要让自己保持清醒，是有理由的。

她既然已经嫁给萧煜为妻，就没有再嫁的打算。

如今她已经作为和亲公主出了皇宫，其实相当于已经出嫁了，只要到了边关，只要到了凉国境内，她就立马服药！

和亲公主“死”在凉国，凉国要给祁国一个交代，如何敢贸然出兵？

她不用嫁，还能救萧煜。

只是这以后……罢了，没时间多想。走一步，看一步吧。

绢城作为祁国最南边的城池，本来就不太平，如今两军对峙，南蛮的十万大军就在离绢城不到一里地的丘陵扎营，萧煜的军队在绢城城内，两军隔着一堵城墙对峙，虽然已经是深夜，墙头巡逻的士兵也不敢有丝毫的松懈，紧张的气氛，一直弥漫在绢城之中。

就在这时候，城门外突然传来了人声，似乎是有人在叫敲门。

守城官拿着长枪，对着城门底下的那一支大约十来人的小队伍。

领头的是一个穿着长罩袍，将自己遮得严严实实的人，面对守城官的盘问，他举起手来，亮出手中的玉玦。

看到玉玦，守城官吓得忙下城楼去，亲自开门迎接。怕惊动敌军，还只敢开一条小缝。

一行人趁着夜色很快就溜进来了。

守城官为领头的那位奉上水袋，恭恭敬敬道：“王爷，您可算回来了，我们都担心死了，您要是出事了，我们可真是没有主心骨了呀。”

领头的男人取下头上的兜帽，露出那张坚毅俊朗的脸。

“你去守着城门，不要声张。这次我们偷袭南蛮军虽然成功，但也怕他们狗急跳墙。务必小心。”

“是！”

听说偷袭成功，守城官立马充满了干劲，行了个军礼之后，就跑上城楼，一双眼睛死死地盯着南蛮军驻扎的方向。

突然，只见南蛮军驻营的地方亮起了火光，火光虽然不大，还是让南蛮军起了骚动。

守楼的将士发现了这一变动，忙过来向守城官禀报：“大人，好像是南蛮的军营着火了，目测是粮仓方向。我们是否要立即向王爷禀报？”

守城官眼含热泪，内心暖暖的，说起话来也很有干劲：“王爷早有决断，你再密切观察南蛮的举动，不能放过他们任何一点动作！”

“是！”

而另一边，萧煜回到了帐篷里，连祁忙命人去把军医从被窝里喊了出来。

军医赶到，替萧煜剪开手臂上的布料，众人这才发现萧煜的左手居然受伤了，有一条深可见骨的伤口。

连祁看着那伤口，十分自责：“王爷，都是我不好，我没有保护好您。”

萧煜疼得脸色发白，但是说起话来，语气却还是十分轻松：“不过是皮外伤罢了。而且我挨这一剑，换他十万大军无粮，我们这桩买卖，划算！”

“是啊，还是王爷您机智，烧了他们的粮仓，我看南蛮军没有吃的，用什么打仗。就算他们要补粮，少说也得要几天，我们再想办法撑一撑，应该就能等到援军了。”

说话的是张崇，如今已经升为萧煜的副将，但是还和以前一样，大大咧咧，十分冲动。

一向主张稳中求胜的连祁，和他很不对付。听到张崇这么说，连祁自然忍不住呛起他来：“我说你呀，就是太乐观了。”说到这里，看向萧煜，“王爷，我们一直没有收到陛下的指令，是不是我再派人送信过去问问？”

“我们不是连发了几封过去了吗？都没有消息？”萧煜狐疑地问道。

"没有。"

"那我给倾城的家书呢？她也没有回信？"

连祁也是摇头。

"那你让人去查查送信的信使，看看是怎么回事？"

萧煜这边正吩咐着呢，突然听到传令官匆匆来报："报，王爷，有人求见！"

这深更半夜的，谁会在这个关头来找他。

"来人可有说身份？"

"他自称王爷您的小舅子。"

小舅子？雪家人！

萧煜的眼皮突然猛烈地跳起来，他和连祁对视一眼，抬手，让传令官将人带进来。

来的不是别人，正是雪轻书。

看得出来，他这一路飞奔过来，非常不容易，脸色蜡黄，衣服上还沾着泥点，整个人看上去狼狈极了。

哪怕是这样，他也顾不上自己，一进门就直奔萧煜而来："王爷，你快救救倾城！"

萧煜当即一弹而起，顾不上还在替他绑绷带的大夫，着急地问："怎么回事？"

"皇上和太后逼倾城做和亲公主，把她秘密下嫁给了凉国太子。还是安宁和安瑞见倾城被皇上召进宫，几天都没有消息，觉得不对劲，才发现的。可惜我们知道这件事的时候，送亲队伍已经出城了，我们拦不住，只能来找你了。对了，还有这个，这个是父亲托我交给您的锦囊，让您知道倾城的位置了再打开。"

"欺人太甚！"萧煜接过锦囊，抓起桌上的剑，就要往外冲，连祁和副将拦都拦不住。

"王爷，三军不能无主啊！"

"是啊王爷，南蛮随时可能会来进犯，王爷您……"

萧煜却去意已决，斩钉截铁道："我若是连自己的妻子都护不住，何谈守护天下苍生。”

“王爷！”连祁和张崇还想再劝，被萧煜拦住了。

萧煜道：“三天，我只需要三天，你们瞒住消息。我们刚烧了南蛮军的粮仓，南蛮肯定不敢贸然进犯，三天时间是有的。三天后我若是没有回来，连祁你拿着虎符，传我命令，准备撤兵。”

“王爷！您擅离军营，这是死罪啊！”

萧煜回头，看着连祁：“父皇将我的倾城另嫁他人和赐我死罪，有何区别？”

萧煜的眼神悲痛，那是一种被亲人背叛的悲痛。

连祁终是不敢再劝，拱拱手：“王爷放心，属下会等您回来，主持大局。”

有连祁这句话，萧煜也算放了心，他看了张崇和雪轻书一眼，套上披风，戴上兜帽，也顾不上自己的手臂还在流血，就这样，再次策马，闯入无边的黑暗中。

连祁看着萧煜远去的背影，心中连连叹气。而张崇，则在身后骂骂咧咧：“这狗皇帝真不是个干人事的，逼着自己儿媳妇改嫁这种事，他也做得出来！”

雪轻书好心提醒他：“辱骂圣上，可是大罪。”

“我呸，他敢做，还不许人说了！我反正只认王爷，管他什么皇帝。要是这次王爷和王妃出事了，我第一个找他算账！”

雪轻书和这莽夫完全没法聊了，看着连祁，问：“你也不管管？”

连祁的脸色也是如墨一样黑，道：“我第二个找狗皇帝算账！”

许是受到了氛围的感染，再加上雪倾城是雪轻书的亲妹妹，他听到这个消息的时候，也是恨不得杀了皇帝的。

雪倾书接下话来，道：“算我一个！”

凉国和祁国边界。

到了边城，送亲队伍就分成了两队，凉国的人带着马车继续入关去凉国，祁国的人就止步边城，开始折返。

祁国的人走了以后，雪倾城终于不用再假装昏睡了，这些天她不敢吃东西，手头上的零嘴剩得不多了。

马车越过边城，在凉国境内的一个边陲小镇停了下来，天色已晚，想是要在这里休息一晚，明天再出发。

凉国那个负责接亲的官员倒宽松很多，也没有过多地限制雪倾城的行动，只要她不出院子，院子内任她走动。

雪倾城在院子里逛了两圈，边陲小镇，这驿馆也十分寒酸，那墙翻翻就能过去，只是墙边都有凉国士兵把守，她翻不出去。

晚上，用完晚膳，雪倾城又溜出来看了一眼，那些看守的士兵没有半分松懈，别说寻找出去的机会了，她只是稍稍出来动了动筋骨，就有几十双眼睛在盯着她看了。

雪倾城没有办法，缩回房内，找了纸笔来，写了一封简短的遗书，大意就是她死了，让她魂归故里。

不会写的字，她就用图画或者同音字代替。

她的字还是一如既往的丑，也不知道那位凉国太子看不看得懂。

不过太后第一次找她，让她和亲的时候，就和她说过，凉国太子娶她，不过是想用她来牵制凉国摄政王，并且，凉国太子在皇上面前亲口承诺过，不会碰她，等他执掌凉国大权后，自会“完璧归赵”。

不过有一句俗话说得好，男人的话可以相信的话，母猪都能上树了。

嗯，萧煜不在此列。

雪倾城将遗书的笔墨吹干，平铺在桌面上，用杯子压好，想了想，又觉得不妥。

万一他们看不到或者不相信是她写的怎么办？

犹豫了一下，她还是将遗书拿了回来，折好，塞进胸口。又觉得不妥，最后放到了袖子里。

做完这一切，雪倾城从枕头下，摸出她藏了很久的香囊来。

药只有一粒，拇指大小的黑色丸子。

她从没试过这药，也没见人吃过，如果……不管了！

雪倾城心一横，仰头将药一口吞下。那丸子实在是太大了，在她的喉咙里还卡了一下，她灌了两杯水才咽下去。

总算把药吞下去之后，雪倾城就乖乖地回到床上，躺好，静静等待药效发作。

只是足足一炷香过去了，身体还没有任何反应，雪倾城不免有些焦躁了。

师父莫不是骗她的吧，还是这药放太久了，坏了？

雪倾城这边正胡思乱想，突然听到外面传来了打斗的声音，似乎有人冲了进来。

她觉得奇怪，下床想去看看究竟，走到一半，突然觉得心口一痛，就像是有人拿着大锤，捶她的胸口，痛得雪倾城当下就冷汗直滴，站都站不稳了，勉强扶着桌子才没倒。

是药效发作了吗？

可是这也太疼了！

第一下的劲还没缓过去，第二下就又来了，雪倾城这一次没受住，连撑着桌沿的力气都没有了，直接倒在了地上，双手按着胸口，疼得身体像是虾子一样，蜷成一团。

此时，门外一阵短兵相接的打斗声过后，有一道让雪倾城无比熟悉的男声传进来："交出我的王妃！我还能留你全尸。"

原本疼得双眼紧闭的雪倾城，陡然睁开了眼睛。

她没听错吧，是萧煜吗？

不，她不会听错的，绝对是他！

可是容不得雪倾城多想，第三下的痛就袭来，痛得雪倾城连呼吸都费劲了，更不用说喊萧煜了。

她捂着胸口，抬头看着屋顶的横梁，欲哭无泪。

她这是有多倒霉啊！

门外，萧煜自然是看不到她无奈的表情，他连夜赶来，骑死了三匹汗血宝马，终于在这边陲小镇截到了送亲车队。

现在的他，头发凌乱，双眼熬得通红，整个人看上去就像一头嗜血的野兽。

事实上，他也的确是杀红了眼。

从他突然杀进来起，就是佛挡杀佛，神挡杀神，他走过来的一路，已经躺了一路的尸体，那些人甚至连呻吟的机会都没有，就直接成了他的剑下亡魂。

眼下这个情况，没有人敢上前和他交战，一排人举剑拦在雪倾城门前，却都害怕得哆嗦。

萧煜狠厉的眼神从他们身上扫过，发出猛兽一般的低吼。

那表情实在是太可怕了，他拎着剑一步步走近，剑身上还在滴血，剑尖在地上划过，划出一条血路。

雪倾城听到那声音，却只觉得安心，虽然喊不出来，内心仍在费力地喊："萧煜，我在这儿，我在这儿！"

门外的萧煜，似乎也感应到了房里的雪倾城的呼喊，他拎着剑就要往里冲，突然听到身后响起了一道男声："六王爷在我凉国境内大开杀戒，这是要公然对我凉国宣战吗？"

有人在门口说话，不男不女，阴阳怪气。

萧煜回头，看到来人。

一身红衣，明明是男人，却比女子还要貌美。

萧煜瞬间就知道他的身份了。

"苏淼！"

那人做出一副受宠若惊的样子来："哟，六王爷居然知道我，真是让我受宠若惊。"

"少废话！"萧煜不想和他磨时间，他也没时间能磨，"交出倾城。"

"怎么办，她现在是祁国的和亲公主，是我大凉国的太子妃，唯独不是你的王妃。"苏淼的语气颇为得意。

"她不是雪倾城，她只是代替雪倾城嫁给我的代嫁王妃！"

凉国摄政王和凉国太子争一女的事，早就闹得世人皆知！

萧煜自然也有耳闻，他也知道，摄政王这次来，和他的目的是一样的——都是来抢亲的。

苏淼的表情僵了，但很快被他掩饰了过去："你祁国皇帝既然把人送到了我凉国，那就是凉国的！哪怕是赝品，在我们没有找到真正的倾城之前，做个替代品也不错。”

“她不是任何人的替代品，她独一无二，她是我的王妃！”萧煜几乎是吼出这些话的。他勉强忍住脾气，用尽最后一丝耐心，“苏淼，你要是还想知道真正的雪倾城在哪儿，就让你的人滚！”

苏淼只是愣了一秒，便很快就明白过来了，整个人十分震惊，道：“你说真的？”

苏淼只是犹豫了一秒，萧煜却没耐心等他，拿起剑，一道白光闪过，他面前的那一排凉国士兵就应声而倒——完全没有反抗的机会。

其他人都怕了，纷纷丢盔弃甲，逃也似的散了。

萧煜提着剑，在门口的时候看着剑上的污血，皱了皱眉，他将剑归鞘，单手推开房门。

“咯吱”一声，房门打开。

雪倾城却连眼睛都睁不开了。

她能听到声音，听到房门被推开，听到有人急匆匆地朝她跑来，听到有人叫她倾城。

真奇怪啊，这就是死的感觉吗？

明明她已经明显感受到大限将至，偏偏此刻却比任何时候都要清醒，她能感受到寒风在耳边呼啸，她能感受到周围嘈杂的脚步声，她能感受到萧煜喉咙里发出来的、野兽一般的低低呜咽，悲痛至极，听得人的心紧紧揪紧。

她能听到，萧煜一直在她耳边说：“不要，不要离开我，不要抛下我，你答应我的，要做生生世世的夫妻，你不能不守信用。倾城，我只要你，我只有你了，我不允许你抛下我！”

她好想安慰他：傻瓜，我没有抛弃你，我们还要做生生世世的夫妻呢，我不会忘记的。

可他却不可能听到。

直到那些悲痛的挽留她都听不见了，雪倾城感觉自己像是回到了王府——

那日，秋月清朗，他从宫里偷偷溜回来，披着一身月色来见她，对她说："倾城，我不怕上阵杀敌，却怕离开你。你可懂？"

她懂了，她都懂了。

萧煜，我也怕离开你呀……

我也很喜欢你呀……

番外一

王爷的报恩

我叫萧煜，是最不受宠的皇子。

五岁，我被皇帝赶出了皇宫，丢到定北王府。

是的，皇帝，我不愿意叫他父皇，不管是为人父，还是为人夫，他都太不负责了。他的后宫三千，美人如过江之鲫，他爱的从来都只有这指点江山的权势，和他自己。

母妃爱他很深，所以在被他厌弃之后，恨得也深，母妃留给我的最后印象，就是一尺白绫和一句："煜儿，走吧，离开皇宫。"

母妃去世后，皇帝更加厌弃她，不许母妃入皇陵，死后甚至连遗体都无人收敛。

只有雪太傅将母妃的遗体换了出来，给了母妃一个安息之地。

母妃是弃妃，连她的名讳，朝中都无人敢在皇帝面前提起，雪太傅将她的遗体换出来，费了多大的力气，冒了多大的危险，可想而知。

五岁时，我就立誓，定要报雪太傅这份恩情！

二十五岁，我从战场上浴血归来，第一次回京，第一件事就是去拜见恩人，却听有两个粗鄙妇人，在太傅府外，讨论太傅府里的那位傻子小姐。

“太傅家中的那个傻小姐，年过二十，还无人问津。只怕是嫁不出去了。”

“要怪也只怪太傅，自己女儿已经那般了，偏偏择婿的要求半分不肯降低，也活该小姐至今还待字闺中，无人问津。”

母妃的恩人，岂是这些粗鄙婆子能够随便议论的！

人生中第一次，他犯了轴。

谁说太傅的女儿嫁不出去了，我偏要告诉天下人，太傅的女儿不仅能嫁出去，还能嫁入皇室，做人人羡慕的王妃！

太傅那个女儿，我娶！

番外二

倾城，等我

长白山。

萧煜抱着雪倾城，坐在冰床上，他浑身已经冻得青紫，这冰窟里都是上千年的寒冰，普通人光是在洞口站一站就受不住了，他抱着自己的小王妃，已经在这里坐了一整晚了。

已经是第四天了，他的倾城，已经走了四天了。他抱着她，这样不吃不喝地也坐了四天了。

连祁站在洞口，冷得直哆嗦，劝他："王爷，前线还等着您主持大局呢，王妃不也给您留了遗书吗？"

提起雪倾城的遗书，萧煜才算有了动静，了无生机的眼神里，总算闪过了一丝情绪。

连祁见有用，继续劝道："王妃说，她想回京都，想回到雪家。证明她心里是牵挂家人的，如果王爷您就这样丢下三军不管了，别说您，雪家也要跟着受牵连。"

萧煜总算是有了点被说动的迹象，他抱着雪倾城，大手轻轻抚摸她的脸颊，他的倾城，就像只是睡过去了一样，哪怕是在冰窟里，脸色也不见惨白，十分安详。

他伸手，戳了戳雪倾城的脸颊，以前这张小脸多可爱啊，就像气球，一戳下去就瘪了。

萧煜用头抵着雪倾城的头，用脸蹭她的脸，就像是小动物蹭主人一样。

看他这样子，连祁忍不住担心，想再开口劝。

萧煜终于发话了："你先走吧，我要和王妃好好解释一下，我要是不解释清楚，就这么走了，她会生我的气的。"长时间没有进水进食，萧煜的声音听起来沙哑干涩，像是一把沙子，在人的心里碾过，让人听了难受极了。

"可是……"王妃已经走了。剩下的半截话，连祁到底没敢说出来，只能领命退下去。

萧煜抱着雪倾城，也不知道坐了多久，这两天，他浑身发冷，也不知道是因为在冰窟里待久了，一种寒意，从骨髓里渗出来，痛苦得让人想死。

他越冷，就把雪倾城抱得越紧，因为他知道，她比他更怕冷。

好不容易，冷意退去，身体慢慢回暖，而连祁去而复返，又催了一次。

萧煜知道，有些事，他必须处理。

他絮絮叨叨地说着——

"倾城，我还有很多事要处理，我不能辜负三军将士，也不能让岳父岳母大人因为我被连累。我知道你担心岳父岳母，你放心，交给我，我会把他们安顿好的。

"倾城，这次我需要的时间可能有点长，你能不能在黄泉路上等等我，不要喝孟婆汤，不许忘了我。

"倾城，两个月，最多两个月，我就下来陪你。这一辈子，你是代嫁新娘，我是为了报恩。我还欠你一个明媒正娶呢，我要告诉全世界，我的王妃是萧倾城，是全世界独一无二的萧倾城。

"这两个月我不在你身边，你要记得把自己打扮得漂漂亮亮的，等我把我们的后事了了，我们就成亲，我会给你补办一个盛大的婚礼。

"倾城，不要怕，有我……"

风停了

京都郊外，竹林葱郁，一座小竹屋藏在竹林里，一个穿着淡紫色襦裙，戴着面纱的女人，从屋里走出来。

她一抬眼，就发现篱笆外站着一个身穿黑衣，头系白绸的男人。

这男人，她是识得的。

她曾经在雪府偷偷见过他一面，那日，他带着王妃回府，两人曾来到她的闺房外，她躲在闺房里，看着他们。

真是天造地设的一对啊。

特别是这个男人，他看王妃的眼神，是非常纯粹的宠溺和喜爱。她从没有见过这么干净的眼神，就好像全世界都不存在，天地间只剩下他们一样。

她很羡慕那个代替她嫁进王府的小六姑娘，她比她幸运，能得到一份没有掺杂任何杂质的爱情。

“六王爷？”

“雪小姐，我已经不是王爷了。”萧煜的语气没有半分伤心，脸上

平静，就好像只是在说一件家常事一样。

可当初他做出来的事，却是结结实实地惊世骇俗了一把。

六王爷萧煜，在两军当阵之际，擅离军营，回营后却以三万兵马重创南蛮十万大军，大军班师回朝之后，朝堂上就该如何处罚六王爷的问题，引发了激烈的讨论。

一派主张严惩，两军对峙，主帅离职是死罪；一派主张以功抵过。

六王爷却主动在朝堂上，摘下象征他皇室身份的玉髓带，自请贬黜为庶人。

萧煜在朝堂上摘下玉髓带还不够，还摘下了羽冠，脱了蟒袍，丢下绛丝官鞋，只着了一件里衣，披头散发，大摇大摆地从议政厅一路出了皇宫。

此举令皇上震怒，当庭革去了六王爷的王爷封号和三军统领之位，收回全部的封赏，查封王府，并命令萧煜此生不得回京。

而离开朝堂之后的萧煜，连做了几件惊世骇俗的大事。

他一把火烧了六王府，在祁国以北，和凉国交界处，以极冷出名的长白山落脚，只因长白山有天然冰窟，可保他已故的六王妃尸身不腐。

他把王妃和亲的事，编成戏文，供人传唱，如今是祁国最受欢迎，也是被禁得最严的曲目。

为了祭奠王妃，他从此只穿黑衣，束白绸带，是大祁国第一个为妻子披麻戴孝的男子。

这些惊世骇俗的事，紫衣女子自然也有耳闻，她取下面巾，露出那张和六王妃一模一样的脸。

她才是真正的雪倾城。

这也是哪怕萧煜已经决心不理俗事，为了她，也要亲自跑这一趟的原因。

哪怕他心里已经知道他的倾城已经死了，但只要雪倾城能给他哪怕一秒，他的倾城还活着的错觉，他就觉得值了。

可是真到了这一刻，他才发现，自己根本就错了。

不一样，压根儿就不一样。

眼神不一样，动作不一样，就那张脸，乍一看或许相像，可是第二眼他就觉得不对劲。

一切都不对劲，哪怕是作为替代品，他都接受不了。

他的倾城，活泼可爱，有时候还傻乎乎的，可是那是他最爱的样子，那是任何人都无法代替的，他最爱的女人的样子。

萧煜苦笑，笑自己傻。

雪倾城疑惑地看着他。

“六……萧煜，今天你来找我，可有事？”

“凉国因为你，举国大乱你知道吗？”

雪倾城不说话了。

“这闲事我本不想管，只是当日我和凉国摄政王有过一个交易，他放了我，让我带着我妻子离开，我就告诉他你的下落。”

雪倾城抿抿嘴唇。

这个她早就有心理准备了。

当初知道小六姑娘被皇帝作为和亲公主远嫁凉国的时候，她就想出面去把人换回来。

这件事因她而起，小六姑娘已经为她牺牲过一回，她不能再让她牺牲第二回。

奈何朝廷戒严，皇帝更是派人里外把守着雪家。所以，她只能求雪家轻功最好的三哥，逃出雪家，帮她替萧煜送信。

她的藏身之处，是她自己准备了锦囊，让三哥告诉萧煜的。

雪倾城强打起精神，问：“他们过来了？”

“是的，一个在溪边，一个在凉亭，你想见谁，自己决定。”萧煜说着，从袖里抽出两封信来，交给面前的人。

雪倾城接过信，盯着那落款很久，却终究没有勇气打开信，她含着泪，向萧煜道谢：“谢谢你。”

她比任何人都清楚这两个人的脾气，他们知道了她的住处，却没有直接冲过来把她绑回凉国，肯定是萧煜从中帮忙了。

“不用谢我，我只是在帮我的妻子，她一定也很希望自己的孪生妹

妹，能有好的归宿。”

“孪生妹妹？”雪倾城陡然睁大了眼睛，却见萧煜已经抬步走出好几步远了。

雪倾城追在他身后大喊：“喂，萧煜，你把话说清楚，到底是怎么回事？”

萧煜却像一阵风，很快就消失在竹林深处，徒留雪倾城一个人在原地，不知所措。

很快，风停了。

可雪倾城的心，却再也无法恢复平静。

番外四

三十年饮冰，热血终凉

皇帝一个人，站在摘星楼，俯瞰渺小如蝼蚁的众生。

他还记得少年时，他被皇兄拎到这摘星楼，皇兄指着这片锦绣河山，对他说。

“我是长兄，我母妃还是宠妃，父皇迟早会传位给我，这天下，是我的！你也不照照镜子，就你这个窝囊样子，还想和我争？”

陈内侍上前，为他披上披风，道：“陛下，雪太傅来了。”

皇帝这才将自己的思绪从回忆中拉回来，回头，就看到这些年，越发发福的雪太傅，正往这边赶来。

“你这老狐狸，怎么想起来见朕了？”

私底下，皇帝在雪太傅面前，总是十分放松的。他还是皇子的时候，雪太傅就是他的侍读，他一路从不受宠的皇子，登顶帝位，他也一路相随。

算下来，竟也有三十年了。

雪太傅给他请过安之后，就站在皇帝的身边，陪着他一起看这江山。

“这摘星楼的景观就是不一样，好像天下唾手可得。我还记得当年，臣第一次陪陛下来摘星楼，陛下说，你迟早会做天下人的王，如今一晃，竟有三十年了。”

“是啊，那天我们说的话，还被皇兄听到，皇兄要揍我，你这个不怕死的，居然跟皇兄的侍卫干架。当年的你，那叫一个弱不禁风，都被人揍得鼻青脸肿了，还说要保护我。”想起往事，皇帝也是感怀的，“景纯，这些年来，朕幸甚有你。”

“我也很感谢陛下，能够给臣这个机会。”雪太傅拱拱手，退了一步，突然撩开衣摆，跪了下去。

皇帝心里突然有种不好的预感，脸上的轻松愉悦一扫而光，取而代之是当帝王这些年来，他早就练得非常熟练的严厉。

“你这是干什么？”

“陛下，臣年老迟钝，自知已无法继续辅佐陛下，故来请辞。”

皇帝的眼神里，盛满悲痛。

“景纯，你忘了你当年答应过朕什么吗？你说过的，你会辅佐朕一辈子的，当年那个奋不顾身保护朕，一腔热血为朕的人，去哪儿了？现在，连你都要抛弃朕了吗！”

不同于皇帝的痛心疾首，雪太傅表现得十分冷静自持。

“陛下，三十年饮冰，热血也会凉。”

“饮……饮冰？你这是在指责朕吗？你扪心自问，这些年，朕待你如何！”

雪太傅抬眼，眼神冰冷地望着他。

“二十年前，三王夺嫡，朝纲大乱，臣假意投靠当时的大皇子，探取情报，挑拨大皇子和二皇子的关系，让他们互相残杀。”

“是，当年若不是你，我的确没办法登上帝位，怎么，现在你是在向朕邀功吗？还是觉得朕这些年，给你的给少了？”皇帝最烦的，就是这些仗着自己有些功劳，就喜欢拿着过去邀功的老臣，本以为雪太傅和那些人不一样，没想到……

听到这里，雪太傅除了失望，已经再没有任何其他的情绪了。

“当时，臣知道自己所做的事，九死一生，为了不牵扯家人，将妻儿托给陛下您，彼时，臣的妻子即将临盆，您托人写信给臣，说臣刚出生的女儿被大皇子派人掳走，我在愤怒之下，伪造了一份大皇子和二皇子通敌卖国的罪证，呈到先帝面前，先帝赐死了大皇子和二皇子。次年，先帝因为两位皇子的事伤痛过深，以致痨病缠身，终不治驾崩。”

皇帝脸上的严肃表情终于维持不住了，脸色慌乱起来。

“都是陈年旧事，你如今提起它做什么。再说了，当年，你的孩子，朕不是给你找回来了吗！”

“那臣的女儿在外流浪了整整二十年的事，陛下如何解释？”

“放肆！你如今是在对朕兴师问罪吗？”

“陛下若是无罪，又何谈问罪。”雪太傅继续说着当年的旧事，“可是这件事后来我越想越奇怪。我有三个儿子，大皇子为何放着我那三个儿子不顾，只掳走我刚出生的女儿，莫不是大皇子也知道我更喜欢女儿？可是这事，我只和您说过。”

“别说了！”皇帝越吼越大声。

雪太傅的声音，也跟着高了好几个度：“陛下！难道您不觉得奇怪吗？我娘子明明说她当年生的是两个女儿，可是接生婆却咬定她只生了一个，而我，在二十年后，在街头见到了一个和我女儿长得一模一样，甚至连血都能和我相融的姑娘。您说大皇子派人掳走了我的女儿，可是大皇子连我有女儿这件事都不知道！”

“放肆！雪景纯，我看你是活得不耐烦了。”

“陛下若是不想听臣再提往事，那就请您恩准臣辞官，臣会带着一家老小，离开京都，从此不在陛下的面前出现，不再惹您烦心。”

皇帝看着雪太傅，指着他的手指都在发抖，最后，只赐了他一个字：“滚！”

雪太傅跪谢圣恩，行完礼之后，站了起来，头也不回地往宫外走。

快走出摘星楼的时候，他听到皇帝的声音，在他身后响起。

是他从未从皇帝嘴里听过的，撕心裂肺的怒吼：“雪景纯，你走了，朕真的成孤家寡人了。”

这一次，雪太傅的脚步没有半分停顿，只留给皇帝一个决然的背影。

一如当年，他捧书而来，对他说“臣会一辈子辅佐您”一样的决然。

皇帝仰头，眼角含着泪。一种被全世界抛弃的孤寂感，像一个恶魔，吞噬着他。他恨雪太傅的绝情，却不知道，雪太傅还是给他留了颜面的。

雪太傅早就调查清楚了，当年，皇帝为了皇位，亲手制造了这一场绑架，只是皇帝没想到，他派出去抱孩子的心腹，因为怕被皇帝灭口，抱着孩子走了之后，就再没回来。

而皇帝怕雪太傅追查下去，会查到自己的头上，于是干脆说只有一个孩子，甚至在那件事发生后不久，把曾经参与过接生的产婆和丫鬟都杀了。

从雪夫人说自己生了两个女儿起，雪太傅就开始怀疑了，在皇帝欲盖弥彰地把所有当事人都杀了之后，雪太傅就基本猜出当年的真相了。

这些年来，雪太傅一直在找自己的女儿。而且当年他和皇帝有过约定，日后要结为儿女亲家。为了避免自己的女儿嫁入皇家，他故意让女儿扮傻。

皇帝果然再也不提当年的联姻诺言，雪太傅也在和女儿分离二十年之后，终于找到了她。

雪太傅虽然恨皇帝，到底顾念主仆一场，并没有想过要报复他。

更何况，他是皇帝，天子的颜面就是祁国的颜面，他如果把这件事揭穿，伤的是祁国的国本，动摇的是祁国的民心。

为了照顾天子威严，他甚至都没敢让大女儿认祖归宗。

正好，小女儿倾城和凉国太子情投意合，雪家女儿的身份对倾城而言就是一个桎梏。毕竟，皇帝是绝对不会允许重臣之女，嫁给敌国太子为妃的。

他和夫人商量之后，以送倾城上山养病为由，让凉国太子带走了她，而后，又让大女儿顶替倾城的身份进府来，换一种方式回归他们的身边。

那时候，雪太傅心里其实已经很满足了，女儿平平安安长大，还回到他的身边，他也想过，再过几年就告老还乡，好好陪陪大女儿。

只是没想到，皇帝连他想要补偿女儿的这点小小心愿，都剥夺了。

当雪太傅知道，自己的女儿居然被皇帝塞进了和亲花轿时，三十年的君臣情分，知己义气，在那一刻，就彻底终结了。

三十年饮冰，冰难融，心已冷。

一腔热血，终凉尽。

从此，君是君，臣是民。

前尘往事，尽付风中，散成灰。

番外五

愿白首偕老，百子千孙

雪家人搬离京都的时候，萧煜一路护行。

他虽然自摘髓带，不做王爷，可是当年那些跟他出生入死的兄弟，却一个都没丢，他们也学萧煜，摘了盔甲做平民，萧煜去哪儿，他们就去哪儿。萧煜要在长白山守着王妃，他们就在山脚建立了倾城山庄，培养了一堆戏子，专门负责把王爷和王妃的故事写成剧本。

一群糙汉，干起文艺创作的活来，意外地干劲十足，把这世间最难管的文人墨客们都管得服服帖帖。

毕竟他们不服也没办法，笔杆子怎么也干不过他们手上的大刀。

有这群身经百战的人保驾护航，他们这一路走得十分安心。

中途，雪太傅突然说要改变方向，绕道去了一个离京都足有几十里远的小镇，给小镇上的私塾以“小六”的名义，捐了一大笔钱，条件就是私塾要免费接待街上的混混来私塾读书。

萧煜知道这件事后，默默添了一笔银子。私塾先生一夜暴富，笑得合不拢嘴。

办完事后，他们去了当地据说最有名的酒楼吃饭。酒楼的斜对面，就是小镇上唯一的青楼——畅春楼。

连祁看着那畅春楼，眉头皱起，提议道：

“爷，要不我们换地方吧，这地儿，乌烟瘴气。”

萧煜却只说：“来都来了，就这儿吧。”还特意挑了个靠窗的位置，正好能看到那畅春楼。

萧煜的反常，让连祁百思不得其解，难不成王妃走了，爷憋得太久，想女人了？

不，爷对王妃一片痴心，他绝对不会这样的。

萧煜他们刚落座没多久，雪家一家人在张崇的陪同下，也赶来了。

酒至半酣，正是聊天的好时候。

虽说经常和文人墨客打交道，这说话，却半分没改过来。张崇一开口还是军营里那种莽汉风格。

“要我说，雪大人和雪夫人就去我们倾城山庄好了！每天听戏赏雪，喝酒吃肉，岂不妙哉。”

连祁朝着张副将，直翻白眼：“你以为雪大人和你一样，只知道喝酒吃肉啊！”

没想到雪太傅却说道：“无妨无妨，如今无官一身轻，过过大口喝酒，大口吃肉的生活也不错。”

突然，有个声音插了进来：“今朝有酒今朝醉，莫待明朝对空杯。”

众人抬眼一看，却是一个穿得破破烂烂的乞丐，就坐在离他们不远的地上，举着一个酒葫芦，咕噜噜地往肚子里灌酒。

小二见状，上前解释：“这是我们这一带有名的老乞丐，平时就爱喝点酒，叨扰贵客了，还请见谅。”

张崇很是不满，问：“既然是乞丐，给两碗剩饭打发出去不好吗？”

小二面色为难，道：“诸位有所不知，我们这街上，以前有一个很有名的混混，有一次，有恶霸来酒楼讹我们老板，是那混混出头，才让我们老板免了一场牢狱之灾。自那之后，我们酒楼里就有了规矩，但凡是那个混混来吃饭，都不要钱。而这老乞丐，是那混混的师父，是以，我们从不赶他走。他也不惹事，每天要半碗饭，一壶酒，吃完喝完，也就走了。”

张崇听完，顿时一股豪气盈满胸膛：“照你这么说，那个混混也是个豪杰了！叫他混混实在是太辱没英雄，不知他姓甚名谁，我倒是想见一见。”

小二又拱了拱手，道：“不好意思啊，几位爷，那混混大哥，早在两年前就突然失踪了，至于他姓甚名谁，我还真不知道，只知道他的兄弟，时常会叫他六哥，这老乞丐，偶尔也会喊他‘小六’，想来，小六就是他的名字了。”

一语惊起千层浪。

饭桌上所有人都没心思吃饭了，所有人都用诧异的目光看着小二。

小二被他们的反应吓到了，抱着托盘就开溜了。

萧煜起身，蹲到那老乞丐的身前，恭恭敬敬地拱手作揖：“老师父，适才小二说你有个叫小六的徒弟，可有其事？”

雪大人也颤颤巍巍地走过来——他喝了不少酒，这会儿已经有些站不稳了。可是当他看清老乞丐的脸的时候，酒顿时就醒了一大半。

“你是……药王！”

“药王？”所有人都震惊了！

老乞丐似乎也认出了雪太傅，慌忙地说了句“你认错人了”，抓起酒葫芦就要走，被萧煜一把就给抓住了。

萧煜问道：“岳父大人，您认识他？他就是药王？您确定吗？”

对药王的名号，萧煜这些年经常有耳闻。安询就是药王的弟子。传闻中药王不仅精通医理，权谋心术也是当世无双。他一生只有两个徒弟，一个是安询，专攻权谋；一个就是现在大名鼎鼎的小药王，只研究医理。

萧煜曾不止一次想过，能教出安询和小药王的人会是怎样的奇人。只是怎么也联想不到这个老乞丐身上来。

“我岂止是认识！”雪太傅的脸色冰冷，“他就是大名鼎鼎的药王，当年，我和他共侍一主，也算同僚。岂料他却偷了我的大女儿，从此以后，音讯全无。”

药王见躲不过，而周围那些好奇的目光一直往这边打量，实在不是个好说话的地方。

他对众人道："诸位跟我来。"说着，对萧煜道，"放手吧，你们这么多人，我怎么可能跑得掉。"

萧煜松了手，然后就看着药王拄着拐杖，一个人往外走了，他们赶紧跟了上去。

药王将他们带到了一个破庙，庙里锅碗瓢盆一应俱全，院子里还挂着一件破了洞的衣服，看得出来，这里应该就是药王长期居住的地方了。

药王还颇有些主人家待客意识："不好意思，有点乱，我那小徒弟走了之后，我这里就没人收拾了。"

他这一提，萧煜才想起刚才小二说的那些话来，他问道："药王，小六真的是你的徒弟吗？"

药王抬眼，看了雪太傅一眼，叹了口气。

"什么小六呀，就是雪家大闺女。当年，还是皇子的皇帝，让我带着雪太傅刚出生的闺女去躲几天，等雪太傅处理好前朝的事了，再把女儿归还。"

现在想起这件事，药王还觉得讽刺。

"只因我懂医理，能照顾还没断奶的新生儿。其实这活谁愿意做啊！我早就看穿皇帝了，他生性多疑，冷漠自私，一旦达成了目的就会过河拆桥。我一条贱命，死了倒是不要紧，就是小娃娃看着可怜。于是我把这娃娃带到这小镇上，托给了镇上一对夫妻抚养。没想到，孩子刚一岁，那对夫妇就出事身亡了，小娃娃成了吃百家饭的孤儿。那段时间，皇帝还在派人暗查我的下落，我不方便带着她，就只能暗中养着她。后来，皇帝登基，许是将这事也忘了，我那时候才出面，收她做徒弟。我知道自己没资格给她取名字，看她属牛，就给她取了个诨名，叫她'小牛'，没想到叫着叫着，就成'小六'了。"

听到这儿，雪太傅对药王又恨不起来了。

药王说得没错。

如果当年抱走他大女儿的人，不是药王，那他的大女儿可能早就没命了。

他叹了口气，上前去握住药王枯瘦如柴的手。

“她的名字我们早就取好了，她叫倾心，姓雪，名倾心，字小六。”

药王诧异地抬头，雪太傅这意思是……

“你养了她二十年，如果你都没有资格给她取名字，那没有人有资格给她取了。”

两个年过半百的人，执手相看泪眼。

意识到周围还有小辈在，药王揩了一把泪，问道：“小六那丫头呢？那日她来找我，说有个贵人要收养她，当时我便知道是你了，她人呢？怎么没看到她。”

气氛瞬间凝住了。

萧煜更是别过脸去。

他不想再面对这个事实。

雪太傅叹了口气，道：“倾心以命相抗，服药自尽了。”

“服药自尽？我堂堂药王的徒弟，居然干这种蠢事！”药王气得浑身都在发抖，“她是吃了什么药？服药多久了？”

“没用了，已经过去一个多月了。我们也不知道她服了什么药，也请了你的徒弟小药王看过，他也诊不出来，唯一欣慰的就是她走得还算安详。”

“我徒弟都诊不出来的毒？”药王摸着下巴，陷入了沉思。

雪大人只当他是骤然听到噩耗，悲伤过度，劝道：“我们都很难过，事已至此……”

药王却骤然打断他：“你们把小六埋了吗？她现在在哪儿？人怎么样了？”

雪太傅往萧煜那边看了一眼。

他们夫妇俩曾数次劝过萧煜，让倾心入土为安。只是萧煜那孩子，在倾心刚走的那几天，抱着倾心枯坐了三天三夜，后来听说长白山的冰窟能保尸身不腐，背着倾城，亲自上了长白山。

从长白山出来之后，他就跟换了个人一样，不仅怒屠南蛮大军，一战击退南蛮兵。看上去，跟没事人一样，可是他的眼神空洞，就像是地狱来的死神，没有半分生气。

雪太傅甚至怕萧煜现在只是为了处理好后事，在苦撑着，一旦把身后事都处理好了，他就会追随倾心而去。

雪太傅叹了口气，道："倾心现在在长白山的冰窟。"

"冰窟？"药王拉着雪太傅的手就往外走。

雪太傅不解："干什么去？"

"去长白山啊！"

"什么？"

"快带我去见小六啊！要是再晚一点，人都要被你们冻死了。"

"你说什么？"这次说话的，是萧煜，他几乎是疯了一样冲出来，抓着药王的双肩，就像是抓着救命稻草，"你是说，她没死？"

"你们这群笨蛋，我徒弟小药王都诊不出来的毒，那就证明不是毒啊！小六那丫头，之前偷了我新研究的假死丸药方就失踪了，根据你们的描述，她八成是吃了那丸子。"

"既……既然是假死，为何她一直长睡不醒？"萧煜的双手都在颤抖，心情十分复杂。

他想相信药王的话，并且十分盼望，不，是恳求他说的是真的；但他又不敢相信，怕这一切只是空欢喜一场，怕要再一次承受失去倾城的痛苦。

"一般而言，服下假死丸之后，三天药效就会消失，人就会苏醒。至于为什么丫头醒不过来。"药王看着周围的一群人，一个个点过去，"还不是你们干的好事，把人放在冰窟里冻着，能醒吗？"

"我……我这就备马，带您去。"萧煜话都说不清楚了，他忙冲了出去备马，路上还差点被石头绊倒。

看着他这般狼狈慌张的样子，雪太傅站在药王身边，小声问道："你真的有把握救回倾心吗？萧煜这孩子，可是受不住第二次打击了。"

药王翻了个白眼："你这是在质疑我的医术？"

雪太傅不说话了。

药王的医术，天下无双，谁敢质疑。

这时候，突然有凉凉的东西落在了他的脸上。雪太傅伸手去摸，是雪。

今年入冬的第一场雪，终于是落了。

想当年，倾城和倾心也是在这样的雪天出生的，他突然觉得心中无比畅快。当年，他曾站在雪地里，为孩子许愿，愿她们一生平安无忧。如今又是下雪天，似乎是老天爷在告诉他什么。

手心里落下了一片雪花，雪太傅将手心攥紧，默默许愿——愿她一世平安无忧，愿他们白首偕老，百子千孙。